とある暗部の
少女共棲
アイテム
鎌池和馬
イラスト／ニリツ
キャラクターデザイン／はいむらきよたか、ニリツ

contents

Designed by Hirokazu Watanabe (2725 Inc.)

とある暗部の少女共棲
アイテム

鎌池和馬

イラスト／ニリツ

キャラクターデザイン／はいむらきよたか、ニリツ

デザイン・渡邊宏一（2725 Inc.）

これは軽く見積もって一年以上前の夏のお話。

つまりレトロでモダンでハイテクでスマートな、過去にあった一つの事件。

『アイテム』という暗部組織に四人目が加入する事になった、極端に犯罪の発達した物語だ。

序章　フェミニンデンジャラスブライト

それは分厚い壁だった。

ポリカーボネートやアラミド繊維を交互にサンドイッチした複合装甲のはずだった。

つまり銀行の金庫室を優に超える強度を誇っていた。


しかし焼き切られるのは一瞬だ。

『光』は、異常を察知した警備兵ごと非公開研究施設外壁を吹き飛ばした。


直径二メートルほどの赤熱した大穴を潜り、いくつかの影が難なく機密エリアに踏み込む。

続けて閃光(せんこう)は大雑把な感じで三つ瞬(また)いた。

それだけで複雑に入り組んだ研究施設は次々と壁を抜かれ、誘爆し、ズタズタに引き裂かれていく。こういう時に緊急作動するはずのセキュリティ関係も――――分厚い隔壁どころか最低限のスプリンクラーや自動通報機能まで――――断線して言う事を聞かない。

そして五秒も経てば、生存者の誰もが気づくだろう。

決して適当ではない。大雑把に見えた光の砲撃は的確にあらゆる出入口を溶かして固め、散り散りに逃げようとする研究員や警備兵を自前の牢獄に閉じ込めてしまっている、と。

そんな中を学校の廊下より気軽に歩く少女達の影。

夏らしく、ノースリーブにカーディガン、切り替えスカートのグラマラスな少女が麦野沈利。

ピンクジャージに短パン、黒髪を肩の辺りで切り揃えた少女が滝壺理后。

「くそー、やっぱりパン食が良くない気がするなあ。下半身がむくむ……」

「むぎのは食事どうこうっていうより運動しないから」

熱帯夜。微妙に屋内のエアコンが寒いのか、滝壺は無表情ながら剝き出しの太股同士をちょっと擦りつつそんな事を呟いていた。

「おいおい、最前列で一番殺しているのに」

「誰でも彼でも能力で瞬殺だから、多分それ運動になってない」

麦野沈利はストッキングで覆われた自分の太股を片手で軽くもみもみ。

呑気に言い合う間にも、麦野のもう片方の掌から閃光がいくつも瞬く。自分でとことん強化した非常口の扉に阻まれる格好で立ち往生している警備兵の一群がごっそり蒸発する。

ぼとりと何かが足元に落ちた。

手榴弾を握ったままの人間の腕だった。

「むぎの」

「分かってる」

しかし命を賭した起爆も麦野沈利の肌に傷をつける事はない。閃光が全てを吹き飛ばした。火薬の爆発は熱やガスが急速に生まれてその圧力などで対象を破壊する現象なので、ようは眼前の爆風を丸ごと押し返すほどの破壊力があれば傷はつけられない。

二三〇万人が暮らす学園都市でも七人しかいない超能力者の一角。

『原子崩し』。

量子論のセオリーを無視して電子を粒子にも波形にも変容させず、そのまま強引に撃ち出してあらゆる物体を削り取る粒機波形高速砲。一千年以上も前からある火薬の殺傷力とはそもそも文明のレベルからして違う。チェーンや金属バットを持った連中がいくら集まったところで、凶悪な破壊力の巨大ロボットでも使えば一網打尽。感覚的にはそんなレベルだ。

五寸釘ほどもある太い針に、電極、刺激臭のする薬瓶。それから頑丈な拘束ベルトがついた歯医者の椅子などなど。実験器具なんだか拷問道具なんだか、といったグロテスクな品々が破壊の煽りを受け、空中でバラバラに分解されていく。

「麦野麦野っ」

小柄なゆるふわ金髪少女フレンダ＝セイヴェルンが短いスカートの中から手持ちの爆発物を取り出しながら、屈託のない笑顔で近づいてきた。完全に子犬モードだ。

セーラーっぽい白い半袖ワンピースの上に薄いポンチョ、足には黒のニーソックスの組み合わせ。頭にベレー帽をのっけた金髪少女は確認でも取るように、

「結局、紙の資料もコンピュータ関係も全部廃棄で良いんだよねっ？」

「ああ」

「研究者(ニンゲン)については？」

「廃棄処分」

そういう依頼だった。

爆発音は二種類あった。学園都市製(がくえんとしせい)の超能力(レベル5)『原子崩し(メルトダウナー)』の閃光(せんこう)がとにかくド派手だが、良く観察すればその隙間を縫うように手製の爆発物が投げ込まれているのが分かるはずだ。もっとも、解き放たれた手榴弾(しゅりゅうだん)やロケット砲をじっくり眺めるような馬鹿者は一瞬後に血と肉片を天井までべっとりこびりつかせる羽目になるだろうが。

ばた、ばた、ばた、ばた!! という轟音(ごうおん)が頭上から響いた。

滝壺理后(たきつぼりこう)は直立でぼーっとしたまま、

「頭上に注意」

「ヘリか」

鼻で笑って麦野沈利は掌を頭上に向けた。閃光。それだけで屋上まで一気にぶち抜き、ヘリポートごと（おそらく責任者クラスの）逃亡者を消し飛ばしていく。

ただしジャージ少女が言いたかったのはそういう訳ではなく、

「頭上に注意」

「うわオレンジ色のが垂れてきた‼」

麦野が慌てて飛び退かなければ、溶鉱炉っぽく輝くドロドロ摂氏数千度の建材を頭から被っていただろう。破壊力が高過ぎる、というのも問題だ。学園都市の超能力者が単独で動かないのは、別に戦力が足りていないからではない。

小柄なフレンダは滝壺のピンクジャージを眺めて、

「今回って結構でっかい仕事な訳でしょ？　滝壺、お金入ったらもうちょっと季節感のある服買ったら？　ほら、すけすけの夏物ワンピースとか、あちこちはだける浴衣とか。ああそうそう、結局チャイナドレスって夏っぽい？」

「私はこのジャージが一番気に入っているから」

「ぬおー、報酬入ったら滝壺を思う存分着せ替えするぞおーっ‼」

「あの」

実戦段階では、ピンクジャージに短パンの滝壺理后は常に一歩後ろへ下がる。

彼女は戦闘ではなく、後方から物陰や壁の向こうの気配を探る照準補整担当だ。敵対する人間の動線や銃の射線はもちろん、壁や天井を走る危険な鋼管や高圧電線なども把握しておかないと、麦野がやり過ぎて自爆しかねない。特に研究所とコンビナートは要注意だ。

　ジャージ少女はシャープペンシルの芯のケースに似た小さな容器を軽く振って、

「……一応、『体晶』も持ってきているけど」

「能力者メインじゃないから不要かなー。今回の獲物はオトナっぽいし」

　右と左。麦野は適当に言って、重要そうな研究者の護衛らしい警備兵二人の上半身を灼熱の閃光で吹き飛ばす。傷の断面がまとめて炭化するせいでドバドバ血が噴き出す展開すらない。

「ひいっ、ひいっ!!」

　すっかり尻餅をついた大層お偉いナントカ学の博士号サマ（専攻は子供達に対する真っ黒な人体実験）が両手をこっちに見せて首を横に振っていた。何度も。

「まっ、待て。抵抗しない、あきっ諦める!!　全部君達の好きなようにやって構わんから!!」

「あん？」

　疑問の声があった。

　麦野沈利は結構本気できょとんとしながら首をひねっていた。

「こ。ここここっ高位能力者。つまり子供、組織に属さぬ正義のヒーローって訳だ。ハハッ、『暗部』の非人道的な研究が肌に合わないとかガキの被験者が可哀想とか、どうせそんな話だろう？　私は手を引く。ここでおしまいだ。そ、そっちだって人の命を粗末にする事を憤るなら、悪党とはいえ無抵抗の私達を殺す事には抵抗くらいあるだろう!? ふひっ、ふひひひ!!」

「なるほど、そうきたか」

蒸発音があった。

光が瞬(またた)いた直後、空気を焼いた『原子崩し(メルトダウナー)』が逃げようとする別の警備兵を吹き飛ばした音だった。武器を落として背中を見せても容赦なく。

もう言葉もない学者さんに、麦野(むぎの)はゆっくりと身を屈(かが)めて顔を近づける。

首を傾(かし)げて告げる。

「うーん……悪いけど、そういう依頼じゃないんだよね」

「いら?」

「もうすぐここに正義のヒーローがやってくるから、騒ぎになる前に表に出たら困る証拠関係を全部焼き払え。そういう真っ黒な依頼なの」

「……ッ!? ～～～っっっ!!」

「そして証拠関係には、人の頭の中にある情報も含まれる」

じゅわっっっ!!!!!! という蒸発音があった。

かざした掌(てのひら)の先で、研究者の頭部が丸ごと消失していた。

死体は後ろに倒れる事を忘れていた。

「悪いね。どこぞの精神系超能力者(レベル5)みたいに記憶だけ選んで消去できりゃあクソったれの悪党も人生やり直せたかもしれないけど、私に依頼をするとこんな感じで収まる」

口先だけだった。麦野沈利の声色や表情から罪悪感の香りは漂ってこない。

「むぎの」

ピンクジャージに短パンの少女が話しかけてきた。

滝壺理后は奥を指差して、

「あっちに何かある、緊急っぽい感じじゃないけど」

「アレかな？」

「結局アレでしょ。わざわざ部屋どころか入口のドアまで隠してある訳だし」

麦野とフレンダは顔を見合わせる。そもそもここはそういう研究機関で、どこかの誰かがトラブルの前兆を摑んだから麦野達が派遣されたのだ。仕事の性質上依頼に関する資料は手元に置けないが、重要なヒトやモノは全部頭にある。

麦野は肩にかかった髪を片手で払って、

「じゃあ五分ちょうだい。ひとまず全部殺すまで待って」

提案通りになった。ありとあらゆる壁が遮蔽物として機能してくれない時点で、極限の飛び道具に全身をさらした警備兵や研究者の末路は決まった。一通り施設内の動体を全て爆破・蒸発させると、麦野沈利とフレンダ＝セイヴェルンの二人は血の鉄錆よりも焦げ臭い方が強い死の空間を歩いて、ジャージ少女が教えてくれた小部屋に引き返していく。

「結局今のゲーム機ってすごいんだよ！　フィットネスとか健康管理もしてくれんの」

「えー、五つ星評価のジムと契約した方が良くない？　ピラティスとか、ホットヨガとか」

「チッチッチッ。むーぎーのー、結局そもそもダイエットのためn
「……、」

「こほん、大変お美しいオトナのボディメイクのためにッッッ!!　それ『だけ』でわざわざ専用の時間を割く、ってのが結局もう無理めな訳よ。ながらで効果が目に見えるストレスフリーな感じにしないとこういうのって続かなくない？　だから結局欲しいのは小さなゲーム機にワンセット全部入っちゃう、良くできた体操ソフト!!」

元々は図面にない機密エリアのようだが、彼女達が暴れすぎたせいで隠し扉そのものが歪んで壁から浮かび上がり、丸見えになっている。べこべこになったドアの前で律儀に待っていた滝壺を下がらせ、麦野がそのドアを靴底で蹴飛ばして中に踏み込むと、だ。

「お？」

左右の壁際には、冷凍睡眠に使う強化ガラス製の密閉ポッドがずらりと立っていた。

ポッドの一つ一つの大きさは電話ボックスくらいか。

「結局コールドスリープで固めてあったから、心音や呼吸の反応がなかったんだね」

言いながら、フレンダはくるくるとモバイルを手の中で回していた。最近のカメラレンズは色々と多機能になったので、後ろ暗い連中にとっても便利な時代になった。位置情報含む、知らない間にプライバシーを切り売りする各種サービスの自動送信機能さえ気を配れば。

麦野がポッド外装にこびりついていた白い霜を拭うと、内部の様子が見て取れた。

裸の少女が収まっていた。

栗色のボブに白い肌、起伏のなだらかな体軀。歳は高く見積もっても中学に入るかどうかといったところ。毛先まで固まっていた。まるで透明な樹脂で隙間を埋めた果物のゼリーだ。

改めて麦野がぐるりと部屋を見回すと、ポッドはざっと見て四〇基以上ある。

「事前の資料通り。全部人間ロッカー、か」

「つまりプロジェクトを安全に撤収させるための標的。完全に無抵抗ってちょっと鬱モードになりそうだけど、どうする。結局、大雑把に爆破する前に人数確認やった方が良いのかな」

「いや、お土産にもらっていこう。まあ一人もいれば十分だけど」

ペットショップの衝動買いみたいな無責任テンションで麦野はあっさり言った。

フレンダは怪訝な顔をして、

「なに？　ヒトもモノも全部消し去れって依頼じゃなかった？？？」

「お行儀良く従う理由は？」

「……良いけど、人助けなんてぬるい話じゃない訳よね。結局本音はナニ？」

「じゃあ理由の一個目。上からの依頼は公になったらまずいデータの抹消よ。標的標的とは書かれているけど、実際問題ここで何をやっていたのか具体的な数値まで自分の口で説明できない受け身のガキどもは割とどうでも良いはず。依頼を思い出せよ、研究者や警備チームは割と問答無用だけど被験者については言及ナシだったでしょ。実は必ずしも殺す縛りはない」

なるほどー、とフレンダは軽く呟いた。

やっぱり命のやり取りをするほどの重さがない。

少女達にとって、生かすか殺すかは気分がかなり大きな判断基準だ。

「滝壺は貴重な照準係だけど、戦闘はできないのよね。私の『原子崩し』は殺傷力がデカ過ぎて防御に向かない。その辺カバーさせるために無能力者でも結構ヤるらしいって話を聞いてフレンダを加えてみたけど、アンタも専門は格技より爆弾でしょ。やっぱり防御特化とは言い難い。そしてここには美味しい素材が揃っている☆」

「むぎの。そろそろ防御に向いた能力者が欲しいって事？」

「『暗闇の五月計画』。学園都市第一位の思考パターンを後付けで移植された人造高位能力者、アンタの盾役としては悪くないレア度じゃない？」

言葉だけは質問・提案っぽいが、フレンダと滝壺は肩をすくめただけだった。彼女達の中では、麦野がやると考えたらそれはもう決定事項だ。

フレンダは部屋の隅にあったコンピュータに向かって、

「えーっと、プロジェクト全体で一番の成功作は大能力者、二人いる。『窒素装甲』の絹旗最愛と『窒素爆槍』の黒夜海鳥だって、結局どっち起こす？」

「盾役」

そんな気軽さで道が分かれた。

片方は少女達と合流する道に、もう片方はここから始まる長い長い別の道のりへと。

ガゴン!!　という太い機械音があった。

分厚い保護ガラスの内部を埋めている、時間や空間をそのまま固めたような透明な固体に変化があった。どろりとした液体に変わっていくのだ。水というよりジェルに近い質感だった。それもまたいくつもある排水溝から吸われて消えていく。

そして保護ガラスが真上に大きく開く。

「はろー、名前は絹旗最愛だっけか。状況は理解できてる？」

「……？」

ぺたりと座り込んだ少女はどこかぼんやりしていた。

栗色のボブは濡れてぺしゃんこになっていた。未成熟な鎖骨のラインから平らな胸に、さらにおへその下まで粘ついたジェルがどろりと伝っていくが、気にする素振りもない。

滝壺は無表情なまま首を傾げて、

「悲鳴ないね？」

「自分がハダカだって気づいてもいないんだろ、解凍直後だから頭に血が回ってないのよ」

ぺたりと座ったままこちらを見上げるアクション自体、自分の意思というより外からの刺激に促されて、といった印象が強い。のろのろ動くオジギソウっぽい。

おそらくこういう世話をするためのアメニティだろう。滝壺理后はどこかから拾ってきた真新しいバスタオルを全裸少女の頭に被せながら、

「むぎの」

ピンクジャージに短パンの少女はどこかよそを見ていた。明らかに壁の向こう側を意識している。自他共に認めるバトルフリークの麦野沈利だが、こういう時、滝壺の漠然とした『嫌な予感』や『虫の知らせ』は全てにおいて優先される。そうしなければ確定で不利益を被る事を、『暗部』の少女達は経験で理解しているからだ。

「南南西がざわついている、そろそろ限界みたい」

「おっと想定よりも真面目に素早く働くじゃないかフツーの警備員。なら一八〇秒で撤収」

「え、ちょっと！　結局、冷凍睡眠の連中はどうすんの？　他にもたくさんいるけど!!」

慌てるフレンダに麦野はあっさり言った。

「それが理由の二個目よ。犯人役がいればちょうど良いわ。フレンダ、どうせコマンド入力したら後は全部オートでしょ。低速設定で解凍作業を進めておいて。カウント一八〇、こいつが目を覚ました直後に一一〇番で学園都市の平和を守る警備員達が踏み込んでくれば……」

そこまで言って、麦野は視線を振った。

裸の少女、絹旗最愛はぼんやりとした瞳で滝壺に世話されるがままだった。全身の血の巡りはまだ回復していないらしい。濡れた髪はもちろん、体の方までしつこくこびりつく生体電解質ジェルを拭うためバスタオルで全身ごしごしやられている最中も恥や抵抗とは無縁である。今は裸のまま両手をのろのろ上げてバンザイしていた。

麦野沈利は別のポッドを指差して、

「……解凍したばかりで色々あやふやな黒夜海鳥は自分がキレて研究所をぶっ壊したと結論づける。今までこれだけの扱いを受けていれば、まあ思い当たる節なんていくらでもあるでしょうし。ならハイスコアは復讐者にあげよう、私達はどんなに殺したって安全に逃げ切れる」

（この中では）良い子の滝壺がちょっと顔を曇らせるのをフレンダは横目で見つつ、

「結局そんなに都合良くいく？　スペックによると、麦野の『原子崩し』と窒素の槍って破壊の痕跡は一致しないはずなんだけど。分かる人には分かる訳よ」

「それ狙いなの」

じゅわっ‼　という灼熱の音が響いた。固体がそのまま蒸発する音だ。逃走寸前という段階にきて、麦野は意味もなく適当な床に超高温の『原子崩し』の閃光を放ったのだ。

「本当に完全に事件を隠蔽しちゃったら、私達がきちんと仕事を済ませましたって証明もできなくなるでしょ。だから一般の連中にはバレない形で、でも『暗部』の人間が見ればきちんと分かる程度のサインは残しておくの。こういうのを怠ると依頼人から報酬の支払いを渋られたり、知らない同業者から横取りされたりする。キレて暴れて金を取り返すのも面倒だろ」

その言い分にフレンダは思わず肩から脱力した。

犯罪者としてのレベルが全く違う。

ゴウンゴウンと動き始めた機材を眺めて麦野（むぎの）は満足げに二回頷（うなず）いてから、小部屋の出口に向かう。さらに続けて二発、三発と『原子崩し（メルトダウナー）』を適当な壁や天井に解き放ちつつ、

「ほらー、みんなしっかり歩いてさっさと逃げるのよー。全員、一一〇番（ひゃくとうばん）で駆けつける警備員（アンチスキル）に見つからないように注意。きゃー目撃されたら全部殺すしかなくなるから気をつけてー」

「……結局、心配の仕方がそこらの悪党とは逆方向な訳よ」

バン!! と警備員（アンチスキル）の黄泉川愛穂（よみかわあいほ）が大部隊を率いて非公開研究施設の正面ゲートを破った。

真っ黒な少女達が壁に大穴を空けてこっそり表に出た九〇秒後の出来事だった。

蒸し暑い熱帯夜だった。

東京西部に位置する学園都市（がくえんとし）は、夜になっても内陸特有のこもる熱気に包まれる。これで風力発電ベースのエコな街を名乗っているのだからヒートアイランドってすごい。

工場見学サイトなどで密（ひそ）かに話題になる独特できらびやかな夜景の中、第一七学区の無人工

場街で待っていたのは、後部の窓を全部黒いスモークで塞いだ一二人乗りの細長いマイクロバスだった。この感じだとテレビのロケバスと言った方が分かりやすいかもしれないが。

ただ後部ドアを開けてみれば、中はふかふかの絨毯とコの字に整えた本革のソファやガラステーブル、真空管アナログオーディオ、小型の冷蔵庫などが並べてあるのが分かるはずだ。

外から見れば中古で三〇万もしないくたびれた車。だけど中は五〇〇〇万以上する高級リムジン。ソファや絨毯はもちろん最高級、隅にあるチャネルの小さなゴミ箱一つで馬鹿デカいゲーミングパソコンを丸ごと買える額はする。これが『暗部』の少女達が使う移動の足だ。

麦野は短く囁く。

「出して」

「うす」

運転手は派手に染めた髪と太い金のネックレス、口の中にはガムまであった。『暗部』には色んな人間が転がり落ちてくるが、四輪の扱いだけは路地裏の不良ルートで調達するのが一番だ。技術はあるのにマークもされていない。何より現場で失っても再調達が簡単だ。

これっきとした車両逃走段階だが、あくまでも安全運転。三枚羽の風力発電プロペラがあちこちに立つ工場街で、ド派手な赤色灯を回す警備員の特殊車両が集まる正面ゲートのすぐ傍を時速四〇キロでしれっと通り過ぎる。汚いロケバスは現場をゆっくりと着実に離れていく。

学区を越えて危険なエリアから出た瞬間、エンドルフィンがどばっと出るのは悪党あるあるだ。常設、巡回のドラム缶型警備ロボットくらいではもう彼らを捉える事などできない。

「いえーいっ‼　まさしくパーフェクト、結局一〇〇点満点って訳よ‼」

「いえー」

小型冷蔵庫から取り出した小瓶のサイダーをガツガツぶつけてフレンダと滝壺がはしゃいでいた。こんなのでテキトーに摘まれる五つ星のブルーチーズと生ハムが泣いている。あとこのラインナップになんかしれっと安物のサバ缶が混じっていた。

もそもそという分厚い布の擦れる音があった。バスタオルのものだ。絹旗最愛がコールドスリープ解凍状態から頭が回ってきたらしい、つまり当たり前の恥と疑問を持ち始めている。

隅っこで自分から小さくまとまり、ミノムシ少女絹旗最愛は探るような目を向ける。

「……超あなた達は？」

「ひとまず正義のヒーローじゃないね」

くつくつと笑いながら麦野沈利はそれだけ言った。

たった一言だけで、まだ『暗部』から抜け出していない、くらいは絹旗も理解したはずだ。実験動物として研究施設の奥で飼育されていた少女には、戸籍も住所も学生証もない。今車の外に放り出されても、あるのは終わりのない困窮と路上生活だけだ。しかもハダカで。

避けるためには、どんな理不尽があろうが暗黒の少女達に喰らいついていくしかない。

これから様々な情報が洪水のように押し寄せてくる。その一つでも取りこぼせば明確な死が待っている。そういった予感くらいはひしひしと知覚できていなければ、むしろおかしい。

その上で、だ。

麦野沈利は気軽に両手を広げてこう尋ねていた。


「そっちはどうよ？ 自由の味は」


車内の時計はちょうど七月一日の午前〇時を示していた。

絹旗最愛もまた小さく笑う。

何かしらこの瞬間、見えないルールが変わったと思えたから。

善でも正義でもないけれど、だけど無菌の部屋で空気と食料と電気と薬品をもらうだけでは一〇〇年経っても手に入らないであろうものが転がり込んできた事を知ったのだ。

小柄な少女はゆっくりと目を細めて、

「……超悪くないです」

彼女達は『アイテム』。

学園都市(がくえんとし)の暗闇、その奥の奥で蠢く(うごめく)最強四人組の精鋭部隊である。

行間　一

（＊以下は『書庫（バンク）』とは切り離した当非公開独立アーカイブでのみ保存・管理する事。多くの凶悪犯にとって情報とは上層部との裏の繋（つな）がりを認め、ある種の信頼の証（あかし）として提示されるものだ。一般に『暗部（あんぶ）』は外から命令される事を望まないが、その前提を踏まえた上で、秘密裏に街の暗闇を掌握したいという試みの主旨を自覚して日々の保全業務を遂行してほしい。

本件は、機密を保持するためであれば人の命が要求されるレベルの情報である。つまり取り扱いには責任が生じる。君達が直接手を汚すかは関係ない。単純なエラーか周到なサイバー攻撃かも重要ではない。外部への漏洩（ろうえい）は、すなわちその不正閲覧者を君達が殺したと思え）

麦野沈利（むぎのしずり）。

超能力者（レベル5）、『原子崩し（メルトダウナー）』。

現在七人しかいない超能力者（レベル5）の一人。電子を粒子でも波形でもなくそのままの状態で撃ち出す事によって強い抵抗を生み出し、結果、照射された物体に莫大（ばくだい）な熱や摩擦を与えて強引に焼き切る能力へと進化している。兵装分類的には粒機波形高速砲。その性質上、新型兵器研究、○次元の物理証明、非レーザー式核融合炉の他、『一つの電子を万人の観測状況に関係なくそのままの形で操る』という非常に特異な能力の特性から従来と異なる新方式の量子コンピュータ、量子暗号、高度柔軟性ＡＩ開発、次世代大量高速通信など多様な応用研究が期待される。（＊研究成果は一部『アネリ』プロジェクトなどに組み込みが始まっている。詳細は別紙参照）
なお、同じく電子的な超能力（レベル5）である『超電磁砲（レールガン）』とは互いに干渉するリスクがある。両者共に、研究施設の建設条件等はこの点を留意する事。

滝壺理后（たきつぼりこう）。
大能力者（レベル4）、『能力追跡（AIMストーカー）』。
能力者が無意識の内に放つ微弱なＡＩＭ拡散力場を正確に記録、保存してそれを追跡する能力を扱う。一度登録さえしてしまえば追跡に距離の制約はなく、太陽系の外へ逃げても正確に捕捉できる。ただしＡＩＭ拡散力場の記録・検索はどちらも極めて特殊な『体晶』と呼ばれる粉末を経口摂取する必要があり、これには莫大（ばくだい）な製造コストと強力な副作用が存在する。（＊『体晶』の詳細については統括理事会一名より承認鍵を得てから閲覧する事）
なお、『体晶』使用時以外でも『南南西から信号が来ている』など何かを受信しているらしき言動が見て取れるが、こちらについては全くの未知数。虫の知らせや第六感といったものが、能力に起因するものか経験からの無意識的な察知かもはっきりしていない。

そもそも『能力追跡（AIMストーカー）』については未（いま）だに謎が多い能力だ。大能力者（レベル4）にしては情報保全措置が厳重で、『書庫（バンク）』のデータにも二重底の痕跡が見受けられる。これは統括理事会全体が把握している件（くだん）のプロジェ（＊以降は統括理事会六名から承認鍵を取得しない限り、閲覧不可）

フレンダ＝セイヴェルン。

無能力者（レベル0）。

能力的には何の力も持っていないが、各種爆発物の取り扱いに長（た）けている他（ただし無免許無許可）、素手での戦闘にも覚えがある。とはいえ我流で型を感じられないため、こちらについては無能力者（レベル0）が『暗部（あんぶ）』で生き残るため現場で自然と習得していった経緯が推測できる。

爆発物、というより化学薬品の合成技術全般については大学の教授レベルに達している。体に目立った火傷（やけど）や傷の痕跡は見られないためトライアルアンドエラーの独学とは思えないが、具体的にどこの誰に師事しているかは不明。友人知人が多すぎる。

生活に不自由せず交友関係も異様に広い事から、何故（なぜ）好んで『暗部（あんぶ）』に身を置いているのか不明瞭な人物でもある。一時期は『学習装置（テスタメント）』で必要な化学知識を即席で詰め込んだ風紀委員（ジャッジメント）やネットニュース等の潜入捜査説もあったが、こちらは今日現在では否定されている。つまりなおさら不明。減点法を採用し、疑問点（マイナス）が累積一〇点を超えた段階で調査班を編成する事。

（＊新規登録。機密事項『暗闇の五月計画』より一部ファイルを移動・結合）

絹旗最愛。

大能力者、『窒素装甲』。

空気中の窒素を操り、全身を超高圧縮した気体の壁で包み込む事によって絶大な防御力を確保し、擬似的な腕力強化も実現する能力を使う。特に防御については、本人が自覚をしていない死角からの奇襲にも自動的に対応する。かつ、その耐久性は至近距離からショットガンで撃たれても傷がつかない域にある。接近戦専門ではあるがそのスペックは絶大で、つまり、いかにして格闘のみに状況を限定させるかが勝敗を如実に左右する。

なお、彼女は学園都市第一位の超能力者・一方通行の思考パターンの一部を移植する『暗闇の五月計画』の被験者でもある。（＊プロジェクトの詳細については別紙参照）自動で発動して全身をくまなく防護する『窒素装甲』の性質は、第一位が好んで使う『反射』の計算式を劣化しながらも一部組み込みに成功した事によるもの。関連して、極度に興奮すると口調が変質する、といった事例も報告されている。

第一章　『五』人目の少女

1

七月一日、午前一〇時。

第一五学区でも一等巨大な複合ビル、フィフティーンベルズ。

そもそも学園都市(がくえんとし)で暮らす二三〇万人の誰もが羨む、最大の繁華街だ。

そんな一等地も一等地にある高層建築の、実際の居住よりも投機目的で売買される事が多い超高級マンション区画。その最上階と屋上の庭園がまとめて『アイテム』の根城だった。投機狙いだと壁や床の染(し)みとか生活臭とかで減額されるのを嫌い、人が住まない部屋も多い。静かな生活を求めるなら都会の便利さを犠牲にする大自然へ逃げ込むよりこっちを狙うべきだ。

『学園都市(がくえんとし)で能力開発を。量子論に基づく科学的な超能力があります。観測で素粒子の動きや性質が変わる事を逆手に取り、催眠、投薬、電気刺激などを用いて自己の中で「自分だけの現実(パーソナルリアリティ)」

を開発し人間の側から本来ならありえない現象を起こすといったもので……』

一仕事を終えた後も何をするでもなくぐずぐず起きていた麦野沈利が一人、テニスコートより広いリビングを横断して寝室に向かう途中の事だった。一〇〇インチ以上ある大きなテレビが勝手に点いた。人の顔を検出して勝手に番組サーチするのも考え物だ。エコじゃないと思う。どうも学習を失敗しているのか朝っぱらからニュース番組とか観せられても興味ないし。

ただ、今日に限っては上出来だったのかもしれない。

何か部屋の片隅でピカピカ点滅しているのを発見するための時間くらいは稼いだ訳だし。

「あれ？」

炭酸水のボトル片手に麦野沈利は呟く。

風呂上がりなので格好は薄いネグリジェ一枚だったが、窓辺に立つ事への忌避感は特にない。麦野はガラスの傍に並んだリクライニングチェアの一つに体を投げて受話器を取る。体重を預けると、背もたれはそのまま後ろに倒れてベッドのようになった。

高層ビルの群れと、あちこちに三枚羽の風力発電プロペラが立ち並ぶエコな街。

飛行船の横についた大画面では、夏空の下を行き交う人々へ紫外線予報を流している。

窓の外に広がる学園都市はクソだ。『暗部』に支えられてキラキラ輝いておきながら、誰も彼もこの街の暗い側面には目を向けようとすらしない。

そして相手はまあ、予想通りだった。

「貉山さあ、何でいつも家電なんかにかけてくんの？　留守電なんてチェックしないよ。ケータイの方に直接かけてきてくれりゃあ聞きそびれる事もないのに」

『滅相もない、お嬢様。こちらはしがない使用人、取り次ぎもなく直接お嬢様にお繋ぎする無礼があってはたまりません。そんな恐れ多い。本来、家の電話にもかけるべきではありませんが一応はマンションの大家からの経由という形でギリギリ体面を保っているのですよ？』

学園都市の外、実家に勤めている執事の貉山は一事が万事こんな感じだ。まったくこの老人は人を大切に扱ってくれているんだか距離を置いて腫れ物扱いなんだか分かりゃしない。

『お嬢様におかれましても、本家から離れて学園都市で生活しているとはいえ、栄えある麦野の一員である事への自覚と覚悟を常にお忘れなきようお願いいたします』

「下手からきてるけど朝っぱらからお説教モードだなこれ？」

『お嬢様』

平日の朝一〇時。小中高に大学や社会人まで自宅でのんびりくつろいでいて褒められる時間帯ではないはずだが、白髪の執事はそういう世俗の時間感覚など特に気にしないようで、

『明治の始まり、文明開化は実に様々なモノをこの国に流入させました』

「はいはい」

『科学、絵画、食肉、薬品、汽船、そして小麦。麦野とはこの国の誰よりも時流を読んで西洋文化を吸収しその翼を大きく広げた、世界に名立たる一流の資産家。まさに選ばれし者だけが

名乗る事を許された叡智と栄光の家名にございますよ、お嬢様』

「（……何が西洋文化だアホくせー。うどんも饅頭も全部小麦だし。時代劇の真っ白なご飯じゃあるまいし、本当の大昔は純粋なお米を食べられた人の方が少ないいんじゃね？）」

『お嬢様』

この呼びかけは貉山のクセみたいなものだ。

コードレスの受話器を手にして窓辺のリクライニングチェアに寝転がり、呆れたように麦野は息を吐いていた。そのままペットボトルの炭酸水を一口。

確かに鎖国から開国に向けて、様々なモノがこの国に雪崩れ込んできた事だろう。洋服、食文化、西洋医学、シェイクスピアの演劇、他色々。それらを貪欲に吸収して力を急拡大させていったのが、（あるいは本家に属する少女本人よりも）貉山ご自慢の麦野家だ。

「あと欧米式のギャング、」

『おやおや』

幼子をたしなめるような声があった。

『暴力は話術や札束と並ぶ交渉カードの一つに過ぎませんよ。暴力は使うものであって振り回される麦野にあらず。実際のところ、誉れ高き麦野の家は世界で五指に入り、世界中で実に一四億人の胃袋を支える穀物生産企業にございます』

なので麦野の家は、いわゆる任侠の世界とは異なる場所にある。目立つ行動はしないし、反社会勢力として拠点や構成員数が把握される事もない。分かりやすいサングラスや金のネックレスもない。表の顔は世界的な穀物生産企業であって、それすら『麦野』の名は社名にも人事にも一切登場しない。だがそうして手に入れた莫大な資金がどこぞの銀行なりカジノなりでロンダリングされて行方を晦ました結果、いつの間にか全世界で総数一〇万人規模の兵隊が養われている。作りの怪しい拳銃どころか普通に戦車とか攻撃ヘリとか持っている。そしてグループ一部門である投資ファンドは老舗も新興も問わず、少しでも隙を見せた会社を片っ端から買収してアメーバのように全世界へ窓口となる企業を広げている訳だ。

外し難い社会の歯車となり、その存在を隠す。

そして壁の落書きや握手の方法にまで敵味方を識別する符牒を織り込んででも、探りを入れる異物の徹底排除に努める。これが西洋式暴力装置のやり方である。

「これだけ麦を抱えているなら、ギャングらしく密造酒でも作れば良いのにぃー」

『残念ながら、今の時代こっそり作る理由がありませんので』

つまり、麦野沈利とは暗黒のサラブレッドだ。他の多くの『暗部』連中と違い、何かヘマをして転がり落ちてきた訳ではない。最初の最初から、この暗がりで生まれ育った怪物なのだ。

そしてそんな彼女も、学園都市の中ではただの学生の一人。

貉山的にはそこが心配なのか。こいつはこいつで字面を見れば分かる通り、文明開化の廃刀令のタイミングで山賊装備の錆びた刀を捨て『山歩きの狙撃手』に生まれ変わった近代血統の精鋭だ。行き（アイテム）ずりの共犯者ではなく、自分こそ戦闘その他の世話を焼きたいに違いない。

『お嬢様の方はお変わりありませんか？』

「えー？　特に何も」

　昨日も勤勉に夜遅くまで殺しをしてきたし、全くいつも通りだ。

「こっちは七人しかいない超能力者（レベル5）の一角なんだ、そうそうピンチにゃならないって。『暗部』の中には作り物の過去を話して身を守る連中もいるけど、まだそこまで追い詰められてもないし」

（……同格、しかも『暗部（あんぶ）』の天敵とかいう第六位でも出てこない限りは）

　ネグリジェ一枚の麦野（むぎの）はリクライニングチェアに身を投げたまま、気だるそうにあくびをして、寝返りを打つ。受話器からは老執事の可愛（かわい）いヤキモチ声が飛んできていた。

『ご学友の皆様は？』

「下の階でイチャついてるよ」

2

「あっはっは!!　ムネに関して言えば結局いっつも私がいじられ役だったっていうのに、まさか私のお下がりがぶかぶかになる子が出てくるなんてねえ!!」

「……、」

腹を抱えて目尻に涙まで浮かべて笑うフレンダ＝セイヴェルンの前で、新入り絹旗がふくれっ面になっていた。いつまでも裸にバスタオル一枚ではいられないから急場しのぎで服を借りたら、この言いようであった。こいつなら大してサイズ変わらないと思っていたのに。

フィフティーンベルズは大雑把に分けて、上層の高級マンション、中層のオフィス、そして下層にはオシャレ系のブランドショッピングモールが広がっている。サイズの合わない夏物ワンピースを押しつけられ肩紐を片方ずり下ろした絹旗最愛が佇んでいるのは、空き箱だけでも質屋で換金できるレベルの高級ブランドショップがずらりと並んだモールの通路だ。

朝一〇時。表でガラスの扉が開くモール開店は一一時だが、上のマンション住人のみ特権的にお買い物できる秘密の時間。本当のセレブはバーゲン争奪戦もオンライン抽選も縁がない。

「……ていうか、そもそも大丈夫なんですかこんな所で超お買い物だなんて。言っても後ろ暗い仕事をこなして汚れたお金をもらう犯罪者集団なんでしょう？」

「ダイジョブ大丈夫だいじょーぶ。結局、ついさっきデカい仕事を片付けてきたでしょ？　報酬は即日振込だから心配いらない訳よっ、さあーて夢のブラックカードで買いまくるぞ散財するぞいたいけな少女達を使って着せ替えしまくるぞオおおおーっっっ!!!!!!」

もう正常な話が通じる感じではなかった。犯罪者集団呼ばわりを否定する素振りもないし。

絹旗最愛の隣ではピンクジャージの少女、滝壺理后がぼーっとしている。

太股の付け根辺りまで見える短パンではではちょっと冷房が寒いのか、時折自分の足を擦り合わせる女の子に絹旗(きぬはた)はそっと話しかけてみた。

「……このヘンタイは超いつでもこんな感じなんですか？」

「いつも着せ替えで遊ばせてくれる妹が珍しく夏風邪でダウンしちゃったから、フレンダは耐えてきたんだって。頭のバルブひねって圧力逃がさないとそろそろ爆発するって言ってた」

反応に困る人だ。

当のフレンダの方は全く気にしていないようで、

「それよりお祝いも兼ねて何着か適当に買ってあげるけど、そっちからリクエストとかある？結局、特にないなら私が勝手に決めちゃう訳よ」

「もし許されるなら、もうちょっと動きやすい服で超お願いします。丈が短いのは結構ですが、あっちこっちひらんひらんなのが空気に服を摑まれる感じがして超鬱陶しいので」

「結局好みはボーイッシュ系ってヤツ？」

「超知らんがな」

適当に言い合いながら歩く三人。共用の広場みたいな場所では、数人の店員さんが床一面に分厚いビニールシートを敷いていた。どうやら季節のイベントでスイカ割りをやるっぽい。隅の方に文庫本より小さな紙袋が集められているので、一発で成功すればご褒美(ほうび)がもらえるらしい。あんなのでもホストやキャバ嬢が見たら子犬みたいに群がって喜ぶブランド品だ。

少女達は適当にスポーツショップっぽいカラーのお店を選んで踏み込む。動きやすくてお手入れが簡単そうな衣服を適当に見繕おうとして、値札のゼロの多さに絹旗の頬が引きつった。ちょっと待て、日本は札束積んでボールペン買う国になったのか？

そしてフレンダと滝壺は全く気にしていなかった。

「へえー、やっぱり自転車系だとおフランスが強いのね。おら滝壺！　結局ジャージ卒業だっ、お前のたゆんたゆんボディをロードバイクのぴっちりスーツでくるんでやろうかーっ⁉」

「わー、ロボットアニメの女性パイロットっぽくカラフルでぴっちぴちにされてしまうー」

「結局戦隊モノの紅一点じゃね？　日曜日の朝ってアニメよりカブトドライバーとかの特撮派なのよねー、妹のヤツ。相手七歳だと情報集めて話を合わせるのも大変な訳よ。とにかく喰らえぴっちり‼」

こらこらこらこら‼　と絹旗が慌てて割って入った。

「値札のゼロ見て遊んでいるんですかあなた達⁉　こんなの雑に扱って超うっかり傷でもつけたら大ピンチになりますよ‼」

「仕事を終えて無事報酬が入った悪セレブを舐めるなよ新入り。結局、それより着たいの見つかったー？　今持ってるそれ？？？」

「え、いや超その、これ値段高過ぎますし」

「じゃあ結局さっさと試着室に行ってて一、エアコンの風が吹いたらなびいちゃう薄っぺらな布一枚の向こう側で嬉し恥ずかしお着替えタイムしてきてー」

「高いっつってんでしょ!!　これ着るの超怖いですしっ!!」

泣き言は良いのでフレンダと滝壺の二人がかりで脇を固めて試着室に引きずる。こう、捕まえた宇宙人っぽく。怪力自慢はだからこそ下手に暴れて服を破いてしまうのが怖いらしい。

「結局、自分でカーテン閉めないと知り合い設定しくじったＳＮＳみたいに全体公開でお着替えしてもらう訳よ？」

「超分かりましたよっ!!」

シャッとカーテンが閉まった。

ジャージの滝壺理后はのんびりと視線を虚空にさまよわせ、そして横目でフレンダを見た。

「楽しそうだね？」

「わっはっは!!　結局、決まり事でもあるしね。『アイテム』の新入りは一個前のセンパイの手で着せ替えされる運命って訳よ！」

という事でフレンダは滝壺に、滝壺は麦野に着せ替えラッシュをお見舞いされた歴史と伝統があった。フレンダは一つ前のセンパイ女子から七二色の地味ジャージをずらりと並べられて『……どれが良い？』と静かに迫られ、軽めにゲシュタルト崩壊を味わったトラウマもある。

ややあって、だ。

「超着ましたよ……」

カーテンを開けて絹旗最愛が出てきた。

フード付きのパーカーワンピに胸元を覆うベアトップ、後はレギンスの組み合わせ。確かに、急場しのぎで押しつけたお嬢様仕様のワンピースよりはしっくりハマった印象だ。

「おー」

「『アイテム』にこれまでなかった系統な訳よ」

二人から注目されて絹旗は居心地悪そうにしていた。

どういう意思表示なのか、腕組みしたフレンダはうんうんと二回続けて頷いて、

「じゃあここらへんをベースにして、あちこち違うジャンルで味変していきますか。いったん別のお店も回ってイロイロ系統を試していく訳よ」

「いやあのっ、だから超これ買っちゃうんですか⁉　値札のゼロ‼」

「フレンダ。そういえばきぬはたの下着を忘れてる」

「……結局そこは本日最大のお楽しみな訳よ。うぇいうぇーい、罰ゲームみたいなオトナランジェリーか逆振りでお尻にでっかく子猫ちゃん柄か、どっちが恥成分多めだと思う？」

「え、じゃあきぬはた今のーぱんなの？　それは困った」

〜〜っっっ⁉　と顔を真っ赤にしてわなわなしている絹旗。スポーツショップに下着がないのが悪い。ただ戸籍も住所も学生証も（あと衣服も）ない彼女が今外に出てもそのまま立ち往生するだけだ。多分ハダカで。その点、限度額無制限のブラックカードをひらひら振るフレ

ンダの『傘』の分厚さは揺るぎない。

「すみませーん、結局試着しているこれこのまま着ていくからお会計だけお願いしまーす」

学園都市では貧困が犯罪を生み出している訳ではない。雪崩が起きたら紙幣の山に押し潰されて死ぬレベルのお金持ちになっても『暗部』からは抜け出せないんだなー、と絹旗がどこか他人事みたいにやり取りを眺めていると、だ。

「あのうー」

上客の機嫌を損ねるかも、という可能性だけで脅えているのだろう。ギャルっぽいカリスマ店員さんが似合わない脅えの空気を滲ませながらフレンダに話しかけてきた。

「これえ、悪いんですけどお客さんのカードはお店のリーダーでは認証できぬーらしくて。どーもカードのＩＣ部分や読み取り機材の故障じゃなくて連結した口座が使えないようでぇ」

特にふざけているのではなく店員さんはこのトークでしゅんとしていた。

もう時間とか止まっていた。

フレンダ＝セイヴェルンは恐る恐る後ろを振り返る。

予想を超えた事態をお見舞いされて小刻みに震える金髪少女の眼前で展開されているのは、

「わあっ、何ですか超いきなりハサミとか」

「きぬはた。このまま着ていくんだから、値札のタグは取っちゃおう。ほら切ったたっ、もうこれできぬはたのもの」

「洗濯タグまで超まとめて切っ……？　ああもう洗剤の注意書きとか覚えるの超大変ですよ」

「あはは、これだともう返品はできないね」

ほのぼの時空に水を差せなかった。

宙をひらひら舞っている値札のゼロの数とか数えたくない。

3

えうう……という涙目ボイスがあった。

華野超美（はなのちょうび）という。見た感じ一五歳くらいの女の子だった。長い黒髪を三つくらいの束に分けて先端の方だけ縛ってまとめた、まだまだ未成熟な少女。全体の雰囲気は猫というより犬に近かった。それもずぶ濡（ぬ）れのチワワみたいに震えている。

半袖のセーラー服だが、昼時のこんな時間に学園都市（がくえんとし）最大（さいだい）の繁華街である第一五学区を歩いていても警備員（アンチスキル）から呼び止められる事はない。

タイミングが悪い少女、とは華野超美（はなのちょうび）に対するみんなの評価。言っている事もやっている事も間違っていないんだけど、どうにも切り出すタイミングがいっそ奇跡と呼べるほどにズレている。だから彼女自身の善悪に関係なく周囲一帯から顰蹙（ひんしゅく）を買ってがっつり孤立する。

きゃあっ、この人痴漢です☆

……からの、お前こそ冤罪狙いの詐欺師だろうビ○チ呼ばわりされて人生のレールを踏み外すとか、逆にどれだけレアなのだろう自分？

「うえーん、公的身分が『電車通勤のサラリーマンの天敵』ってどんな称号なんですかあ？」

知り合いもいないのに一人でブツブツ言ってしまうのは演劇部のサガか。

ともあれ、どん底まで突き落とされても人生は続く。

そんな訳で今日から楽しい楽しい『暗部』ライフの始まりだ。電話で指示出ししてくれる人の説明では、とりあえず学園都市最大の繁華街である第一五学区の複合ビル・フィフティーンベルズの最上階まで行って『仲間』と合流して四人一組で動け、との事らしい。

しかし実際にエレベーターへ入ると、最上階のボタンが反応しない。ずらりと並んだボタンの列に、目立たない形で掌紋をチェックする読み取り機がついている。

「ふむー」

華野超美は掌に特殊な粉末スプレーを吹きつけると、あっさりロックを外し最上階に向かう。まともな能力が使えない彼女の専門はそっち系だ。

エレベーターのドアが左右に開くと、待っているのは一枚のドアだけだった。指先で恐る恐るインターフォンのピンポン鳴らしても反応がない。時間厳守と言われていた。なので少女は顔を真上に上げて右目にカラーコンタクトを入れると虹彩認証ドアを一秒で開錠する。

「お、おじゃましまあーす……」

使っている技術とは裏腹に、ドアの細い隙間から顔だけ入れて挨拶する華野超美の声色はあくまでも小動物系おどおど少女のものだ。ほっそりしているのにどこか遠くまで通るその声は、やっぱり演劇部由来の特徴かもしれないが。

返事はないが、中に入る。

(ひゃー、たくさん洋服ブラシあるなあ。こんなに色んな種類のブラシが増殖しているって事はどれだけ服を抱えているんでしょう……。普通に羨ましいですう)

彼女は玄関内側の壁にあるインターフォンの小さな画面に触れ、ホームセキュリティの状況を確認してみた。やっぱり人はいるようだ。ここ最近のＡＩエアコンと連動した見守り機能によると、ターゲットとなる人型の影が四つ、広いリビングに集まっているのが分かる。

ひとまずそっちだ。

「あのう、『電話の声』から『アイテム』という組織と合流しろって言われてやってきた華野超美と申しますけどお……」

ところで彼女は自己評価ができていないのか。

(あれ？　でも人影は全部で四つ……？)

言っている事もやっている事も間違っていないが、放つタ、イ、ミ、ン、グが悪い少女。なので通路側からリビングの扉のノブに触れた途端、こうなった。

「テメこらこっちがきちんと仕事してきたっつうのに報酬が振り込まれてねえとか一体何がどうなってんだァぶるオルああべるばろちゃぶるぶるがあああああああアアアアアアアアアアアばあああああああああああああああああああッッッ!!!!!!」

ぺたん、とであった。

華野超美、大変可愛らしくハの字座りで腰が抜けていた。目尻に涙が浮かぶのが自分で分かる。ていうかお股に渾身の力を込めないとこのまんま膀胱が決壊しそうだ。

この現代の日本に魔王がいた。

いいや、魔王みたいなオーラの女性が髪の毛を怒りで逆立て、小さな携帯電話に向けて得体のしれない怒号を吼え立てているのであった。

と、同じリビングで立ったままぼーっとしていたピンクジャージに短パンの少女がこっちに気づいて視線を振ってきた。

「むぎの、誰かいるみたい」

「ぶるへばるぶらどるぅんどるぅんばばばばるべごべばどあ!!!???　……あん？」

デスメタルのシャウトが疑問で途切れた。

結構可愛らしい首傾げであった。

「は、はなの。はなのちょうびれふ」

ハの字座りでおしっこ我慢しながらぷるぷる震えている華野超美はそれだけ言った。

「誰あれ、きぬはたの知り合い？」

「超さあ？」

そうこうしている間にも、魔王の耳元では携帯電話からこんな声がこぼれてくる。

『だーかーらー、報酬自体はきちんとそっちに送金しているってば。口座からお金を取り出せないのは、アンタの口座が意味不明な理由で固まっちゃってるからでしょ。噛みつくなら私じゃなくて銀行の間抜けなオペレーターにやってよね』

あっ、聞き慣れた声ですう、と華野超美はちょっと顔を明るくした。

いつもの『電話の声』だ。

セクシーよりも恐怖が勝る正統派魔王は眉をひそめて、

「原因は？」

『私は両手で拝めばどんな質問でも答えるチュートリアルの女神サマじゃねっつの。支払いミスはそっちの受け取りの問題で、現実に私のお財布からお金は消えてる。だからいちいち二度目の送金なんかしないわよ。なに、警告なしの問答無用で凍結って事は情報面でヘマして銀行の犯罪口座アラートが表示されたとか？』

「そんなヘマする理由がない」

『じゃあ仕掛けてる誰かがいる。ハッカーだか告げ口屋だかは知らないけど「暗部」絡みで』

魔王は携帯電話を手にしたままこっちをジロリと見据えて、

「それからうちのマンションに知らない顔がいるけど」

『華野超美(はなのちょうび)。ほら、「アイテム」は三人しかいないからもうちょっと組織に厚み(バリエ)を持たせたいって前にアンタ言ってたでしょ。感謝してよねー。その子なかなかの優良物件で、変装と潜入の専門家だから今までできない事ができるようになるわよ☆』

うあー、と気まずい空気が漂った。

三人しかいないと言っているのに何故(なぜ)か四人目がいる。きぬはた、と呼ばれていた。ここに涙目でぷるぷるしてる華野超美(はなのちょうび)を入れたら五人組で戦隊モノになってしまう。

タ、イ、ミ、ン、グ、が、悪い、と（ぷるぷる以外の）全員の顔に書いてあった。

『使う使わないはそっちで決めて良いけど、クーリングオフは三〇日以内にね。それから死んだり手足が飛んだりした場合は返品に応じないわ。無能力者(レベル0)でもさっきも話した通り優良物件よ。「アイテム」が使わないなら普通によそへ回す。お試し期間でも丁重に扱いなさい』

「おい、人を雇える状況だと思ってんのか？　こっちは口座止められて金を引き出せねえし、今のままじゃアジトのマンションも引き払う羽目になるのに!!」

『キャッシュレスの時代って言っても小銭くらいあるんでしょ。ないなら床に這(は)いつくばってベッドの下でも調べて。一円預ければ銀行で新規口座は開けるわ、どんな名義でも構わないから誰にもバレない形で早く作るのよ。ちなみに変装を扱う華野超美(はなのちょうび)ならそれができるけど？

あと最後に基本の中の基本を。お金が欲しいなら自分で働きなさい』

「何か仕事が？」

『デカい話よ。例の口座凍結が人為的な妨害だとしたら、「アイテム」が攻撃された理由もこいつじゃない？ ……つまり「連中」は私がこれから話す依頼のデータをどこかで掴んだ上で、先んじて邪魔してきた。アンタ達にビビった「連中」が、現場で戦う前に手を引かせようと考えて勇み足をやらかした。誰だって報酬受け取れないなら仕事してる場合じゃなくなるし』

「……、」

『お金とリベンジ、どっちもできるよー？ 話聞く気はあるかしら』

4

新しい仕事に取りかかる以上、『アイテム』全員で詳細な情報を共有する事になる。そうなると麦野沈利の耳元にある携帯電話一つでは心細い。

そんな訳で、五人はエレベーターを使って下層エリアに向かった。

ジャージ少女の滝壺はぼんやりした目で、

「それにしても、きぬはた、クレカ使えないのに新しい服は買えたんだね」

「結局ポケットの奥まで全部引っ掻き回して、ようやくプリペイドのマネーカードが何枚か出てきた訳よ……。ほら、ずらりと並んだ英数字を入力して、ネット通販とか音楽プレーヤーの曲を買う時とかで使うヤツ。結局あれ現金化できなかったらヤバかったあー……」

「？　ダメだったらフレンダどうなってたの？」

「……『暗部（あんぶ）』の人間が借金踏み倒すと巡り巡って取り立てる方も専門家がやってくる、換金職人（グンタイアリ）とかが群がって延々追い回される……。ま、あの程度の連中に捕まって生きたまま全身超高圧縮されて激レア美少女ダイヤの粒になるつもりもない訳だけど、面倒は面倒だし」

「ぎええ……。そ、そんなヤバいのまで徘徊（はいかい）しているんですか『暗部（あんぶ）』ってえ」

横で聞いていた華野（はなの）超美（ちょうび）が自分には関係ないトコでまで小さくなっていた。

目的地はフィフティーンベルズ内にいくつかまとまっている映画館の中でも、クラシックなシアター。平日昼間とはいえ客が誰もいないのは奇妙だったが、疑問の声はなかった。そして照明を落として真っ暗になるとやたらと大きなスクリーンいっぱいに殺しの資料が広げられる。こう見えて『アイテム』の仕事は学園都市内の不穏分子の削除・抹消だ。

「あれ、暗い顔してどうしたんですかあ絹旗（きぬはた）さん？」

「いや超別に……」

一体どこにいくつスピーカーを設置してこちらを取り囲んでいるのか、やたらと立体的な音質で『電話の声』が説明を始める。やっぱり相手の顔は見えないが。

『コロシアムって知ってる？』

「結局、武器も能力も使用オーケー、ルール無用の地下格闘でしょ」

フレンダ＝セイヴェルンがあっさり言った。

即答できたのは、彼女自身ポップコーン片手に楽しんで眺める側だからかもしれない。

「会場は毎回バラバラだから尻尾は掴めない。観客はアングラなダークウェブを使ったライブ配信でケータイでもパソコンでも本物の殺し合いを血飛沫の丸い粒まで楽しめる訳よ。解像度抜群のハイビジョン画質もＶＲゴーグルも対応でね。でも妨害用のプログラムでも仕込んでいるのかどうやっても録画やスクショはできない。選手の出自はバラバラだけど、確か高額賞金で釣っているんだっけ？」

「フレンダくわしい。すごい、ものしり博士」

「へっへー、結局死ぬほど褒めろ☆」

ピンクジャージのズレた言葉に、フレンダもフレンダでくすぐったそうにしていた。普通の感覚華野超美は結構マジで青い顔になっているが。

『一応建前としては、大人の研究員の都合で決められる学園都市のレベル制度とは別に、純粋で暴力的に最強の能力者は誰かを決めるための戦い、らしいけどね？』

ぴくりと麦野の眉が片方動くのが、薄暗い映画館でもはっきり分かった。

彼女はそういうのに目がないバトルフリークだ。

『バカが集まって勝手に殺し合う分には構わないけど、問題なのはそっちの子が言った高額賞金の方なのよ。優勝賞金は一五〇億。これって一体どこから出てくるものだと思う？　まさか、ライブ配信の広告収入じゃあないわよねえ』

答えが返ってくるとは思っていないのだろう。三秒も待たずに『電話の声』はこう続けた。

『生命保険』

「……、」

うえぇ、という華野の呻きだけが響く。

『つまり参加選手全員に手取り億単位の高額な死亡保険を掛けてやってから、試合と称して全員ブチ殺し、優勝者一人に全額が集中するように制度を整えているってコト☆』

「あれ？　でもそれ、選手はともかくコロシアムの運営側は超どうするんです。保険金の元手もありますし、絶対バレない通信インフラを整備して危ない橋を渡る以上、一番お金が欲しいクソ野郎は超彼らじゃ？」

『その子誰？　まあ良いけど、運営は運営で勝手に稼いでいるのよ。さっきも言ったネットの広告収入の他にも、どっちの選手が死ぬかのオンライン賭博関係でも荒稼ぎだし。廃課金モードで応援すると試合中にお気に入りの選手へ凶器をプレゼントできるサービスもあったっけ』

「結局、生き残るためにホスト風男子とかチョイエロコスのお姉さんとかも多い訳よ。ああいう作戦に頼りきりな連中はファンから飽きられたら後はひたすら悲惨だけど」

『そうそう。あと稼いだ金を元手にＳＮＳ闇金とかインサイダー取引とか、無許可で色々手広くやっているわ。もちろんビビってリタイアした負け犬選手でも脅して、あちこち配置して支店長とか専門スタッフとか防波堤を作り、まあつまりバレても自分まで捕まる事のない安全地帯を構築した上でね。いやあー何にしても暗号資産ってやっぱり便利だわ。これだけ巨額が動いているのにちっとも追跡されないんだもん。そんな訳で運営は一五〇億程度じゃ興味を持たない。そっちのフレンダって子が言った通り、死亡保険の集約はあくまでも釣り餌よ』

「……私達『アイテム』にナニしろと？」

麦野沈利（むぎのしずり）が低い声で不機嫌そうに告げた。

「まさか人殺しを止めてほしいとかって眠たい話じゃないよな」

『そんな馬鹿な。今回は食い物にされている保険会社からの依頼よ。保険金っていうのは、競馬なんかと一緒でお客に支払う額より預かる額の方が常に多くないと成り立たない商売なの。こんな短期間にバカスカ高額死亡保険を吐き出しちゃったらフツーに倒産の危機よ』

「だからそうなる前に蛇口を締めろって事か」

『依頼人の常務さんが言うには、方法については報告不要だそうよ。先方の保険会社に迷惑をかけない限りは自由にやれって話。つまり仕事のレギュはDOA、オッケー？』

これは生きていても死んでいても（デッドオアアライブ）ではなく病院に着いた時には完全に心肺が止まっている（デッドオンアライバル）、という話なので一応やり方は頭の中でメモしておく。

ふむ、と麦野沈利（むぎのしずり）は小さく息を吐いて考えた。

（……運営は一五〇億程度じゃ興味を持たない。札束だか金塊だか暗号資産だか知らないが、つまりヤツらの金庫には、最低でもそれ以上の額が眠っているって訳だ）

「良いね、面白い」

『言っておくけど、能力アリでゴリゴリの選手達をスカウトしてるコロシアム運営サイドはその選手側から一斉に難癖つけられても対応できるよう、人には言えない高火力で身を固めてると思うわよ。つまり「暗部」の高位能力者の線が濃厚。ヘマすれば死ぬのは忘れないでね』

「ますます面白い」

話は終わった。

通話が切れると映画館全体が照明で明るくなっていく。

染み一つない清潔な空間。学園都市のクソっぷりをそのまま体現したような空間だ。

「結局麦野どうすんの？」

「てか、そっちとそっち」

フレンダの質問に、麦野は絹旗最愛と華野超美の二人を指差した。

「いきなり五人目が出てきたけど、まずはこいつら新入りの扱いから決めないと」

5

『アイテム』はただの少女達ではない。昨夜の車やその運転手の例を見れば分かる通り、実際には彼女達をサポートするために下部組織の連中がたくさんいる。なので少女達の一人一人が分厚い支援を受けられる人数には限りがあるのだ。麦野(むぎの)の感覚では一つの組織にフルスペック要員は三人か四人が限界。それ以上集めると出費が膨らみ過ぎて収支のバランスが崩れる。

銃弾は比重が大きくて柔らかい金属の方が自分から潰れる事で生物破壊力を増加させるが、鉛と純金なら誰でも前者を選ぶ。何故(なぜ)か。どこの軍や警察だって似たような効果なら破産のしない安価な素材の方がありがたいからだ。

そんな訳で、

「一人が正規メンバー、一人が雑用」

「しょぶすなっ⁉」

変なタイミングで噛(か)んじゃった子が他の全員から睨(にら)まれた。もちろん華野(はなの)超美(ちょうび)だった。

その一言で道が分かれた。

「この気弱チワワが雑用」

「まって、待ってくだしゃいいい‼」

泣いてすがりついてくる華野超美(はなのちょうび)だが、麦野(むぎの)の呆(あき)れ顔(がお)は特に変わらなかった。

と、隣から寄り添ってきた滝壺(たきつぼ)が小声で囁(ささや)く。

「(……ふふっ。むぎの、意外と優しい)」

「あん?」

「(自分で戦闘ができない無能力者(レベル0)だと、一番危険な前衛に立たせたら死んじゃうリスクが上がるだけだもん。その子、フレンダと違って道具を使って戦う感じでもないし)」

麦野(むぎの)はそっちを見ないで滝壺(たきつぼ)を片手で軽く追い払った。滝壺(たきつぼ)は滝壺(たきつぼ)で、ぞんざいに扱われてもどこか楽しげではあったが。

「ひぃいーっ！　何でもしますやらせていただきますっ、どうか私を見捨てないでぇ!!」

身も世もない感じの華野超美(はなのちょうび)に、フレンダは肩をすくめてこう言った。

「どうせすぐに仕事でしょ。結局、それで使える方を見定めてやったら?」

「(いやあの私は『アイテム』なんぞ興味ないっていうか衣食住さえ超しっかりしていれば別に雑用の下働きでも一向に構わないんですけど)」

「きぬはた、勝負から逃げない」

あらぬ方角から全くいらないエールが飛んできて絹旗最愛(きぬはたさいあい)は逃げられなくなった。

五人でエレベーターに乗って、そのまま地下まで。

何やら華野超美(はなのちょうび)がかごの隅っこでコソコソ。すぐ友達を作るフレンダと早速話している。

「（えええー？　ちょ、麦野（むぎの）さんって踏んだら終わりの地雷とかあるんですか？　それなら私にも教えてくださいよう！　新入りにそんなの分かる訳ないじゃないですか！）」

「嫌よ。結局、こっちだって死ぬ気で地面を探ってどこに地雷があるか一つ一つ確かめていったんだから。血と汗の結晶を何ですんなり渡さないといけない訳よ？」

「（……涙じゃないんですかそこ。超そもそも探り探りで地雷を見つけに行かなきゃ死ぬところが、一つのチームとして根本的に超間違えているような？）」

「むぎの」

「狭いエレベーターん中で聞こえねえとでも思ってやがるのかカスどもが……」

俯（うつむ）いたお姉さんがめらっとしていた。

コンクリで固めた地下駐車場に着く。

車のある場所へ向かっているという事は、すでに麦野（むぎの）沈利（しずり）の中では目的地がしっかり設定されている訳だ。華野（はなの）超美（ちょうび）は不思議そうに首を傾（かし）げて、

「あの、コロシアムの件を調べるって言ってもどこからやるんですかあ？　主催者は顔も名前も謎ですし、試合は毎回バラバラの場所でやるから足取りも摑（つか）めないって話ですけどお」

うん、と麦野（むぎの）は小さな子供みたいな感じで素直に頷（うなず）いてから、

「生命保険会社の常務だっけ？　その依頼人さらっちまおう」

時間が止まった。

と思ったのは華野超美だけだったらしい。フレンダや滝壺は特に驚いた素振りでもなく、

「まあ結局やっぱりそうなる訳かー」

「色々詳しい話を知っている割に、情報を小出しにしている印象があったよね」

麦野は小さく笑った。

灰色の地下駐車場にずらりと並んでいる車の一台がヘッドライトを二、三回点滅させた。例の見た目だけはボロいロケバスだ。超能力者の少女はそっちに軽く手を振りつつ、

「そゆこと。ふかーい事情を抱えていたり人には言えない悩みを持っていたり、って流れで『暗部』に依頼してくる連中は多いけど、いちいち仲介人通した伝言ゲームの謎解きなんか付き合っていられないし。答えを知ってるヤツがいるなら素直に口を割らせてカンニングしましょ。分かる所から片付けて糸口を掴むのが『暗部』調査の基本だよ」

あのあのあのあのッ‼　とようやく華野超美が割り込んだ。

致命的にタイミングが悪い子はこの時点ですでに涙目だった。

「えっと、ちょっともう意味が分からないんですけどそもそも保険会社の偉い人からの依頼なんですよねこれ？　何で初っ端から敵じゃなくて味方に牙剝いてんですかあなた達い⁉」

「だってほら、これが一番早くて楽だから」

「誰がお金出すと思っているんですか依頼人怒らせたら仕事終わらせても報酬ゼロでしょ！」

「いや、『暗部』のシケた報酬なんてもうどうでも良くない？　獲物は最低でも一五〇億、高確率でそれ以上抱え込んでいるのよ。そっちをごっそりいただく方を優先した方が良い」

「ツッツ!!!?⁇　て、ていうか権力者ですよ、怖いチカラ持ったオトナの皆様から変に恨まれて命の危機的なコトに巻き込まれるって線はあ!?」

「その程度でやられる超能力者だとでも思ってんのか？」

忘れてはならない。

『アイテム』は昨日も大きな力を持った大人達の根城をたった三人で潰してきたばかりだ。

「そもそもほんとに大事なお客なら、仲介人の『電話の声』はポロポロ情報をこぼしたりしない。とにかくコロシアムを見つけて潰せで済むのに、保険会社も常務も明らかに余計だろ」

「そ、そんなのでどこの生命保険会社か正確に分かるんですかあ？」

ビビった華野超美は（むしろ逆に、命知らずにも）麦野に何度も確認を取ってしまう。

幸い麦野女王の機嫌は直りつつあるようで、真っ赤な花は咲かずに済んだが。

「問題発生中でしょ？　私達に依頼をするにも事前にある程度の書類をまとめる必要はあるし、自分で問題の原因を特定するために『暗部』絡みの領域まで不自然に情報収集しまくった保険会社を探れば一社に絞れるはずよ。後はそこの常務さんを狙えば良い」

一番安全なのは、そもそも何もしゃべらない事。

『暗部』の人間なら出てきた単語一つでここまでやれるのだから。

くつくつと麦野は笑って、

「口で何と言おうが『電話の声』には本気で依頼人を守る気はないでしょー。それより事件を鎮静化させる方が優先」

「……？　でもお、困っているのは保険会社の人なんじゃあ」

「結局それ以外にも何らかの利害があるって訳よ。情報が流れてこない以上、そっちが本命で『電話の声』が守りたがっている側」

と、滝壺理后が口を挟んだ。

大声は使っていない。そっと割り込んでいるだけなのに、自然と場の空気を持っていく。

「むぎの。後ろ暗いって言っても扱いは一般人だから、アレは気をつけておかないと」

「眉唾だろ？」

「……学園都市第六位、通称は『暗部』の天敵。甘くは見ない方が良いと思う」

シン、と場が冷たく沈黙する。

華野超美のわたわたした物音だけが間抜けに伸びていた。

いわく、悪質なストーカーが街灯から逆さに吊るされた状態で見つかった。いわく、武器密売グループが一夜で消滅した。いわく、誘拐組織から小さな子供を無傷で取り返した。

伝説だけなら星の数だが、顔も名前も一切不明。路地裏で泣き崩れる弱者に力を貸し、悪党と戦う何かを与え、『暗部』の泥沼から実際何人かの命を拾い上げている。そう聞けばさぞかし聖人君子と思うかもしれない。しかし具体的に狙われる側からしてみれば形を得た災厄だ。

第六位。

裏道でそれを聞いて憧れるか恐れるかで、その人が胸に隠す善悪はすぐ分かるという。

『アイテム』はもちろん歓迎する側ではない。

序列はあるものの、同じ超能力者二人が真正面から殴り合えば麦野沈利も無事では済まない。ただ麦野は極度のバトルフリークなので目に見える危難を必ず回避するとも限らないが。

こういうリスク管理は、破壊に関して常に準備や経費を求められる爆弾のフレンダだ。

「じゃあ結局、周到に用意してヤるのは一瞬、そこから速攻で撤退って訳？」

「そうなるかね」

若干のくすぶりを見せつつ、一応は麦野も同意する。重要なのは温度感。今回は手を引いて下がると言われたら即座に爆発していただろうが。

華野超美とは対照的に、絹旗最愛は静かなものだった。

背の高い麦野を見上げるようにして、視線を投げて彼女は言う。

「……私は超何をすれば良いんですか？」

「『暗闇の五月計画』。学園都市第一位の思考パターンを一部頭に刷り込んでいるんだっけ？　ぶっちゃけどれくらいできるの。机上の空論じゃなくて、実際に体を動かす方の話でだ」

聞かれて、絹旗最愛は悩む素振りも見せなかった。

彼女は淡々とこう答えた。

「超まあ、人を殺す程度なら」

6

いくつもの高速道路が連結し、ぐるりと円を描く立体的なジャンクションだった。

厳密にはその真下。

多くの陸橋が頭上の大空を塞いでしまうため、ここだけは人工衛星の監視も届かない。前後に何台軍用四駆を挟んでいようが、襲撃にうってつけなのは変わらない。

まず後方から閃光がいくつか瞬いた。

わずかに掠めただけで最後尾の四駆の装甲表面が溶けて派手にクラッシュし、ビビった車列全体が急加速した直後だった。高さ一メートル、道をまたぐ赤外線レーザーを遮ると同時、道路の真横から無人制御でロケット砲が飛ぶ。

「よっし結局オフルート地雷が突き刺さったあ!!」

離れた場所にいるフレンダは小さな拳をぎゅっと握ってガッツポーズ。

まともに喰らった最前列の四駆が火だるまになればこっちのものだ。

勝手に玉突き事故を起こした黒塗り高級車はバンパーを車高の高い四駆の尻に噛ませてしまったのか、ギャリギャリタイヤを鳴らすだけで前にも後ろにも進めなくなる。

ここまでやっても、防弾と耐ショック構造がしっかりしていれば中にいる兵隊達は瀕死であっても生き永らえるだろう。火だるまになっているのも外側だけだ。ただし、分厚いドアが歪んだり焼けついたりして開かなくなれば戦力外は戦力外。なまじ防弾車は頑丈なので、高い金を払って調達したヤツら自身も閉じ込められたらそこでおしまいである。学園都市では頑丈過ぎる防弾車は体当たりで水に落とせ、なんて格言（？）もあるくらいだし。

「まだ注意よ新入り」

「超はいはい」

後からやってきたロケバスから麦野と絹旗が外に下りる。麦野は運転席のドアを『原子崩し』で薄く焼いて運転手を脱出不能に。ターゲットの黒塗り防弾車は身動きが取れないので以下略だ。絹旗は細い腕を防弾の後部ドアに突き刺し、力業でドアを丸ごとバコリと引っこ抜く。

パパパパン‼　という乾いた音が連続した。

しかし車内から子犬より軽いT字のPDWで鉛弾の連射を浴びた絹旗最愛は、仰け反る素振りも見せない。凝縮した空気の壁みたいなものが小口径の専用弾を強引に押さえつけている。

「ひっひひ、ひいいいい⁉」

空になった銃器を振り回すおっさんを絹旗が引きずり出す。滝壺がゴルフに使う縦長のデカいキャディバッグを持ってきた。手足を折り曲げて人を詰め込むと拘束衣の代わりになる。

滝壺は無表情でほっぺたを膨らませて、

「むぎのがまだ注意よって言ったのに」

「していましたよ、だから傷一つないんです。それよりこいつどこに超連れていくんですか？」

「防音しっかりしているって言ってもいつものアジトには案内したくないし、下部組織さんがどこか適当なスポットを見繕ってくれるよ。潰れた工場とか病院とか」

いよいよ何をされるか分かったものではない、と判断したのだろう。

汗びっしょりで気持ち悪さ五割増しになった初老のおっさんが身も世もなく叫んでいた。


「こっ、警策くぅんいい!!」

「ヤレヤレ」


ばさり、とベッドシーツで空気を叩くような音があった。

破壊された黒塗り高級車の屋根の上に、重力を感じさせない動きでそっと片足がつく。どこの学校の制服なのか、胸元を大きく開いた半袖ブラウスにミニスカートの人物は黒髪の陰気な学生に見えた。女子高生か、いや中学生かもしれない。ただし、頭の両サイドからは銀の角、背中からはコウモリのような翼、腰の後ろからは矢印に似た尾が生えていなければ。

麦野(むぎの)は眉をひそめて、

「金属。……しかも素材は液体かよ？　一体何のティッシュ配ってんだその格好？」

「あっはっは、タダの仮装で終わると思う？　モトモトは新しい高度緩衝材研究の産物だけど、実用化するには重すぎてねー。でもおねーさんの能力とは、とっても相性がイイ☆」

妙な口調は自分のクセを隠すためか？　警策(こうざく)、と呼ばれた黒髪小悪魔少女は腰を折って前のめりになると、短いスカートも気にせず腰の後ろにある銀の尾をサソリのように逆立てて、

「まあこっちも脂ぎったおっさんにキョーミはないんだけどー、わるーいオトナから『窓のないビル』について知ってるコトを話してもらう約束になってるからさ。潰す前にヤッパリ図面くらいはほしいし、申し訳ないけどおねーさんにオシゴトさせてもらえるぅ？」

「ハッ、結局ぼっち少女が一人で出てきて何ができるの？　実戦の基本は攻めるより守る方が難しい。護衛対象を逃がしながら私達を残らず撃破するなんてご自慢の能力で冷たい腕を六本に増やしたってできっこない訳よ。アンタなんかただの素早く動く標的だぼっちメタル!!」

「ふぅん？」

ぼたっ、とロケバスのフロントガラスに何かがぶつかった。

それは雨粒に似ていた。

ただし銀色。

というかそもそも高架下にいるのだから、普通の雨粒が当たる事などありえない。

「っ？　みんな頭上に注意」

何かに気づいて滝壺理后が囁いた直後だった。

銀の豪雨が、降り注いだ。

それは鉛筆よりちょっと長い金属矢だった。ただし高度一万メートル以上から降り注げば隙間のない刺突の豪雨は頭上の高架を切り崩し、防弾車の装甲を貫通する破壊力を生み出す。

ドガッ!!　と、渦を巻くジャンクションの高架道路がブロック状に崩れてきた。

それから色とりどりの自動車も。

上は高速道路である以上、いきなり道路を崩されたら普通の一般車も無事では済まない。民間から隠れる事をよしとする『暗部』のルールやセオリーにも反した大破壊だ。

銀の矢、死の吊り天井が迫る。

「チッ。ＳＡＭッッッ!!」

フレンダが叫んで右手を水平に振るった直後、短いスカートが吹き荒れた。逆に地上から天空目がけて五本以上、槍のように鋭く何かが飛び上がる。ロケット花火よりはるかに太く長い爆発物の円筒が頭上で連続して激しく炸裂する。

　爆風と鋼鉄の粒が全方位に撒き散らされ、弾幕と弾幕が空中で激しく衝突し、殺戮の豪雨の分布にむらが発生する。

　わずかな穴、安全地帯を強引に広げる。

「ひぃぃ!?」

　フレンダの腰にしがみついたままへたり込んでいた華野超美が涙目で絶叫する。

　だけどマイクロ波・赤外線併用短距離地対空ミサイルを複数同時に発射しても、数万もの雨を全て正確に撃ち落とせる訳ではない。フレンダの背筋が冷える。

「っ、滝壺!!」

　銀の雨がアスファルトに鋭く着弾する、耳をつんざく金属質の甲高い轟音がフレンダの叫びをかき消す。激突時に何万もの金属矢が震えるのか、巨大なシャンデリアが落ちるよりド派手な大音響だった。硬い路面が粘土のように無数の矢を受け入れ、滅多刺しにされていく。

　しかしピンクジャージの少女がズタズタにされる事はなかった。

　絹旗最愛だ。

　彼女が覆い被さり、目には見えない窒素の壁で強引に金属矢の雨を防いでいる。小さな背中に弾かれた金属矢が辺り一面に転がっていた。

「滝壺さんは大丈夫……っ。超これが私の役目でしょ?」

「はなのも頑張って、あなただってまだ巻き返せる」

だが守れたのはこれだけだ。崩れた高架と一緒に落ちてきた一般車の方はどうにもできなかった。車体は潰れてフロントガラスも砕け、壊れたドアの隙間から何かが下にはみ出ていた。それは近所のデパートで売っていそうな、ファミリー向けの花火セットだった。

ビニール包装の表面は赤黒く汚れていた。

フレンダ＝セイヴェルンが珍しく、低い声で吐き捨てた。

「……結局許せん、普通の一般人を無駄死にさせやがって。遊ぶなら強敵とだろ」

「超同感ですね。今度はこっちの番です」

ガカッッッ!! と、間近の落雷より凄まじい閃光があった。

この状況で。

防御なんて全部フレンダに丸投げ。麦野は頭上の『雨』を気にする素振りも見せず、その手を真っ直ぐ正面にかざしたのだ。『原子崩し』で眼前の標的を蒸発させる、それだけのために。

「ひゅうっ。防御を捨てて攻撃に全振りか、シビれるねえーお姉さん☆」

ばさり、という巨大な翼がはためく音があった。

陰気な少女はコウモリに似た金属質の翼を羽ばたかせ、黒塗りの防弾車の屋根から飛び去っていた。自分の手でズタボロにした路上へ改めて足を乗せる。

今さらのように、鉄錆の匂いが風に乗った。

いかに防弾仕様であっても、麦野達のロケバスはズタズタだ。屋根どころか真下のシャーシを貫通してアスファルトにまで金属矢の雨が突き刺さっている。フロントガラスも亀裂で埋まって真っ白になっていた。いや、赤も。あの分だと運転手のヤンキーは絶命だろう。

それは相手側だって同じ。

依頼人の常務さんは守るが、瀕死に留めて車内に閉じ込めた護衛どもがどうなったかは確認するまでもない。下の路面には血とガソリンが混ざり合った液体がどろりと広がるはずだ。

麦野は舌打ちする。

誰彼構わず。学園都市のクソっぷりがついに陽の当たる世界にまで溢れ出した。

「……見境なしにやってくれるじゃない。安全な死体の処分にも金がかかるんだぜ、アンタが勝手にやった分については費用そっち持ちで片付けてくれんだろうな？　オイ。『暗部』の天敵とかいう第六位に察知されたらテメェ一人で何とかしろよ」

「こんな時でも死んだ人のために怒れるなんてむぎのは優しい」

絹旗に抱き起こされる滝壺は相変わらずの無表情だった。これくらい感覚がズレていないと凶暴な超能力者とは折り合いをつけられないのかもしれない。

そして警策はいちいち待たなかった。

路面に刺さった数万の金属矢はどろりと形を崩す。それぞれが集まると、銀の人形が起き上がる。どこか警策自身のシルエットを思わせる等身大の人形が軽く見積もって五〇以上も。

「ううー。ヤッパリ人形、このカタチが一番コントロールしやすいなあ……」

両手は上に。翼で空気を溜め込み尻尾を妖しくくねらせながら、くすくすと悪魔が嗤う。

「そんな訳で、仲間達ならおねーさんだって事欠かない」

金属で、なおかつ液状。その時点で察するべきだった。あんな線の細い黒髪少女が水より比重の重たい金属を何十キロ、何百キロ、あるいは何トンも持ち歩くなんて流石にナンセンスだ。そして自在に形を変えられるなら、こういう解決策だって取れる。

霧というよりは雲。

普段はたっぷり空気を蓄えて高空で待機させ、必要になればぎゅっと凝縮させて地上に降り注がせる。不意打ちの空爆で仕留められなければ、改めて地上で兵士の軍勢を組み上げる。

「さあて、人数差が何だっけ？」

「……、」

「護衛対象を安全に逃がしつつ、アンタ達もここで残らず殲滅する。コレだけ数があれば流石に足りるよねー？　……あるいはヒサンな防衛戦になるのはソッチかな」

気軽な言葉と同時だった。

ドッ‼　と無数の銀の人形達が全方向から一斉に麦野達へと殺到してきた。

7

数の差が一〇倍以上あるのだ、長期戦は不利と考えたのだろう。

いきなり麦野沈利から鋭い閃光と爆音があった。

だけどこちらは本命ではないらしい。警策看取の耳目が攪乱された一瞬の内に動きがあった。

そして『液化人影』で操られる銀の人形達は自ら考えない。自前の能力を使ったリモコン操縦みたいなものだから、司令塔たる警策の思考が止まるとみんな棒立ちになってしまう。

無数の銀の人形の間をすり抜けて。

すでに、小柄な少女に懐まで潜り込まれていた。

「っ!!」

絹旗最愛は何かしら強化された五本の指で警策看取の胸の真ん中を狙う。防弾の高級車のドアを片手で毟り取るレベルの破壊力を持った一撃を。

刹那、愛くるしい少女の瞳が赤い殺意で濁る。

学園都市第一位。外から移植されたその思考回路が能力にブーストをかけていく。

「掌一発ブチ込ンで体重半分くらいに超削り取ってやりましょォか、あァ!?」

甲高い音があった。

つまりクリーンヒットではない。絹旗最愛の掌に合わせる形で、警策看取は両刃の分厚いナイフを構えて鍔迫り合いしていた。

ギリギリと、五指と刃をかち合わせて警策看取が嗤う。

壮絶な圧力でナイフが歪んでいくが、こちらは使い捨てなので問題ない。

「『液化人影』、手札は能力だけだと思うー？」

「クソ野郎がァ……ッ!!」

「アトそういう星五つの激レアブースト、おねーさんにはあんまり利かないかなあ？」

対して、こちらは黒。

どろっどろに澱んだ二つの瞳で見据え、警策の声色が一段低く落ちる。

「……学園都市の薄汚れたてっぺんが勝手に決めたランクとか、無邪気に信じて人権に優先順位つけてるとか、ホントにマジで吐き気がするし」

直後に銀の尾が空気を引き裂いた。狙いは絹旗本人ではなく、足元の地面。いかに全身を分厚い窒素の装甲で守られていても、足場の道路を崩されてしまえば転ぶしかない。

体勢が大きく変わる。

絹旗最愛は、全体重をかけてこちらの手を押さえ込む分厚いナイフの振動に着目した。

「高周波エッジ？　オモチャみてェに超震えるT字カミソリって、言うほど効果あンですか」

「うふふ、おねーさんが持っているのはもうチョットだけ過激で楽しいオモチャだよ？」

　そこへ、真横から野球のボールより小さな球体が三つ四つと立て続けに投げ込まれた。

　ピンを抜いた手榴弾だ。

「その能力っ、結局厚さ信じてるからね‼　新入り‼」

　警策はそちらを見ずに銀の尾を使ってナイフを同じ数だけ横に投擲。手榴弾に突き刺さって宙に浮いた直後、時限式の信管が作動した。半端な距離で爆発物が立て続けに起爆する。

「チッ‼　クリティカルとはいかない、わ、け……ッ⁉」

　言葉が不意に途切れた。

　粉塵を引き裂いて何かが飛来したのだ。それは手榴弾を落とすために投げ放たれた――つまりそこで速度と威力を失った――はずの投擲ナイフだった。直線ではなく曲線、明らかにおかしな軌道を描いて立て続けにフレンダの腕や脇腹に突き刺さる。

　警策は両手で摑んだ刃物を使って仰向けの絹旗を押さえ込みながらも、妖しく囁く。

「ドローンナイフ」

　これらの分厚い刃は能力ではない。

「っ、かは！　結局いくつ隠し球持ってんのよこいつ⁉」

　悪態をつきながらも、ナイフを抜くより立ち止まらずに回避行動を優先した辺りは一応『暗部』のはしくれか。続けて飛来した両刃のナイフはフレンダの影を縫うので精一杯だった。

　そしてそれで構わない。

地面に接する三ミリ手前でビタァ！　と止まったナイフが向きを変える。花火みたいな音と共にナイフの根元から三方、Y字に鍔のように炎が噴き出す。刃はくるりと回ると柄頭からロケットのように噴射し、再び標的を追う。ドローンナイフ、とすでに紹介は済ませてあった。

さらに言えば、ドローンナイフがひとりでに飛び回るという事は、

「エグっちゃってー☆」

「チッ!!」

爆発音があった。

よくやる、と警策看取は密かに感心していた。普通に立ち止まって刃を抜く時間はないため、フレンダは少量の爆薬を刺さったナイフに張りつけて起爆し、強引に体外へ発射させたのだ。もちろんそうしなければフレンダの体に突き刺さったままのドローンナイフがぐるりと回っていたはずだが、それにしたって即決できるものではない。

立て続けに空気を突き破ってロケット弾が飛んできた。本当に器用で、健気なくらい殺しに一直線だ。ただし警策側も車の下に足で蹴って滑らせた自前の爆薬を吹っ飛ばし、一トン以上ある黒塗り防弾車を転がせば、巨大な盾がロケット弾をことごとく受け止めてくれるが。

（本当にいざとなれば自由に動かせる二つの翼も盾にできるしね☆）

本来、警策の能力は特定の条件で人形を作って操る方に特化している。ただ自分自身の体を計算の起点にすれば、人形の細部をアレンジする操作の延長で金属の翼や尾も作れる訳だ。

（……ま、制御をしくじれば自前の金属塊で自分のカラダをごっそりエグる羽目になるケド）

あの金髪女は飛び道具に頼りきりだし、今すぐ立ち上がって戦線復帰はできそうにない。

相手は複数人。今の内に足を止めておきたい人間はまだまだいる。全員殺すのは確定でダウンを獲ってからゆっくり安全にやれば良い。

「さて」

「っ⁉」

倒れたまま、まだギリギリと力比べをしていた絹旗最愛が、不意に真横へぶっ飛ばされた。

銀の人形が少女の脇腹をサッカーボールのように蹴飛ばしたのだ。

「ざっと比重は二〇だからね。人体が水とイッショで比重一とみなすと、見た目はえっちなお姉さんデモ重量の方は一トンくらいあるよ？」

「……ぶっ。つまり素体の体重は五〇キロ台ですか、ッ、超おも……」

「くらいって言ってんだろ乾いた紙切れ鶏がらチビ」

無差別級にもほどがあった、つまりオフロードのデカい四駆で突っ込まれたようなものだ。

散弾銃すら耐える絹旗の『窒素装甲』でも流石に厳しいだろう。

「それじゃさらにもう一人、と」

ギンガン‼　という金属音が連続した。

フレンダの他に別の獲物にもドローンナイフを投げ放ったが、滝壺理后には直撃しない。ふらつきながらも再び強引に割り込んだ絹旗最愛が体全体を使って防ぎきった。

……そういう友達ごっこは、虫唾が走る。

『暗部』にどっぷり浸かって散々殺して奪う側でありながら、自分だけは例外を作って家族とか友達とか大切にしている辺りが。

ああ、そう、そうだとも。

この手から命よりも大切な■■■を奪った大人の研究者どもだって、安全な家に帰ればパートナーや子供もいたはずだ。そういう人の情が分かっていて、ヤツらは平気な顔して言うのだ。

クローンなんて、能力者なんて、みんな等しくモルモットだと。

そういうのが絶対に許せないから。

警策看取は自らが一番嫌う『暗部』の汚泥、その一滴となって反旗を翻す。この街のてっぺんを討ち取る準備に必要であれば、人死にも許容できる。

「ふうん。ヤッパリその空気っぽい装甲はドローンナイフじゃムリかあ」

「……超正確には窒素ですけどね」

「別にドッチでもイイ。それよりワザワザ庇うって事は、実はソッチのお荷物ジャージが司令塔カナ？　おねーさん、そこを集中攻撃するのがセーカイと見た」

絹旗はおそらく撃破できない。が、四方八方からドロドロの金属で作った人形をけしかけて押し潰し、形を崩して、四角い塊の中にでも閉じ込めてしまえば行動不能にできる。

それが終われば改めてジャージ少女を捕らえる、すぐ殺すにせよ盾として使うにせよ。

警策看取はズタボロ血まみれの死体を軽くまたいで銀の尾を小さく振り、

「足は……自分で立っててほしいからダメか。それじゃ司令塔さん、コイツでチェックメイト。ひとまず両腕の方もらっちゃうわよー？」

「そうかあ？　すっかり忘れ去られて寂しいよ、私は」

じゅわっ、という蒸発音があった。

直後に閃光が炸裂した。立て続けに、二発、三発。それだけで『液化人影』の群れがまとめてごっそりと削り取られる。五〇体、という物量をものともせずに。

学園都市でも七人しかいない超能力者の一角、麦野沈利の『原子崩し』。

いや、それは構わない。銃で撃っても爆弾を炸裂させても構わず元の形を取り戻すのが人形の利点だ。散らばった飛沫の一滴一滴を鋭い針の群れに変えて麦野に殺到させても構わない。

なのに、復活しない。

吹き飛ばされた銀色の飛沫を操作しようとしても、何故かこちらの能力が届かない。

びしゃびしゃと地面に散らばっていく。

「な……ッ!?」

「水でも鉄でもない。わざわざ液状になった金属なんてレアな物を扱うって事は、逆に言えばその能力、操れる幅は狭いんでしょ？　新型の高度緩衝材研究、ただ比重が二〇もあって一般普及するには重すぎる、だっけ。どこぞの工場で創った特定の金属分子しか操れないでしょ」

掌で閃光を蓄えて、麦野沈利はそれを正面に差し向ける。

いつでも撃てる態勢を作る。

「なら、大量の電子を注入して分子の、、、組成を変えちまえば、、、良いのよ。イオンの操作なんてそう難しい話じゃない。砂に空気、色んな不純物とミクロなレベルで繋ぎ合わさる事で比重二〇の特殊金属はもっと軽くなる。溶けた飴を砂場に落としちまうようなもんさ。ぐちゃぐちゃに混ざっちまったら最後、アンタはもうママからもらったおやつを食べられない」

「そんなのできる訳……」

「ここは学園都市だぞ、この程度で思考止めんな。私の能力は原子を崩すっつってんだろ」

特に誇るでもなく、一足す一が二になる理屈を詳細に説明しろと要求される苛立ちさも当然。

「っ。だからドーシタっていうの？」

ばっ、と警策看取は両手を大きく広げる。

動きに合わせて金属質の翼もまた。

血まみれの死体を足元に転がしたまま、銀の尾を逆立てて彼女は吼える。

「だとしても、高度一万メートルで待機させている武器はマダマダある。総重量にして一〇〇〇トン！　全部降り注がせて人形を作れば『合戦』になるわ‼」

いっ……、と掠れた声で叫んだのは血まみれで倒れているフレンダだった。大型ダンプでもおそらく一〇〇台以上。人体が水と一緒として女子一人分の体重がざっと五〇キロ、そして金属側の比重は二〇。つまり全て降り注げば一〇〇〇〇もの人形を調達できる。

「四ケタとか……何なのそれ。ほんとに結局いくつ秘密兵器持ってんのよアンタ⁉」

「くそったれの『窓のないビル』を本気で倒すなら、四ケタの合戦じゃ全然足りないわ……」

どろりとした深い闇があった。それは警策看取の両の瞳だ。

「だけど使い道は他にもある。高位能力者なんて言っても所詮は個人プレイでしょ、今から戦争をお見舞いしてアゲル。相手が誰だろうが数で圧殺すればコッチのモンよ‼」

「へえそう」

麦野沈利はニヤリと笑って、

「ただ『アイテム』は私一人じゃない。うちは仲良しこよしのチーム戦だぞ?」

直後だった。

ドッ‼　と警策看取の脇腹に横から何かが突き刺さった。

死体が、起きた。

いいや、そういう風に血糊を塗ってうつ伏せに倒れていた華野超美が、落ちていたドローンナイフを摑んで体当たりしたのだ。

至近から、容赦なく。

いわく、変装と潜入の専門家。あの『電話の声』に優良物件と断言させるほどの、間違いのない実力者。いったん襲うと決めたら、手も足も翼も尾も反応すら許さない。

「がっ……？」

「言ったろ、すっかり忘れ去られて寂しいよって」

ニィ、と野蛮に笑って麦野沈利は言い放つ。

相手の動きが止まった一瞬を見逃さない。

「それからうちは、チーム戦だッ!!」

ガカッ!! と、さらに『原子崩し』を真正面から一発叩き込む。

停滞していた時間の流れが殺到する。

爆発があった。

飛び散った銀の珠は金属矢に形を変えると、粉塵を引き裂き一斉に横殴りで襲いかかる。

「チッ!!」

麦野は横に回避しつつ立て続けに『原子崩し』を連射するものの、手応えがない。

攻撃に専念できなかったのは地味に痛手だ。

「わあふわひいい!! こっち、私もいます巻き込まないでくださいいいいいッ!?」

両手で頭を守って小動物みたいにうずくまる華野超美が見えたが、それだけだ。粉塵が引き裂かれた先に、陰気な黒髪小悪魔少女はいない。

翼か尻尾でも犠牲にして散弾を作り、逃げる隙を作ったといったところか。

「……ったく、自分から弾け飛ぶとは。最後の最後まで良く考えてやがる」

攻めの姿勢のみならず、撤退も慣れた動き。特に自分がミスした際に拾ってくれる仲間がいない個人プレイでは、敵を倒すギャンブルより安定した退路の確保こそがまず求められる。

ばしゃばしゃという音と共に、一面に屹立していた人形達も形を崩して銀色の水たまりを広げている。能力の制御から切り捨てられたらしい。これで今回の殴り合いはおしまいだ。

麦野は乱暴に片手で自分の髪をがしがし掻きながら、

「それから華野ッ!!」

「はっはひ⁉ なばべ何でしょう、なんかちっぽけを極めた私が大いなるあなた様のお気にでも障りましたかあ!!」

「何が？ さっきの一発、良くやったな。スカッとした」

ぽかんとしてから。

おどおど少女の表情がふにゃふにゃになっていった。

「へっへへー……☆」

「むぎの」

ピンクジャージに短パンの滝壺理后がちょこちょこ麦野の方へ近づいてきた。

彼女は小さなケースを軽く振って、

「『体晶』、使う？」

「ふーむ」

麦野は腕組みして頭上に目をやった。

高度一万メートルに一〇〇〇トン待機していると、あの女は言った。馬鹿げた数字ではあるが軍用の爆撃機は空っぽの状態でも二〇〇トン以上あるので、編隊を組んで飛行する軍事行動の一単位と考えればさほど驚く物量でもない。ブラフでなければいつでも金属矢の雨で一帯を隙間なく爆撃できるはずだが、しばらく待ってもその素振りはない。純粋に逃げたようだ。

『窓のないビル』を潰すために、悪いオトナから話を聞きたい。

これも真実であれば、別に保険会社の常務である必要はないのだ。不利と分かれば速やかに撤退し、同じ情報を持つ他の悪徳ＶＩＰにゴマをすれば良い。

考えて、麦野はこう結論を下した。

「いらないかな、そっちは追ってもお金にならないし」

「（……結局、麦野に一発でも当たっていたらこんなものじゃ済まなかった訳よ。昏き夜血に餓えたオトナ気なき年増ブチ切れモードにならんでほんと良かった……）」

「フレンダー、言いたい事があるならはっきり発言して。それより今は例の常務さんだ」

「ひっ、ひいい⁉」

たった一人で取り残されたおっさんは尻餅をついていた。

誰かが幸運にも命拾いしたという事は、別の誰かがその分不幸になるという事。

残念ながら、そいつが『暗部』の鉄則である。

8

いつもの中古ロケバス風高級リムジンは破壊されてしまったが、ストックはまだある。（もちろん身内の）レッカー車と路面清掃車を呼びつけて車体と血痕の除去だけ頼むと、麦野達はヤンキー臭い角張ったワンボックスカーに乗り込んでいく。四角い車なのにリアウィングがついてるとか、麦野から見て偽装としては一〇〇点満点の安っぽさだ。流体力学的に言ったら空気抵抗が増えてむしろ邪魔だろう。ここまでバカなら地球の誰も注目しない。これが本気のセンスなら運転手を大説教からの車体は即スクラップだが。

「華野！　何してる、早く‼」

「あっ、はい！　今行きますう‼」

慌てて後部座席にやってくる新入り少女。何をしているかと思ったら、どこかから摘んできた小さな花を供えていたらしい。金属矢の豪雨に巻き込まれた一般人に黙禱でも捧げていたのかもしれない。この科学全盛のクソったれな街で道端に何を供えたって、どっちみち麦野達がここにいた痕跡は下部組織が全部消し去るというのに。

毛虫みたいに蠢く縦長のみっちみちキャディバッグと一緒に向かった先は、治安の悪い第一〇学区ならお馴染みの廃工場だった。麦野沈利は部下の男達から工具箱を受け取って、埃っぽい床にビニールシートを敷いていくと、ファスナーを開けて標的を引きずり出す。

途端に脂っぽさが八割くらい増したおっさんが喚き始めた。ただ恐怖で腰が抜けているのか、特に手足を拘束している訳でもないのに逃げる気は起きないようだ。

「な、何だね君達は!? 一体私が何をしたというんだっ!?」

絹旗は用済みの縦長キャディバッグを蹴ってどかしながら、

「超これ依頼人なんですか？ 分かってるの保険会社の名前と常務って役職だけですよね」

「別に依頼人本人の必要ないけど。同じ会社で同じ権限の人間なら同じ問題を知ってるし」

手の甲にハンドクリームを塗る麦野沈利はあんまり興味がなさそうだ。工具箱を受け取った時にちょっと金具で爪の表面を引っ掻いたのか、目の前の人間の末路より自分の手が気になるらしく、マニキュアの小さなボトルを取り出している。

「ただし、本当に何の心当たりもない一般人ならどうして実銃なんか持ってたの？ それに普通の人は『暗部』の能力者に護衛を頼んだりはしなーい」

依頼人、保険会社、常務。言葉の断片を聞いて標的のおっさんは状況に気づいたようだ。

さっきとは態度が変わる。

「何だ、君達が『電話の声』の言っていた『アイテム』とかいうゴロツキ集団かね？　わっ、私はこれでも君達の依頼人だぞ⁉　コロシアムの方はどうなっている！　こんな事してただで済むと思っているのかね。『電話の声』にクレームだ！　この減点は大きいぞ‼」

「はあー……。拷問ってさ、私苦手なんだよね」

半ば裏返ったおっさんの声は、その一言で呑み込まれた。麦野は靴の爪先で軽く工具箱を蹴った。整った爪の上に追加でマニキュアを重ね塗りしながら、がんっ、と重たい金属音が鳴り響く。

しんと静まり返った廃工場に、暴力的な残響だけが尾を引いていく。

「いつもやり過ぎて話を聞き出す前に相手がくたばっちゃうから。流石に死体はないけど、一緒に吹き飛ばしちゃった壁の焼け焦げとかはまだ残ってるよ。あっちにも、そっちにも」

「……っっっ⁉」

「そんな訳でここ、元から事故物件で値段はガタ落ちなの。他人様の心配はしなくて良い」

麦野は自分の爪に息を一吹き。

輝く指を振ってあちこち指し示しただけで、汚いおっさんはがくがくと震えていた。

「コロシアムについて、知っている事を全部。どうせ『電話の声』には話していない秘密がどっさりあるんでしょ。早くそれ話してもらえると、広げたビニールシートの外まで血とか肉片とかが跳ねないか心配する必要もなくなる。掃除するのは私じゃなくて下部組織だけどね」

ピンクジャージに短パンの滝壺はそっと割り込む形で、

「むぎの」

「うん？　ああ分かってる、だから私がやったら情報を聞き出す前に殺しちゃうんだって」

「じゃあ結局今回も私がやる訳？」

自分へのご褒美なのか、サバ缶の蓋を焼き切りながらフレンダが首を傾げていた。

「死なないい程度の爆薬を鼻の穴から頭の奥に突っ込んで、何があっても生きたまま死ぬに死ねない感じで顔面バラバラに砕かれたくなければ全部話してってヤツ」

「いいや」

それはそれで神業なフレンダの提案についても拒否。

放課後どこのお店でスイーツ食べる？　くらいの気軽さで麦野はこう続けた。

「そっちとそっち」

彼女がマニキュアで輝く爪の先で指差したのは絹旗最愛と華野超美だ。

「どっちを正式採用するにせよ、仕事に慣れてもらう必要はあるし。これ、この工具箱の中から気に入った道具を選んで、そこのおっさんを死なない程度に潰してもらえる？　お肉を柔らかくするだけで、聞き出す前に死なせちゃダメよ」

「待って待って待ってえくださいいいい!!」

おっさんより早く華野超美(はなのちょうび)が叫ぶ。すっかり青ざめた少女は首を何度も横に振って、

「せっ、正当防衛で仕方なく悪党をグサリと違って、こういうのって話が違うじゃないですか。ご、ご、拷問？　抵抗もできないこんな教頭先生っぽい年齢感の人を、ここにあるトンカチとかノコギリとかで⁉　無理無理無理無理っ、私なんかには絶対に無理な話ですぅーっ‼」

「うーん」

明確な命令拒否だが、麦野(むぎの)は大して気分を害した様子もなく掌(てのひら)を横にかざした。

ばじゅわっ‼　と『原子崩し(メルトダウナー)』が分厚いコンクリの壁を貫いていく。

「だから、私がやったら一〇〇％確実に殺しちゃうんだって」

「っ」

「つまり一％でもそのおっさんが助かる確率を作りたいならアンタが自分でやるしかない」

人の価値観は、外界と隔絶した小さな世界では容易(たやす)く入れ替わる。

死と隣り合わせの空間では特に。

ふっ、と自分の爪の表面に軽く息を吹きつけてから、麦野(むぎの)は改めて語る。

「絶対に死なせるな、って何度も念押ししてるでしょー。人を殺すために暴力を振るうのは難しいかもしれない。だけど、人を助けるための暴力なら話は別。一一〇番(ひゃくとうばん)で飛んできて学園都市(がくえんとし)の平和を守る警備員(アンチスキル)さんだって風紀委員(ジャッジメント)さんだってみんなそうしてるけど？」

絹旗最愛(きぬはたさいあい)と華野超美(はなのちょうび)はお互いの顔を見合わせていた。

沈黙。

それからややあって、がちゃガキがちゃという音が廃工場に響き渡った。

黙っていられなかったのは保険会社のおっさんだった。

特におどおどしていた華野超美の心変わりにショックを受けたようだ。彼女がこの場の善性だし、異音と共にエレベーターが急に止まったのに近い感覚か。元からある人を死なせる高さより、普段は意識もしない安全装置がいきなり壊れた方が色濃く恐怖を感じさせるものだ。

自信の塊が脂肪みたいに張りついているおっさんが少女達に媚び始めた。

「おっ、おい。君達、何をしているんだ？　それは一体何だ、や、ヤスリ？　ドライバーっ⁉　そんなものを掴んで一体何を始めるつもりなんだね。なあおいって‼」

麦野沈利やフレンダ＝セイヴェルンは、自覚的な暴力の使い手だ。

滝壺理后にしたって、特に止める素振りも見せない。

よって『暗部』の世界ではこうなった。

メビウスの輪のように、明らかにねじれていても、こんな形で理屈が繋がってしまう。

「だって、こうしないとあなたは超死んでしまいますし」

「これはあ、ぜーんぶあなたのためでもあるんですから」

たとえ善良な一市民でも、選択の自由を奪って環境や条件を限定すれば人殺しになれる。

明確な暴力に善なる理由を添加されただけで、いとも容易く。

人間のタガはこうやって外れていくものだ。

行間　二

ＩＣレコーダーの記録より。

新規録音ファイル０００１の音質診断及び自動テキスト化作業を実行します。


……はあ、はあ……。


つ、つまりあれだよ。コロシアムではうちの高額死亡保険を利用して優勝賞金を確保している訳だ、優勝者以外全員の保険金を束ねる形で。だが本来ならそんな事は絶対にできない。

やめろ、話す。本当の事を全部話すから！　どぶどらいばっ、まぶたの裏は怖いっ!!

不自然な契約や支払い操作を行うと、本店の中央サーバーの自動アラートが反応するんだ！

だから絶対に気づかれる。一五〇億円なんて大金を短期間に引き出すのは不可能だ!!

じ、じゃあ何で現実にコロシアムは稼働（かどう）しているのかって？

それが、まあ、この私が君達に依頼した理由だ。

脅迫されているんだよ！　『黒幕』の連中に!!　だから私が本店の内側から中央サーバーに

接触して自動アラートの設定をいじくったッッッ!!!!!!

はあ、ハア。うっぷ、納得したか?

こいつは嘘じゃない。ザザ。

今回の一件は、すでに自分自身の不正行為にも発展している。普通の警備員には相談できなかった。にっちもさっちもいかなくなった。表沙汰にならない形で、暗闇の中で奇麗に始末してもらうのが一番だったんだ。

だから、依頼する時にも全部は話せなかったんだよ。問題を片づけてもらった後に、同じネタで脅迫が続いても困る。何も知らない家族を守りたかったんだ、私は。

コロシアムを運営している『黒幕』だって?

そうだな、ジジ……。

……彼女達は……う、ザザザ、名乗っ……ジジジ……たよ、『ザザ……イ、ジジジ……テ』だっ……ザザザ、て……。

(警告!) マイクが近すぎます、録音対象の吐息や衣擦れなどが邪魔をしているようです。ただし録音ファイルを加工するとオリジナルの証拠能力が損なわれる危険あり。コピーし別に作業ファイルを作ってから付属プログラムを使ってノイズ除去を実行しますか? (y/n)

第二章　>>Colosseum.

1

七月七日、午前九時。

「じだらくー……」

「むぎの」

学生も会社員も動き始めているこの時間帯に、麦野沈利は大きなベッドの上にまだ転がっていた。そして何故か同じベッドにジャージ姿の滝壺が潜り込んでいる。

ネグリジェ美女は片目をごしごし擦って、

「……何でここにいるの？」

「ベッドが足りなかった」

部屋着や外出着どころか寝る時もジャージな滝壺理后は今日も表情一つ変えずに、

「急に新入りが二人も増えたから、部屋割り関係もぐっちゃぐちゃでしょ。嫌なタイミングで軍資金も固められたし、しばらく新しい家具を仕入れるのは難しいって話になったはず」

「……、」

そんな話もあった気がする。

しかしだからと言って人様のベッドに潜り込んでくる必要はないと思うのだが。後からやってきた新入り二人がソファなりヨガマットなりを工夫して寝床を作れば良いではないか。

「それから、まだ暑くなる前の時間帯に早朝ジョギングするって言っていなかった？　気づいていないかもだけど、起こすのもう三度目だよ。お陽様結構高い位置だけど大丈夫？」

確かに、カチャカチャ音がするので滝壺はピンクジャージの上着のポケットに色々な小物を入れているはず。あのまま横になったら寝返りを打つたびに痛くて眠れないだろう。

「……うう、とにかく眠い。というかすでに失敗だー。今日世界が滅びる訳でもあるまいし、そういうの別に明日からでも良くない？」

「それ言ったらお尻をぶってでもベッドから叩き出せって昨日の夜むぎのに言われたんだけど、はいこれ、むぎのが自分で声を吹き込んだＩＣレコーダー。どうするの、やる？」

「ちくしょう昨日の殊勝で念入りな自分を呪いたい……」

タイヘン非科学的な事をおっしゃるネグリジェ美女はどうにかベッドから這い出る。寝室のドアを開けて広いリビングに出た途端だった。

なんか目の前で緑色の塊がわさわさ揺れていた。

マンションの中だというのに、フレンダ＝セイヴェルンがでっかい笹を肩で担いでリビングを横断している。ただしいきなり室内でパンダを飼い始めた訳ではないらしく、

「たっなばった、たっなばったー☆」

マンション内の観葉植物や熱帯魚の水槽はレンタル業者の管理なので割と頻繁に中身が変わってしまうのだが、フレンダはお構いなしに胡蝶蘭の咲くデカい鉢植えに笹の根元をグサリと突き刺していた。

そして笹の葉に混じって、赤青緑のカラフルな飾りが取りつけられていた。

学校や商店街じゃあるまいし、個人でこんなに短冊をつけられるとは思えない。どうやらフレンダはクリスマスのツリーと七夕の笹をごっちゃにしているらしい。

装飾全体と比べると明らかに数の少ない短冊の一つには、こうあった。


『どうか、「アイテム」の誰も怪我したりしませんように。

あとお金と地位と名誉と休みと人気と友達ほしい‼　あればあるだけ‼‼‼

フレンダ＝セイヴェルン』

麦野はまだ眠気で重たい頭を片手で抱え、そっと息を吐いて、

「科学全盛の学園都市で何やってんだか……」

「むぎの、あれラストどうするの。多分だけど普通にゴミ捨て場には出せないヤツだよね」

知らんしおまじないのルールとか。

シャワールームへ入って適当に寝汗を流すと、麦野はタンクトップに長めのスパッツといった運動着に着替える。ただスニーカーはお値段高めの低衝撃モデルを。音楽プレーヤー……ではなく、今日は3Dで二つ折りの携帯ゲーム機も手に取っておく。フレンダが使えると言っていたし。イヤホンについてはジョギングで上下に体を揺らすのでワイヤレスだと耳から落としそうだ、敢えて有線にした方が無難か。音にこだわるつもりはないが一応純金線のものを。

滝壺は年中ジャージの割に根っこがインドア系なので付き合うつもりはないようだ、犬っぽいペットロボットが複数ガツガツぶつかる縄張り争いをぼーっと眺めている。フレンダは、何だ？　テーブルに向かって楽しそうにノートを広げていた。（悪の組織をコツコツ運営するための）家計簿かもしれない。自分で笹とか飾って無駄な出費を増やしているくせに。

結局麦野は一人、エレベーターで下りて地上階まで向かう。

低階層は高級ブランドショップが並ぶショッピングモールだ。自動ドアを抜けてエアコンの恩恵が消えた途端、路面から目には見えない塊みたいな熱気がむわっと顔にぶつかった。

「……ほんとにこの夏のパワーと自分の足回りを呪いたい。それもこれも全部パン食がいけないんだ、小麦文化が元凶だ。日本人の腸の長さに合ってないのよ洋食とかー」

巨大複合ビル・フィフティーンベルズ自体がちょっとしたテーマパーク扱いなので、その周りをぐるっと回るだけでもそこそこの距離になる。一周したら渦巻を広げていくようにエリアを拡大していこう、と麦野(むぎの)はざっくり決める。

イヤホンを左右の耳にはめる。

そして一度決めてしまえば、走り出すのは容易(たやす)い。

麦野沈利(むぎのしずり)は自堕落の達人だが、体力自体は必要以上に優れている。

そしてこうして軽く走ってみると分かる事もある。今日はやっぱり七月七日、七夕だ。大きな通りの左右に並ぶ街灯の列にもイベント用の広告旗が取りつけられていて、飛行船のお腹(なか)に張りついた大画面では天気予報と一緒にナントカ流星群の飛来予想時刻が流れている。

歩道では女子高生が四、五人でひっついていた。女の子だらけでイチャついている訳ではなく、中の一人が冷気系のひえひえ能力者なのだろう。羨ましい。夏は人気者だが冬はぱったりという海の家枠の少女だ。

横を通り過ぎつつ、二つ折りのゲーム機と繋(つな)がったイヤホンから麦野(むぎの)の耳に響くのは、フィットネス系のリズムや音声を使った自動アドバイスモードではない。

動画で撮った取材記録だった。

『……コロシアムか。こちらも独自に追っているが芳(かんば)しくはない。うちの人間が連絡取れなくなって、数日後に全身殴打された死体で見つかった事がある。何件も。居場所をなくして寮にも帰れない人間だぞ、どうやって手取り億単位の保険金を掛けられる？　俺は駒場利徳だ、何か分かれば連絡を。情報はきちんと金で買う。できる事なら俺が自分でケリをつけたい』

『悪いねー、お嬢ちゃん。ムサシノ牛乳まで奢ってもらっちゃったけど、コロシアムについてはほんとに何も知らないよ。良くも悪くもノータッチ。チームのみんなにも触るなって言っておいたが、今はどうなっているかね。あん？　ビッグスパイダーは黒妻って男がまとめているチームじゃないのかって？　……まあ、そういう事にしておいてやってくれよ』

「走ったところでちっとも集中できん……。全ては暑すぎるせいよー」

そして根本的に麦野が盛大に寝坊したせいでもあるのだが。

すでに空振りと分かってはいるが、それでも何度も耳で聞いてしまうのは吐息や言葉の選び方から嘘が混じっていないか確かめたいからか。

（……質は最低レベルとして、人数だけなら結構でっかい組織だったはずよね。弱いからこそ地の利の価値も知ってる、つまり路地裏については隅々まで目を光らせているはず。ああいった武装無能力者集団の連中でも目撃していないとなると、コロシアムは一体どこで殺しの試合をやっているんだ？　毎回場所は違うって話がマジなら、会場選びの規則性は？）

つまり麦野的にも多少の壁にぶつかっている、とも言える。

そもそも調査や追跡は彼女達の本業とは言い難い。殺す相手はマップに印をつけて教えてもらう形の依頼の方がありがたいのだ、『アイテム』的には。

麦野は歩道脇の植え込みの隙間に置かれた高級百貨店の紙袋を横目で見つつ角を曲がる。と、後ろから誰かが追い抜いてきた。いや違う、相手は麦野の隣について併走する。

「超おはようございます」

絹旗最愛だった。

外から声をかけられた事で、イヤホン側の事故防止機能が勝手にボリュームを落とす。

絹旗は走りながら話しても息を切らさない。夏の暑さにやられた麦野は街路樹の木陰や冷たいミストシャワーのある方を通りたいが、絹旗にいちいちポジションを取られてしまう。向こうは前から何周も走り続けていて、しかも麦野より余裕がありそうだ。麦野もフレンダもそこそこ格闘はいけるが、単純な殴り合いならこの小柄な少女の方が上なのだろう。だからどうしたというか、そこで終わってくれないのが『暗部』の面倒臭いところだが。

「なに、そっちも早朝ジョギングとか？」

麦野は特に走るペースを落とさずにイヤホンを片方耳から外して、

「そうちょ……？」

絹旗は頭上の太陽の高さを確かめてから呆れたように息を吐いて、

「下のシアターで今までずっと映画を観ていたんですよ。立て続けに七本。日付が変わる前から始めていたので体が超カチコチになってるから、軽くほぐしてから寝に入るつもりです」

「映画ねえ。うちの部屋にもなかったっけ、ホームシアター？」

「あれはあれで超捨てがたいですが、やはり本職の映画館には敵いません。それからあそこ、カップル狙いのオシャレ系（笑）かと思ったら割と通好みのラインナップですよ。特に深夜帯は配信サイトくらいじゃ顔を出さないようなB級C級のマイナー作品で超溢れています。これでも自由を得てからあちこち見て回りましたが、南米のゾンビパニックを超取り扱ってくれる映画館はなかなかお目にかかれません。うう丨、大規模停電で文明崩壊した熱帯夜の大都市にはジャングル仕様のやたらとゴツいチェーンソーとテキーラ火炎瓶が超似合う‼」

「何でそんなに映画なの？」

「研究施設に監禁されていた頃は娯楽が少なかったので。下手にオモチャを与えると殺傷行為に及ぶと超恐れたんですかね。真っ白な部屋に被験者の子供を集めてプレゼン用の超スクリーンへ映す程度でしたけど、胸には残っているんですよ。……まあ実際には、サブリミナルや極低周波音響など超どんな混ぜ物があったか知れたものじゃない怪しい娯楽でしたが」


そんなものか。

子供の監禁にハイリスクな投薬実験、さらには唯一の娯楽が洗脳映画。ここでドン引きしない辺り、自分もつくづく『暗部』の人間なのだろうと麦野は考える。まあありえる、くらいの感想しか出てこないからだ。『暗部』的にはフツーに平均の五〇点といったところ。

　ぶっちゃけ問題起こして退学レベルのヤバいヤツでも近づきたがらないのが『暗部』な訳だし。ちょっとの事でいちいち驚いていても仕方がない。

「あれ？　でもそれじゃあ前にやった依頼確認の時って……」

「……ええはい。超お祭しの通り、アレが割と本気で憧れていた人生初リアル映画館でしたよ。どこかの超バカが殺しの資料を目一杯広げた超アレが」

「そいつはご愁傷様」

　どんよりした絹旗に、あんまり感情のこもっていない声で麦野はそれだけ言った。

　憧れのイタリア旅行に向かう途中、機内食で不味いパスタが出てくるようなものか。

「あとアルバイト始めたの？」

　絹旗がちょっと沈黙した。

　リズムを意識して走りながら、麦野は顔の前でパタパタ手を振って、

「いや別に責めてる訳じゃないよ、副業も特に禁止はしてないし。確かフレンダとかもよそに出向いて鑑識の真似事してたかな」

「鑑識って……超あの人、専門は爆弾じゃありませんでしたっけ？」

「ていうより、爆発物を含む化学知識全般って感じ。まあ正義の捜査活動じゃなくて、抗争時にどこの誰が仲間をやったかのリベンジ対象捜しって方が近いけど」

走りながらの会話が続く。

「でも、落とし屋やるならあんな分かりやすい場所に紙袋置いてきちゃダメだって。知らない誰かに持っていかれたら品物が届かないってクレームが来るよ、相手の拾い屋から」

「……多分それを超望んでいますよ、あの依頼人は。目的は旧式化してしまった犯罪インフラの更新です。そのための説得材料として適度なアクシデントが超ほしいのだとかで」

「なるほど」

『暗部(あんぶ)』は『暗部(あんぶ)』で色々お作法があるものだ。

国の法律や街の条例を破る凶悪犯の群れのくせに、こういうのは細かくできている。

「超それより華野超美さんは？」

「い、い、い、い、い、いい」

「ああ、そろそろあっちの調査の結果が出るんじゃね？」

2

第七学区。

外の広い空間にずらりと並んでいるのは海運用の細長いコンテナに似ているが、違う。様々な方式の、ワンルームマンションのモデルルームがずらりと並んでいる訳だ。ただしこちらは、住人向けというよりは大家や管理人向けである。ハイブ工法。特殊な業務用３Ｄプリンタを使ってワンセット工場で生産できる『部屋』だ。ジャングルジムみたいな鉄骨で基礎の骨組みを作ってから、たんすの引き出しを一つずつはめ込んでいくように四角い枠へ部屋を収めていけばマンションが一棟丸ごと出来上がる。自殺や殺人など、不自然な状況で住人が死んだ事故物件が発生したとしても『部屋』を丸ごと引っこ抜いて新品と交換するだけで根本的に問題解決するところから、近頃学園都市(がくえんとし)では不動産リスク回避のために注目を集めている。

その中に、だ。

どこの建設会社のもので誰が鍵を管理しているか不明な『部屋(サンプル)』が混じっている。

「ただいまー、ですう」

華野(はなの)超美(ちょうび)が二つの鍵を差し込んで玄関の扉を開けると、中にはいくつかの椅子と壁一面の鏡、照明器具や業者向けの美容ドライヤーなどなど。美容室というよりは、見る人が見ればテレビ局でスタイリストが働く楽屋をイメージさせたかもしれない。つまり一応の寝泊まりはできるが生活感はゼロだった。

後は壁際(かべぎわ)に山のように積まれた樹脂製の衣装ケース。

ウィッグ、エクステ、カラコン、付けまつ毛、二重(ふたえ)ジェル、マウスピース、ファンデーション……。中には外科手術をしないと取りつけられないはずのインプラント、人工骨、シリコン製の人工乳房バッグなどもずらりと取(と)り揃(そろ)えてある。

奥の方には日焼けサロンなどで見られるタンニングマシンや、血中酸素を操って肌のむくみを細かく調整できる高圧酸素カプセルまで置いてあるが、今はそちらに用はない。

「にゃん、にゃん、にゃにゃんっ、にゃーん……」

実は猫系になりたいのか、流行の歌を全部にゃんで口ずさむ華野超美(はなのちょうび)は偽りの『部屋』に入ると頭のてっぺんに手をやる。帽子を脱ぐような仕草と共に、ずるり、と長い髪が全部まとめて外れる。

眉毛、まつ毛も取り外せば『素体』が顔を出す。鏡に映るつるりとした頭部全体は、加工を施す前のお人形みたいだと華野超美(はなのちょうび)は思う。

「さーて、と」

壁の一面は丸ごと鏡になっているが、その全てが使える訳でもない。たくさんのメモや写真がベタベタと貼りつけてあるからだ。標的資料とも言う。

「年齢五二歳性別男性。髪質は黒毛やや脂あり、白髪の分布は別紙参照。肌質は黄色人種ブルーベース脂強め。瞳の色は黒系にやや茶色混じり。ああ、肌は日焼けに弱くてダニ系の軽度アレルギー持ち、と。ちょっと荒れ目にコンディションを整えた方がよろしいですかなー？」

華野超美(はなのちょうび)の専門は変装と潜入だ。

クオリティは標的資料の密度に依存する。今回はわざわざ一週間もかけて自分で収集してきたのだ、今なら指紋や歯型や眼球はもちろん、血液型や体臭まで狙ったターゲットと同一化できる自負がある。一度化けてしまえば、親でも警察犬でも違和感を見つけられない。

そしてこの場合、性別も年齢も問わない。

ぺたぺたぺた、とお化粧を施してから顔を上げると、大きな鏡には高級スーツの似合いそうな初老の男性が映っていた。まだ途中なので顔は膨らんでいるが首から下は少女のままだ。

「おっと」

思わず指先がテーブルにあった四角い箱に触れて、華野超美は慌てて引っ込めた。夏だからか無意識に清涼感溢れるメントール系でも求めていたのかもしれないが、こいつはフレーバー入りの煙草だ。今回の標的は禁煙家らしいし、ニコチンやタールの匂いはとにかく目立つ。うっかりしていたら最初から全部やり直しだった。危ない危ない。

(そういうのは後で無臭のクール系タブレットでも買って済ませるとして……)

「言語は標準語プラス東海地方、愛知のイントネーションやや混じり。ドライアイ、首から左右の肩にかけて凝りの症状あり、立つ時は右足に体重をかける、他人からは左側に立たれる事を嫌う、お箸の持ち方が間違っている、焦ると口呼吸になる、と。……それから、あった、筆跡の特徴はこっちですねえ、ええと全体は角ばっているがトメハネは曖昧ですか。うわー、学歴はともかく親のしつけは悪そうな人ですねえ。検と倹どころか、剣と間違えがちとか」

呟いていく内に、その声も低く、太く変化していく。

もはや重量や体格全体が別人へと置き換えられていた。

超常の能力などなくても、モラルを捨ててテクノロジーに頼れば人は化けられる。

頭の先から足の裏まで、全体的に横へ幅広な保険会社の常務さんは低い声で呟いた。
「……はあー、一緒に超機動少女カナミンのコスプレしてくれるお友達がほしいですう」

3

つまり話は簡単だった。

「路地裏慣れした後ろ暗い連中に聞き込みしてもコロシアム関係の情報は出てこない。こうなるとヒントは相変わらず保険会社の常務さんになる。身の上話は記録を取ったけど、まだ足りない。華野、こいつに化けて保険会社の本店に潜って、誰から誰に高額の保険金が支払われているか、中央サーバーからお金の流れを洗ってもらえる？　外からハックするのは大変だし」

　ちなみに女の子二人がかりでとびきりの拷問をお見舞いしてあげた常務さん本人を脅して会社に向かわせなかったのは、全身ズタボロ包帯だらけなので今セクシーなミイラ男（初老）を会社に行かせると目立ち過ぎるのと、所詮は部外者なのでいつ怖気づいて諦めてしまうか予測できないからだ。特に、敵のホームへ送り込む時は解放されたと思い込んで気が大きくなるバカも多いので、失敗の確率は高くなる。そして後始末は大体力業の長距離砲撃になるのだ。

「車もずいぶん小さくなったなあ、体がバキバキに強張(こわば)ってる……」

四角いワンボックスカーの後部座席から外に出ながら、麦野(むぎの)はそんな風に嘆いた。すぐそこで三枚羽の風力発電プロペラがくるくる回っているが、涼しげな様子はゼロだ。あれは風の強さではなく、軸のベアリングがよっぽど優れているからだろう。

大きな車が恋しい。ただ、今ある『アイテム』の資源はまだ使えるが、なくしても補充が利(き)かない。本当に、早い内に軍資金を獲得してしまいたいものだ。

「花火やってるー」

窓から身を乗り出しつつ、フレンダは遠くの方を見て明るい声を発していた。

あれは創立記念日か？　夏場だとエアコンが壊れて休校とかもありえるか。とにかく小さなガキどもがカンカン照りの昼間からパラシュートをつけた花火を飛ばして元気に争奪戦をしていた。子供達が花火をする場合、事前申請すると消防アタッチメントをつけたドラム缶型の警備ロボットが『見守り』をするはずだが、あれだけ離れていればこちらは認識されないか。

同じ車内から他の少女達の声も聞こえてきた。

「むしろこの距離で火薬の匂いを察知して興奮するフレンダさんが超普通じゃないです」

「へっへー☆」

「フレンダ、多分これ褒めてない。きぬはた普通に引いてるよ」

ここは第三学区だった。

学園都市の中でも多くの有名企業が集まるオフィス街である。

こんな所に子供達がいるとなると、近所の公園は悪ガキに占拠でもされているのか。

そして例の保険会社の本店……巨大な高層ビルは、すでにここから見える位置にあった。会社の警備チームから怪しまれない程度の距離は空けているが。

「ていうか麦野、あの新入り使える訳？　おっさん企業が相手でしょ。結局、潜入くらい私がカワイイアピール全開でサクッとこなすのに」

「今まではな。でも変装の専門家が手に入ったんだからそっち使った方が良いでしょ」

「ぐぎぎー、とか言うべき？　うわーん結局仕事のシェア取られたーっ！」

「むぎのはフレンダが心配なんだよ、ハニートラップみたいな危険な事するのが」

「わかってますうー。ていうかコントロール中は指一本触らせんわ！　結局、釣りをする時はギリギリで見えない一線を守りまくるのが大切なんですうー」

フレンダは唇を尖らせていた。一体世界の何が分かったんだかは多分フレンダ本人のみぞ知る状態だろうが。無能力者の新入りよりも麦野の事なら何でも分かる正妻っぽい位置にしれっと収まっているジャージ少女の方にフレンダのじっとり視線が向かっている気もするし。

「あうう」

後からおどおどした調子で出てきた初老の、常務さん、は、おっさんの太い声のまんま小動物っぽい言葉を口からこぼす。これだと見ている方は認識が揺らいで脳がグラつく。

彼女（？）は右耳に小型のイヤホンをつけながら、

「こ、この潜入が成功するにせよ失敗するにせよ、多くの人に見られますよ。私はともかく、本物の常務さんは不祥事扱いで捕まっちゃうと思いますけどお」

「だったらナニ？」

そもそも継続的に人が死ぬ事が分かっていて警備員にも通報もせず、我が身可愛さで自分の会社へ不正をしている悪いオトナだ。学園都市のクソっぷりを説明するのにうってつけ。一応正直にしゃべったので殺してはいないが、別に人生全部を庇ってやる義理はない。

「ああ、あの人おっさんだし家族とかいるのかな？　奥さんと子供が大切なら早く別れておけーってだけ伝えておいた方が良いのかも。アホが逮捕された後に慌てて離婚しても関係者って事にされて、賠償金とかの法的責任まわりを共有させられるかもしれないし」

「……これが精一杯の優しさアドバイスなんだから『暗部』はほんとおっかないですう」

麦野は元気いっぱいな夏の陽射しをうんざりした目で浴びながら、

「今は午前一一時。いーい感じに重役出勤の時間帯ね」

本当の重役さんなら運転手つきの黒塗り高級車で乗りつけてきそうだが、その車は麦野達の手で先週ぶっ壊してある。生産性のないＶＩＰサマは自分を送迎させる車は格式とかプライドとか妙にこだわるから、むしろ代わりが届くまでは重役様も電車と徒歩でも違和感はない。

夏っぽい、蚊取り線香の匂いが漂っていた。

ちなみに線香本体も陶器のブタも全部フレンダの自作だ。なので実は効き目が超強い。

「華野（はなの）、アンタは常務さんに化けて会社（ビル）へ入る。正面の受付から堂々とね。その後は？」

「高層フロア用のエベレーターで高級職員用のカードキーを装置にかざし、立入禁止扱いの中央サーバー室へ直行。つまり一階でエレベーターを使う時は一人きりが望ましい、ですう」

「はい結構。防犯カメラはこっちに任せて」

適当に言って麦野（むぎの）は化粧ポーチより小さなコンピュータを華野超美（はなのちょうび）に押しつけ、

「こいつと中央サーバーをケーブルで繋（つな）いだらプログラムが勝手に必要なデータを吸い出してくれるから。余計な事はしなくて良いけど、こんなの懐（ふところ）に隠してるのは受付でバレるなよ」

「い、い、い、い、い、い、い、い、
もちろんだとも、私を誰だと思っているんだね？」

口調や空気まで完全なる初老のおっさんと化した華野超美（はなのちょうび）を送り出すと、麦野（むぎの）は車に戻る。

ワンボックスカーの中にはたくさんの小型モニタが並んでいた。それらは粗い映像を様々な角度から垂れ流している。説明するまでもないが、保険会社のビルの防犯カメラだ。

「しっかし結局こんなのどうやって侵入した訳よ？」

「ビル内部の中央サーバーには触れないけど、防犯カメラの光ファイバーはいったん全部束ねてから一本の太い線で警備会社にデータを渡しているんだって。保険会社には警備室ないのよ。だからここをいじる。誰にも気づかせず、何も残さず、私達だけが映像をモニタリングする。作業服着た下部組織の仕事だから詳しい事は分からんけど」

「あっ、超これ華野さんじゃないですか？」

絹旗がモニタの一つを指差す。

確かに幅広な初老のおっさんが自動ドアを開けて正面玄関から受付ロビーに入ってきたところだった。一流企業の自社ビルらしく、見栄え最優先の一階部分はなんか南国っぽい緑でいっぱいだ。ちょっとした水路まで設けられている。そして横柄な常務さんがいつもの送迎とは勝手が違う登場をしたためか、やや受付嬢や警備チームも戸惑った仕草で出迎えていた。

滝壺がぼーっとしたまま首を傾げ、

「これ、バレてる？」

「超どうでしょうね」

「結局、そもそも結構無断欠勤していたはずだけど、贅沢暮らしの常務さんな訳よ。下手に藪をつついて愛人旅行とか出てきても秘密の取り扱いに困るし、正面切って疑問を口にできる平社員はいるのやら。ちくしょう防犯カメラだと声は拾えないか」

常務さんに化けている華野超美の方は軽く手を挙げて挨拶したようだ。そのままカウンター横にずらりと並んだ駅の自動改札みたいなゲートを抜けてビルの奥へ。

防犯カメラとは別に、スーツに仕込んだ小型マイクから泣きそうな声が飛んできた。

自信の塊みたいに笑っているけど心では泣いている人が言うには、

『（さっきから言いたい放題！　見ているだけなら気楽ですもんねっ。こっちは自分の命や人生がかかっているのにい。ほ、ほんとに困った時は見捨てないでくださいよ、ねっねっ!?)』

　多少不自然であっても、呼び止められるほどでなければ問題ない。高級ホテルみたいなエレベーターホールでボタンを押して待つ間、そわそわしているのがこちらからは丸見えだが。

『はやくはやくはやくはやくっ』

「結局変に呟く方が危なそうだけど。なに、わざとハンデ与えて縛りプレイでもしてんの？」

『見ているだけなら!!』

　そして実際にトラブルはなかった。

　金属のドアが左右に開き、常務さんは不自然に見えない程度の早足で誰もいないエレベーターに乗り込む。ドアが閉まってから、一枚のカードを操作パネルにかざした。

　ボタン一つでエレベーターが上昇を始める。モードが変われば途中階で止まる事もない。

「ええと、麦野さん。中央サーバー室って超何階でしたっけ？」

「二八階」

「はなの、会社の警備チームに包囲されたら逃げ場なしだね」

『……ほんと呪いますよあなた達い。誰だマイクの傍でぼりぼりポップコーン食べてる子!?』

　正解は画面を睨んでいるとそうしたくなっちゃう映画マニアの絹旗最愛なのだが、わざわざ答える必要もないだろう。フレンダも自前のサバ缶開けてフォークでつついているし。

　エレベーターが高層階の一つで止まる。

　左右にドアが開いた先に広がっているのは、これまでの日光とか緑地化とかに気を配った柔らかい空間とは真逆だ。まず、窓らしい窓がない。大きなフロアを寸断するような金網のフェンスに分厚い強化ガラスの壁、それからずらりと並んだ自販機より大きなコンピュータ群。どういう基準でエリアや機材を分けているのか、まるで迷路だ。ぶるっ、と震えた華野超美が（おっさんの見た目で）内股になって自分の肩を抱いたのは、あるいは室温自体を極端に下げているからかもしれない。

『ここが、中央サーバー室……』

　もうサーバー設備本体は見える……というか、この二八階フロア全体が『そう』なのだが、金網のフェンスや強化ガラスの壁で迷路みたいに寸断されているので人の手で機材に触れられない。どうやら金網の扉のロックを外して奥に進まないと必要な処理はできないようだ。

　もちろんそのための準備は華野本人が全て終えているはずだ。

　しかし、

『あっ、開かない？』

　華野超美は今までもビビっていたが、声のトーンがさらに一つ上がった。

　フロア内に人がいないからか、おろおろと両手がさまよっているのを隠そうともしない。

『嘘でしょ、マジか、うわーここ開かないんですかあ中央サーバー室の金網のドア!!』

「つまり何がどういう事？　常務さんについては一週間かけて指紋から虹彩から全部調べ尽く

したんじゃなかったの。内面の細かいクセとかも含めて」

『その一週間が問題なんですっ。ドアのパスロックは毎週切り替わるようで、七月一日時点までの情報しかない常務さんの話だけだと今週七日の正しい番号は分からないんですう！』

「……つまり何がどういう事？」

うっ……と華野超美の声が詰まった。同じ言葉を繰り返されて、流石に麦野がチリチリと不機嫌になっていくのが分かったのだろう。

　行動中に沈黙が続いても仕方がないので、麦野側から譲歩が出た。

「なんか裏技とかないのかよ？」

『そりゃまあ、何かよほどの緊急事態があれば。例えばほら、ビルが倒れるほどの大災害とかが起きたら、人命優先で全部のドアロックが強制的に開放される仕掛けがありますけど』

「ふうん」

　ここで、だ。

　それなりに付き合いの長いフレンダはサバ缶を置くと、ぼーっとしている滝壺をぎゅっと抱いて、麦野からちょっと距離を取った。まだ期間が短い絹旗はポップコーンのデカい容器を両手で抱いたまま首を傾げているが、そんな場合ではない。

　そしてやっぱり新入りの華野超美もこの危機感は共有してもらえなかったようだ。

「フレンダ逃げるなー、そっちのゴーグル使って」

「うへー、止めてもダメか。はいはい結局サポートは任せて」

それだけ聞くと、うっすらと笑う麦野沈利がいよいよ行動に出た。

車の窓から外に手を伸ばして。

『原子崩し』。そいつを遠く離れた高層ビルのど真ん中に撃ち込んだのだ。

4

「ふぎゃあああっ⁉」

華野超美は演技を忘れて本気で絶叫していた。いや、この場合はたとえ誰に見られても不自然には思われなかっただろうが。

巨大なビルを縦に揺さぶる鋭い震動、砕ける強化ガラス、一面に鳴り響く火災報知機とひたすら避難を促す録音された緊急警報の女性アナウンス。

直撃したのはこの階ではないらしいが、命の危機は同じ。何万トンもある鉄筋コンクリートの塊がまるで頼りない吊り橋だ。実際、麦野なら高層ビルなんて簡単にへし折れるはず。

「なにっ、何やっているんですかあなたあ⁉」

『何って、大災害が起きれば全てのロックが外れるんでしょ？　だからまあ、手っ取り早く。

大丈夫だっての、マジでさっきからフレンダに人体が発する電磁気とか見てもらっていたけど誰も使っていないデカい会議室を削り取っただけだから。これも経費の削減だよ』

（ここ建物自体は一般企業ですよう……。こんなド派手な騒ぎ起こしたら『暗部』の天敵に気づかれるっ、あの第六位とかいうのに影も形もなく追い回されて路地の片隅で消される!!）

それから今の自分は正義のヒーローを見て警戒する側に回ったのだと遅れて気づき、真面目な小動物華野超美はちょっと肩を落とす。

一方、麦野沈利の声は気楽なものだった。

彼女の場合は肩の力を抜いていても十分に殺戮できる、というだけだろうが。

『ほーら華野、まだ中央サーバー室のドアは開かない？　もっと何発かヤバいトコに撃ち込んでやった方が良いのかな。太い柱とか、免震構造の基部とか。ほらほーらー☆』

「分かった分かった開きましたっ！　大丈夫ですから手厚いご支援ありがとうですう!!」

（あの怪獣女があアアア!!）

涙目で叫んでロックの外れた金網のドアを開ける。懐から化粧ポーチより小さなコンピュータを取り出してケーブルを挿すと、逆側をサーバー設備の一つに接続。後は機械の仕事だ。

カリカリカリカリ、という爪で引っ掻くような音が小さく響く。

画面にあるバーが左から右へとゆっくり伸びていく。ファイル名らしき英数字も高速で流れていくが、流石にこれは目で追っても意味はないだろう。

こういうデカいデータを扱う時はやっぱり有線通信だ。緊張感みなぎるファイルコピーの途中で無線LANがぶつぶつ途切れるのは心臓に悪すぎる。

「怖い怖い焦る怖い。……こっ、コロシアム参加選手が死んで誰に保険金が渡っていったのか、ほんとにこれで分かると思いますう？」

『一応はっきりするだろうけど、そこは偽名や嘘のＩＤでも使っているか、あるいは振り込め詐欺の出し子みたいに使い捨て要員かもね。どうやっても名義の残っちゃう辺りは』

「えっ、でもじゃあどうするんです？　ここ空振りだとしたらあ」

『ひとまず絶対に空振りはない』

麦野沈利はあっさりと断言した。

思わず小首を傾げてしまう（おっさんモードの）華野超美だったが、

『黒幕の大ボス様は厳重に守られているけど、いつか必ず死体になる使い捨ての選手達はそうでもない。死体でも犯人でもなく、まだ生きてる高額生命保険対象者を漁るのよ。ひとまず条件は一〇代学生で死亡時の額は億単位、後は一月以内に急遽契約ってトコ？　顔と名前が分かれば後は原始的に尾行するだけでコロシアムの試合会場まで案内してくれるでしょ』

画面の中のバーが最後まで達し、一〇〇％の表示を確認する。

華野超美はケーブルを抜いて小さなコンピュータを懐にしまうと、再びエレベーターに。

「うっ、例の大災害で緊急停止してる⁉」

『あっはっは。階段で降りてこい二八階分、良い運動になるだろ』

（ほんとのほんとにもう地形ごと吹っ飛ばす系の破壊神めぇ!!）

とはいえ他に方法はない。華野超美は諦めて鉄の扉を開け、下りの非常階段に顔だけ出して、そこで慌ただしい足音が上がってくるのを知覚した。ここは表の企業だし、一緒にガツガツ鳴っているのは警棒か。バレて袋叩きにされたら普通に死にそうだが。

「取り残しがないか各フロアをチェックしろ。社員はもちろん来客や外部の清掃員などの安全確保も徹底的に！　A班とB班は階段点検、このまま俺についてこい!!　……むっ、何だ？　おい！　そこに誰かいるのｋ
「ふわあっ!!」

叫んだ時には手品師のハンカチのように高級スーツの布地が表裏入れ替わり、顔の造形も両手で拭って作り替え、そして彼女はムキムキ好青年な警備チームに化けていた。秒で。

緊急モードの持ち込みは一つが限界だ。そうなると選ぶ衣服はどこでも潜れる警備か消防と相場が決まっている。

「お疲れ様であります！」

「あ、ああ、見ない顔だがどこの班だ？　とにかく上から来たんだな、ならそのまま階段を下りて他の班と合流してくれ、どこでも良い！　今は全ての部署が手を借りたい避難状況だ!!」

「らじゃーであります!!」

適当に叫んで階段を駆け下りていくムキムキ青年華野超美。

周到な計画『だけ』では人は騙しきれない。意外と場の空気を支配するのは勢いである。もちろん勢いだけで乗り越えようとしても困った事にはなるが。

そして追い詰められたチキンほどアクティブに動き回る生き物もいない。

「ひいい、二八階分とか汗がすごく出そう……。こんなのもう軽めに下山じゃないですかあ、これで化粧が落ちて化けの皮が剝がれるなんて事にならないと良いですけどお」

『華野ー、顔を変えても防犯カメラで位置はチェックしているから心配いらないよ。楽してショートカットしたいなら右手の壁にご注目』

振り向く暇もなかった。

ゴバッ!! と外からコンクリの壁がぶち抜かれる。出てきたのは細い手。力業かつ速攻でビルの壁を二八階分ほどよじ登った絹旗最愛は警備チームに化けた華野超美の胸ぐらを摑む。

「ちょぶばななななナニやってんですかあなたあ⁉」

「……本当に困った時は見捨てるなって言ったのは超あなたじゃないですか」

そして二人してそのまま高層階からダイブした。

「ぎえええええっっっ‼⁉⁇」

「大丈夫です、私が『窒素装甲』でクッションになれば地面に超墜落しても死にませんよ」

5

「おそーい。もうお昼だけど、ゆるーいビルから脱出するのにどれだけ手間取ってんの？」

「……ぜえっ、はあ。ほ、ほんと女王様モード全開ですねえこの人お」

麦野は片手をわきわきしていた。華野超美は顔まわりの化粧を拭って子犬系の少女に戻ると、小さなコンピュータを麦野の手に預ける。イライラしていたし格好良く投げ渡してやりたかったが、ここまでやったのだ。失敗して地面に落として壊すかもと思うと普通に怖い。

麦野は満足げにコンピュータを受け取って、

「お昼食べたらこいつの中身を覗いて、選手の追跡始めましょ」

「ていうか大急ぎで逃げなくて良いんですか？　ここから眺めても、うわあ……ビルのど真ん中にでっかい風穴空いちゃっていますけどお……」

華野超美をワンボックスカーに引っ張り込んで、『アイテム』みんなでその場を離れる。

「ふわっ、ちょっと待ってくださいこの狭い車内で着替えるんですか？　皆さんガン見している中で私一人だけハダカあ⁉」

「大丈夫だよはなの、私はそんなはなのを応援してる」

「そこの巨乳ジャージどこ見て人を憐れみましたかあ今⁉」

涙目でぶつくさ言っている華野超美だが、いつまでも男の汗臭い（ように自分でしっかり調整した）警備チームの制服も嫌なのだろう。もそもそ衣擦れの音が続く。

とにかくお昼ご飯だ。

ケータイ片手の情報通フレンダが言うには、第三学区のエリート会社員が集まる美味しいお店があるらしい。学区の中心まで向かうと車を置いて徒歩で移動。

フレンダが何か見つけた。

「はー。流石はサラリーマンの街、結局ミニスカのお姉さんが缶ビール配ってる訳よ」

「バルガールだって、バルって何だっけ？」

滝壺はぼーっとしたまま首を傾げている。

季節限定の新しいクラフトビール？　らしい。とはいえこんな真っ昼間からスーツの社会人がお酒を吞むとは思えないし、この炎天下でノルマを消化するのは大変そうだ。多分七夕で騒ぐ気満々な大学生が溢れ返った第五学区にでも行った方が良いと麦野は思う。

そして隠れた名店がどんなトコかと思ったら家電量販店のデカいビルに同居している、割と広めのレストランの階にある中華料理屋だった。

「普通だ。普通過ぎてフレンダを殴りたい……」

「いちいち行列で長い時間待っていられないから、席が超多くてそこそこ美味しいくらいのお店が五つ星の高評価を超受けていたんですね。ここは地下の駐車場も超広いですし」

五人で奥のテーブルに収まる。

ついつい非常口まで一番近い席を確保したがるのは彼女達『暗部』の習性か。非常口近辺がダメな場合は窓辺を狙う訳だ。

「私はニンニク抜きの野菜餃子定食で、基本でお店の腕を超確かめましょう。滝壺さんは？」

「これ」

「おー、結局もう冷やし中華が出てる訳よ！　私もごまだれの冷やし中華にするう!!」

「夏だねえ、うんざりするほどに」

常日頃から小麦への文句が止まらない麦野はお米に目覚めたようだが、注文したのは海鮮あんかけ炒飯。メニューの写真を見る限りただでさえ脂っこいものの上になんか、でろっと乗ってる。巨大なカロリーの塊が。足回りがスリムになる日はまだまだ遠い。迂闊に口にしたら上半身とか蒸発して体重を半分くらいごっそり減らされそうなので誰も話題には出さないが。

オフィス街の限られたお昼休みに対応しているためか、ミニチャイナを着たバイトっぽいお姉さんが素早く持ってきたテーブルの品々を滝壺はぼーっと眺めながら、

「餃子なのに緑色。きぬはた、もっとお肉を食べた方が良い」

「何ですかいきなり、超おじさんですか」

「さもないと体が成長しないよ」

「ダセェジャージで丸ごと台ナシにする超おっぱい無駄遣い女が上から目線で胸格差をぶつけ

てくるとかケンカ売ってやがるンですかァ⁉」

怒ると第一位が出ちゃう成長期ちゃんは世話好きなフレンダがなだめるとして。

「ふぃー……」

一仕事終えて疲労が溜まり健康に悪い系でも体が求めているのか、華野超美はおどおどしながら味付けの濃そうな肉野菜炒め定食のお盆を自分の方に手繰り寄せていた。その気になればそこらの溶剤どころか舌の先で裏を軽く舐めただけで音に色がついちゃう謎の切手まで手に入る『暗部』において、健康に悪そうの限界がこの辺りだとするといよいよ小市民だ。

「……今日は七夕なんでしたっけえ。あー、何でもない〇円のお冷が魂の奥まで染み渡るう」

「なにする日なの？　パンダが出てきて爆竹とかいっぱい鳴らすヤツ？」

「滝壺さんは多分中国のお正月辺りと超ごっちゃになっていますね」

なんか軽くドヤってる絹旗だったが、いくら旧正月がめでたくてもパンダは中国の街中に溢れ返ったりしない。一体どんなアジア映画を観たのやら。

「はなの、肉野菜炒めならこれ使ったら、七味唐辛子。濃い目の味付けの気分なんでしょ」

「美味しそうですけど、顔の『修整』が面倒なのでパスでえ……。唐辛子を食べると唇が腫れて厚みが出るっていうのは別にギャグ漫画だけの話じゃありませんよう、ほら、カプサイシン入ったぽってりリップクリームとかってあるでしょう？」

「はなの」

「それちょっと楽しそうって瞳でオススメするのはやめませんんん!?」

ちなみにやってきたご飯はどれもみんな普通に美味しかった。でもそれだけ。味の秘密は食品関係に強い第四学区辺りの工場で詰めた一斗缶の出汁か。これで評価は五つ星なのだから、社会人は余計な冒険はしないのが美徳になっているのかもしれない。

『アイテム』の生き方とは真逆だ。

麦野は化粧ポーチより小さなコンピュータを取り出しながら、

「フレンダ」

「一個、一個だけだから!!　ねえ滝壺っ、私の杏仁豆腐一口とそっちのゴマ団子一個は結局そんなに悪いトレードじゃない訳よ、おーねーがーいーッ！　あとナニ麦野っ？」

「いつもネット越しにコロシアムの観戦してるんでしょ、今日の試合って何時から？」

「うーん？　午前のイベントはもう終わってるか。今から一番近い時間帯だと、結局スタートは午後八時くらいかな。部屋で晩ご飯食べながら殺しを観てる事多いから覚えてる訳よ」

「超ゴールデンの時間帯じゃないですか、黒幕も家族でくつろぐお食事時を狙ってるとか？」

うええ、と華野超美が顔を青くして小さくなっていたが、『暗部』系の趣味ならまだまだ可愛い方だ。麦野が気にしているのもそっちではなく、

「参ったな……。今、午後一時。じゃあ今から生きている選手を追い回しても意味ないか。余裕を持って、五時くらいから追跡始めましょ」

6

ピピピ、という機械的なアラームが鳴り響いた。

ぶかぶかの着ぐるみパジャマを着たにゃんこフレンダはベッドから細い手を伸ばし、届かず、無理に背筋を伸ばしてようやくベッドサイドの携帯電話を掴み取る。

「う……」

呟いたのは同じ布団に潜り込んでいる別の少女。ヨガっぽいタンクトップとホットパンツの華野超美だ。『アイテム』は急に新入りが二人も追加され、ベッドの数が不足しているのだ。

「仮眠って逆にヤバくないですかあ？　ううー、頭重い……」

「午後三時。……動くのはもうちょっと先だけど、結局そろそろ準備を始めないと寝起きのその顔で麦野に外へ放り出される羽目になるわよ」

そうは言ってもフレンダ自身、まだベッドの中でごろごろしてる。意外と時間的な余裕はあるのか、あるいは出撃慣れしていて着替えや身だしなみを整える速度に自信があるだけか。

横倒しに寝そべったまま、フレンダは小さく笑った。

「そうそう。お昼は良くやってくれたわね、華野」

「はあ」

「しょーじき、最初はヤバいと思っていたんだけど……。警策だっけ？　腹黒ＶＩＰの護衛と戦った時に麦野が初っ端から防御無視して正面に撃ち込んだのも、長期戦になると新入りが死にそうだから速攻で畳むしかないって考えだろうし。あ、これ麦野には内緒ね、照れ隠しで胴体千切られて殺されるから。それは『アイテム』全体にとってもヤバかった。おんぶにだっこのまんまじゃなかった訳よ。結局アンタのためにじっくり戦うってカードを捨てざるを得なかった訳よ」

フレンダは悪戯っぽい笑みを浮かべつつ。

ゆっくりと目を細める。

「……だけど実際、アンタは直接の戦闘でも間接の潜入でも自分の腕で使い物になるって証明してくれた。そっちが頑張ってくれなきゃ保険会社のビルから情報抜き取れずに手詰まりだった訳よ。それで諦める麦野じゃないとは思うけど、でもかなりの力業になったはずだし」

「は、あはは……」

華野超美としては力なく笑うしかなかった。『原子崩し』で高層ビルのど真ん中に巨大な風穴を空けたあれは、まだまだ穏便な方だったのだろうか？

ベッドに寝そべったまま、フレンダは片目をぱちりと瞑って、

「だからこれは借り一個。なんかやってほしいコトはある？　あるいはモノでも良いけど」

「え、ええと、それならですねえ……」

華野超美はフレンダに顔を近づけ、その耳元でごにょごにょ。

フレンダは怪訝な顔になって、

「……マジか。結構アブないモノだけど」

「うーん。『暗部』なんて世界に来ちゃいましたし、いざという時の備えと言いますかあ。あと、こういうのはフレンダさんに頼むのが一番だと思いまして」

「ま、良いけど」

適当に言って金髪少女が了解した時だった。

コンコンコン、とノックが三回。そして返事をする前に寝室のドアが勝手に開いた。

「超失礼します。華野さんはこっちにいますか？」

「あれえ、絹旗さん？　一体どうしてえ……。ハッ!?　こ、これはまさかたった一回の成功をきっかけに念願のお友達がたくさんできるとかですか!?」

「超何言っているんですか」

絹旗最愛は腰に片手をやって呆れたように息を吐くと、

「新入りは一個前のメンバーから着せ替え地獄を超お見舞いされるのが伝統だそうですよ」

「うぎゃあアアあーっ!?」

そんな訳で問答無用で下層のブランドショッピングモールへ連行。

潤沢な資金が使えないのは絹旗も理解しているため、試着室を使っての冷やかしに留める。

「ねえこれはもう下着ですよねえ⁉　和服って言っても滝に打たれたり温泉入ったりする時とかに着るめっちゃ薄いヤツじゃないですかあここにトライするのはやめましょうよ危ないはだける見えちゃうッ死にますってー花も恥じらう思春期女子的にぃ‼」

「大丈夫、七夕らしく超ただのミニ浴衣です。超いいから着替えるんですよ超早く」

そうこうしていると携帯電話に着信があった。絹旗と華野の二人同時にだ。

麦野からの一斉送信だった。『アイテム』としてまた動き出すらしい。

「超第七学区ですって？」

「そっちに標的の学生寮があるってさ」

エレベーターで地上まで下りてきた麦野、滝壺、フレンダと合流。電車で移動する。

午後五時。辺りは夕暮れのオレンジ色に染まりつつある。人が多いのは帰宅ラッシュなのと、今日は七夕なので完全下校時刻を無視して夜間外出する人がむしろ増えるのかもしれない。

「滝壺さん、超それ何食べているんですか？」

「笹の葉アイスだって」

「……またけばけばしい緑色の物体を。パンダのエサみたいなスイーツだな」

「むぎの、何だかんだで横からぺろぺろ強奪していかないで。みんなも真似しない」

そんな風に言い合いながら、『アイテム』の五人は夕暮れの街を歩く。

第七学区までやってきたものの、実は目的地は決まっていない。

ただし標的となる人物はすでに特定できていたが。

「さて、それじゃコロシアムの選手を尾行して秘密の試合会場まで案内してもらいますか」

そもそも保険会社の本店に探りを入れたのは、まだ生きている選手の顔と名前を特定するためだ。これさえ分かっていれば、後は原始的な尾行をするだけで良い。当然ながら、選手はあらかじめ決められた時間に試合会場へ出かけないといけないのだから。

彼女達が今いるのは学生や社会人が節操なしに混在する、第七学区の駅前だ。

まずはここから始め、根城を見つける。

「……自分の命を賭けた地下格闘の選手って話でしたけど、特にゴリゴリの超マッチョって感じじゃありませんね。右に左に一本三つ編み振って歩く、超普通の女の子って感じです」

「きぬはたもそんな風じゃない、殴り専門には見えないよ」

標的との距離は一五メートル程度だ。

夕暮れの帰宅ラッシュ。後ろ暗い『暗部』の人間でも群衆を味方にできないとは限らない。

五人で話しながらゆっくり後を追う。

「ほ、本当に大丈夫なんですかぁ？　思わぬ反撃っていうか、ほ、ほら、『暗部』ってもう何でもありじゃないですか。この前なんか夜の学園都市で大きな竜を見たって話があって……」

「あっはっは。結局いくら何でもないない」

「て、ていうか、こんな風にコソコソ後を尾けて大丈夫なんですかねえ？　向こうが振り返ったらすぐバレそうな……」

「見られたって構わない訳よ、この人混みの中でどうやって『怪しい』ってタグつけるの？　結局、街中で下手にUAVとか飛ばしても余計に目立つだけだし、尾行って言ったら昔からある方法の方が便利なのよね……って、麦野？」

　返事がない。

　七夕イベントのお客さんでも見込んでか、コンビニが店内だけでなく外に簡易テーブルを持ち出してお弁当を叩き売りしていた。この猛暑日だと長時間外はちょっと危なそうだが。

　そして麦野沈利が何かの虜になっていた。

　肩を小刻みにわなわな震わせながら、

「ち、ちょっと待て、シャケ弁ってこれだけ盛って四〇〇キロカロリーしかないのか⁉　冗談じゃねえぞこれじゃ革命が起きちまう‼　やっぱり米で正解じゃねえええええか‼」

「むぎの……」

「一食で四〇〇キロカロリーって、特に頑張って我慢はしていないような？　普段は超どんな食生活しているんですかあなた」

とはいえ心を奪われたままお箸を動かしても街を歩けるのがお弁当の良い所だ。携帯いじくりながら歩くのと一緒で推奨できる行為ではないが、『アイテム』は性悪少女の集まりだし。

「ほらー、みんな結局撮る訳よー」

「（ちょ、尾行中に何やってんですかあフレンダさんっ）」

「逆だよはなの、女の子が四人も五人も集まってケータイ全くいじらない方が変だし」

一本三つ編みの少女は細い路地に入り、カーブミラーのある角を曲がって、小さな雑居ビルへ入って別の出口から出る。一応は尾行チェックをしているようだが、来ると分かっていれば気づかれないように振る舞う事は難しくない。ましてこちらは一人でぴったりついていくのではなく、状況に応じて複数に分かれたり再びくっついたりしながら標的を追えるチームだ。

「むぎの」

何かに気づいた滝壺が、麦野の肩を叩いてそっと注意を促す。

ジャージ少女が見ているのはビルの壁にある落書きだ。

「……スプレー使ったあの錨と鎖の落書き、さっきも見た。多分、たくさんあるペンキやステッカーに紛れ込ませる形でコロシアム関係者に順路を教えるためのものだと思う」

法則性が分かってしまえば後は容易い。

距離を取ってつけ回す麦野達の頭上を飛行船が飛んでいた。側面の大画面は花火大会の告知をしていた。七夕くらいきちんと星を見たい人にとってはウルトラありがた迷惑だろうが。

「あの三つ編みが入ったのは、こっちか？」

「うわっ、パラソル街じゃないですか。今度は超この辺に増殖していたんですか」

絹旗が呻くように言った。

その名の通りだ。ビルとビルの隙間にある小さな公園の四角い面積全部が見渡す限りビーチパラソル、ビニールシート、ビーチチェア、スポットクーラーなどで規則正しく埋まっている。工事現場で休憩スペースを作るための機材か。パラソル一個で一スペースっぽいが、中にはいくつか連結した箇所もある。

とはいえここは工事現場ではない。ちょっと覗けば書籍や加熱式タバコのデバイスなどが並べられているのが分かる。ボディボードの上に商品を並べているのは、地面からの熱で傷むのを防ぐためか。店番は大人だけでなく、エプロンをつけた中高生も少なくない。

つまり全部店舗なのだ。

古本屋、家電、ゲームショップ。酒場にしても質屋にしても、当然何の届出もしていない。法律も守らない。並べられた品だって出処の怪しいものばかり。何か問題が起きれば速攻で全部畳んで店ごと逃げ出したい連中ばかりが集まった使い捨てのアングラフリーマーケット、蜃気楼のようにどこにでも現れて何でも商う現代の九竜城砦だ。

おつまみに何十種類ものパック詰めした宇宙食を並べた酒場とか、今や一体どこから確保するのか謎だらけな古い駄菓子を集めたお店とか、『暗部』関係の割に意外なほど笑顔が多い。

絹旗はホットプレートの上でパチパチ鳴ってる、スーパーの試食品っぽく爪楊枝の刺さったサイコロ状のお肉を見ながら、

「あれ？　超何でこんなトコにお高い和牛のステーキなんか並べてあるんですか？」

「値札見て。大豆ミートにラードを注入したイミテーション食品だよ、きぬはた」

最初からきちんと告知して双方承知の上なら普通に安くて美味しく楽しめるはずだ。この手の技術は何も悪くないのに、変に内緒にするから食材偽装なんて騒ぎになるのである。

タコが入っていないたこ焼き、謎の深海魚で作ったネギトロ丼。こんな時間からジョッキ片手に左右に揺れている連中は細かい味なんてもう頭に入っていないかもしれないが。

ここは砂浜ではないのだ。どうやってビーチパラソルを刺しているのかと思ったら、普通に特殊な工具で地面に親指大の穴を空けていた。つまり大量に。きちんとグリッド化して店舗の規格を統一するためか、あるいは世間に対する何かしらの自己主張なのか。

華野超美はおっかなびっくりといった感じでお店を覗き込んでいた。

「わあー……こんなダンジョンがあるなんて『暗部』はやっぱり凄まじいですぅ。えっ、でもこっちの古本屋さん、嘘でしょ海砂清柳のメイク術が置いてあるっ？　ははっ、タレント逮捕されちゃったせいで電子だとストアからＢＡＮされているんですよねえ、この本！」

「はなの」

早速現金でポケットサイズの図鑑みたいなフルカラーの一冊をお買い上げしてほくほくしち

やっている新入りの手を摑んで滝壺が先を急ぐ。放っておいたら七月時点ではまだ市場に出回っていないはずの、今秋発売予定の新作化粧品を端から全部買い漁りかねない。

　この景色全体を見て麦野は鼻で笑っていた。

「……『暗部』の表層も表層、ゴロツキどもの胡散臭い地域還元か」

　先を行く三つ編みからすれば、これもまた尾行確認の一環なのだろう。警備員や風紀委員がこんな所に一歩でも踏み込んだら、私服だろうが何だろうが自分より優れた嗅覚を持ったエリアの人間全員が見破って一斉に逃げ出すからすぐ分かる。そういう仕掛けだ。

　だけど同じ『暗部』の人間はその嗅覚に引っかからない。

　あの三つ編み、パラソル街を抜けた後はそのまま目的地に直行といった感じだった。七月七日、街は相変わらずのヒートアイランド。アスファルトから陽炎が揺らめく屋外にあんまりいたくないのか、明らかに集中力が足りていない。周囲の脅威よりもキッチンカーで買ったチョコレートソースとバニラアイスをのっけた洋風かき氷に夢中だ。

　ジュースの自販機に向き合いながら、商品見本を守る透明なプラスチックカバーに反射する背後の人影を見据え、麦野はしれっと言った。

「入る前に軽く身だしなみを整えたな、目上の人間がいる。あそこが試合会場かなっと」

「超意外ですね、図書館じゃないですか」

　実際には、洋館っぽい建物の隣に何か円筒形の施設がくっついているから、いくつかの学術施設を束ねた複合系のようだが。

「うへー、何だかんだで一時間近くぐるぐる歩かされましたよお」

「なに？　じゃあ実際にアップや事前検査に使える時間は二時間もないのか」

「誰にもコロシアムの会場は掴めない、って言ってるじゃん。結局、ガサ入れがあればさっさと散開する方が優先の胡散臭い地下格闘だからね。半日も会場押さえて諸々環境整えるような健全スポーツ大会だったらとっくにバレてる訳よ」

　それにしたって三つ編み少女の外見と相まって、あれだけだと地下格闘に出かけているようには全く見えない。前提情報がなければ普通の読書好きとしか判断できないはずだ。

「結局、火災報知機のボタンと同じじゃない？　一度で良いから、あの静けさを力業で全部ぶっ壊してやりたいって考えな訳よ」

「『暗部』の天敵とかいう第六位って超昼寝してんですか？」

　場所は分かったが、まさか尾行中の人影の背中を追って正面から入る訳にもいかない。選手の少女が潜った扉には『閉館中』のプレートも掛けてあるし。

　麦野は目を細める。

　物静かな図書館が、実際には殺しの会場。学園都市のクソさが形になったようだ。

「正面はもちろん、裏口もドアなんて全部見張りがついて警備されているでしょうし。どっ、どこから中に潜り込むんですかあ？」

「入口がなければ私の『原子崩し』で適当な壁を……」

「そこのドS魔王が考えるのに飽きて閃光撃つ前に誰か妙案を出してくださいいい!!」

横からしがみついてくるチワワ少女が沸騰したやかんみたいに甲高い声を上げる。

足りない所を補うのがチーム戦なので、身軽な絹旗が力業で図書館の壁をよじ登った後、窓辺にあった伸縮式の非常ハシゴを蹴り落とした。後は『アイテム』の少女達が一人ずつハシゴを登って、二階の窓から図書館内部に侵入していく。ドアでなければフリーなのだ。

絹旗がよそに視線を振って、

「超すみっこの方、結構埃が溜まっていますね」

「姑かよ」

「結局、古書を扱う繊細なエリアまでドラム缶型の清掃ロボットで大雑把に掃除はさせられない訳でしょ。洗剤の飛沫が飛び散ったりしたら最悪だし」

そういう所も込みで秘密の会場として付け狙われたのか？　カメラの数は少ない方がありがたいだろうし。まあ図書館の館長を始めとした経営陣が軽く脅されている線は濃厚だが。

そして、ジャージ少女は別の所に気づいていた。

「むぎの」

空気がざわついていた。

クラシックな洋館っぽい内装とは全く似合わない。

図書館が閉館した後も書籍の整理や事務作業などはやっているかもしれないが、それにしたって人の気配が多い。まるでクラブハウスの屋根裏にでもいるような感じだ。

下で何か起きている。

火力は極めて高いが迂闊に仲間が前に出ると巻き込みかねない麦野とフレンダが前後を挟み、集団を守る格好で長い二階廊下を進む。階段のある吹き抜け状のホールへ着いた時だった。

音が爆発し、下から突き上げられた。

わあっ!!!!!! という人の歓声と重低音の音楽が渦を巻いていた。

軽く見積もって三ケタ単位の観客達。これまでの尾行や潜入が馬鹿みたいな話だった。

『へいへいお食事時に皆さんスミマセン!! 退屈な毎日を血みどろに彩る現代のコロシアム、本日も大量のマネーが動いちゃうよ動かしてみなよオ! オンライン賭博はまだまだ受け付けているんでそっちの方もヨロシク、やっぱギャンブルはこれに限る人の命に金賭けて眺めると試合が違って見えてくるモンだぜえええ!!!!!!』

なんかお皿とか回っていた。

エンタメとしての格闘技はやっぱり音楽が重宝されるのか。DJ用のターンテーブルで器用に機材を操作している巨乳ガスマスク女の正体は何者なんだろう。

もううんざりしたように麦野(むぎの)が呟(つぶや)いた。

「結局、フツーはネットで観(み)るサービスなんだよ？　ただ廃課金覚悟でコイン投げまくるとナマ観戦のネット抽選に参加できるって話もあるけど」

「……フレンダ、説明」

言う割にフレンダは興味なさそうだった。羨ましそうな響きは特にない。

晩ご飯食べながら、と以前言っていた。『ながら』で自由にネット観戦する彼女には、前座だけで二時間、試合本番でさらに数時間も拘束されるのは趣味に合わないのだろう。

「……これだけの数、一体どこから会場案内したんだ？」

「全員一時間も超ウロウロさせてはいないでしょう。逆に超目立ちますし、図書館前に客の行列ができたら元も子もありませんから。トラックの荷台にでも詰め込んで地下駐車場から図書搬入口経由で超ご案内ってトコじゃないですか？」

もちろん、安全で絶対バレない輸送方法ならさっきの三つ編みが炎天下を延々歩かされるのはおかしい。夏休み直前、突発的な防犯キャンペーンで警備員(アンチスキル)が検問でも張ったら一発でアウトなので、観客より大事な（死亡前提の）選手については別の方法で合流させる訳だ。

下のフロアは閲覧スペースの机が全て取り去られ、代わりに高さ三メートル以上ある金網のフェンスでぐるりと囲った空間があった。どこで調達したかは知らないが、道路上で暴徒遮断用に展開する仮設バリケードだ。直径一〇メートルほどの丸い空間がいわゆるリングか。

そしてカラフルな舞台照明と、大音響を生み出すソファより大きなスピーカーの群れ。クラブ系の機材を丸ごと持ち込んでいるのだ。一人が騒ぐと群衆に飛び火するのか、山火事みたいに怒号や歓声が広がる。試合前からこうなのか。

リングを囲んで怒鳴り合う群衆よりもさらに遠巻きに、撮影機材も見えた。意外にもテレビ局のスタジオで使っていそうな、車輪を転がして移動させる馬鹿デカいモデルだ。最新のハイビジョンに耐えるスペックだと、確か一台で二〇〇〇万クラス。それがゴロゴロと。オンラインサービスに必要とはいえこれだけで黒幕どもの潤沢さが窺える。

さらにそれとは別に、一〇〇を超える小さなレンズがバリケード内側に一周ぐるりと貼りつけられていた。おそらくはVR合成配信用。機材の質はプロサッカー級だ。あそこまで専門的になるともう札束を積んだくらいで買える代物でもない。まず業界でのコネがいる。

麦野は手すりから階下を見下ろしながらうんざりしたように、

「コロシアムっていつもこんな感じなの？」

「今日はまだまだ大人しい訳よ、馬鹿デカい殺人花火とかないし。紙を扱うからか、防音しっかりしてない建物だからかなー？　結局それより見てよ麦野あっちの檻のサプライズ！　どんよりした能力者達に交じって飛び入り選手枠に三メートルのホワイトタイガーがいるー☆」

ひいいいいい、と華野超美が二階の隅っこで小さくなっていた。別に自分が戦う訳でもないのに、想像力が豊かな子は色々損をしていると麦野は思う。

乏しい絹旗と滝壺はどこかほのぼのした調子で、

「へぇー、超やっぱり毎度人が死ぬのが前提って感じのスプラッター大会なんですねぇ」

「動物を戦わせるなんて可哀想だよ、みんな天罰をお見舞いされれば良い」

当然ながら、麦野達『アイテム』の仕事はコロシアムの選手と戦う事ではない。

最低でも一五〇億、あるいはそれ以上。

コロシアムの主催者、黒幕をブチ殺し、抱え込んだ死の財産をごっそりいただく方だ。

麦野はニタリと笑って、

「さて。大変高貴なクソ野郎サマのヘソクリはどこにあるのかな、と」

7

コロシアムは『彼女達』にとっても大事なイベントだ。

全てのイベントで必ず全員が揃うとは限らないが、それでも主催者として試合会場にはきちんと顔を出すようにしている。

ただ四人の少女達がいるのはリングや観客席ではない。切り離されたモニタールームだ。図書館の裏方、古書修繕室に機材を並べ会場・オンライン共に全体の状況把握に努めている。

もちろん彼女達は真面目な社会人ではないので、アウトドア系の椅子やテーブルを各自勝手に持ち込んでいた。広げられているのはポテチ、ポップコーン、唐揚げ、フライドポテトなどの山。それから炭酸飲料やアイスコーヒーなどなど。こういうのはケータリングの業者に一式頼むよりも、自分達で持ち寄った方が良い。かわゆく言えば女子だけのお泊まり会っぽい空気が、率直に言えば闇鍋感が漂って楽しいからだ。

「うう────……」

いくつもあるモニタを眺めて唸ったのは、黒髪セミロングに色白の、一二歳の小柄な少女だった。競泳水着をさらに肉抜きしたようなリングコスチュームに身を包む総合格闘技の使い手、鰐口鋸刃は椅子に腰掛けたまま小さな両手を上にやって背筋を伸ばしていた。

ただし二つの掌はそれぞれ、塊みたいなゴムボールを握り潰しそうになっていたが。

「あたしも試合出たい!! 今日のために苦労してホワイトタイガーを仕入れてきたんだぞ、あたしに戦わせろよう!!」

「アナタは試合や賭博で発生したルール違反者を速やかに排除して軌道修正する処刑人でしょ、何もなければじっとしている役なの。これで良いもん、平和を楽しんでちょうだい」

名門常盤台中学の夏服を纏い、要所を三つ編みで飾ったゆるふわ金髪にグラマラスなお嬢様、女貞木小路楓が呆れたように息を吐くが、格闘少女は気にしない。

幼げな見た目に反して、歯を剝き出しにして鰐口鋸刃は吐き捨てる。

「くそっ、このポジションなら入れ食いかと思ったのに、『暗部（あんぶ）』のくせして誰も彼もビビって大人しくしているから待ちぼうけだ。犯罪者がいちいちルールを守ってどうするんだよう。これなら選手としてエントリーしていれば良かったな」

「それじゃアンタが全戦全勝じゃん」

横から言ったのは、日焼けした陸上少女の花山過蜜（はなやまかみつ）だ。

「主催者側が賭けを成立できない形にしてどうすんの」

女貞木小路楓（いぼたのきこうじかえで）はそっと息を吐いた。

「鰐口（わにぐち）ちゃん、どうしてこんなにイライラしているの？」

「ふともも」

ぼそぼそ声でしゃべる銀髪少女、井上（いのうえ）ラスペツィアの言葉に反応したのは、女貞木小路楓（いぼたのきこうじかえで）ではなく当の鰐口鋸刃（わにぐちのこば）だった。

「あっ!?　また蚊に刺されてる……。道理でさっきから無性にカリカリしてたんだ。だから地べたって嫌いなんだよ虫が多くて。ちょっと虫除けどこお!?」

「刺された後じゃ遅いけれど。アナタ、こっちに来なさい。わたしが痒（かゆ）み止（ど）め塗ってあげる」

やったー、と素直に従おうとしたところで別の動きがあった。

とすっ、とだ。

無言で黙々と作業していた銀髪少女が女貞木小路楓（いぼたのきこうじかえで）の膝の上へ乗っかったのだ。

「……井上ラスペツィア」

手袋をしたまま細かい『作業』に没頭している銀髪少女は、京都っぽい言葉でそれだけ言った。視線を上げる事すらしない。

「何どす？」

そして唯一百合の香りに誘われない陸上少女は微妙に距離を置いていた。

自分だけのお誕生日席を横から取られ、むくれて横から女貞木小路楓にひっつく小さな暴君鰐口鋸刃は、そこで何かに気づいた。女貞木小路楓が管理用モニタの群れとは別に小型のＤＶＤプレーヤーを広げている。多分ディスカウントストア辺りの投げ売り品だ。

「ちょっとチーフ何だよこれ、ホラー映画？」

「三流も三流だけれど、撮影中の事故でスタントマンが実際に死んでいる映画よ。注意深くスローで確かめると、人が機材に押し潰されて死んでいくシーンが小さくそのまま映り込んでいるの。ふふっ、お上品な先生方がこんなの見たら卒倒するわね」

こういう不謹慎系は、いつでも手に入るネット版だとむしろストアからＢＡＮされたりナゾのアップデートで細部を修正されてしまう。やっぱり『いわくつき』をコレクションするなら少数生産の現物を手に入れるのが一番だ。こちらは永遠に修正のしようがないのだから。

「ぶー。死体が見たけりゃあたしをリングに上げろよなー、どばどば血を出してやるのに」

「アナタ。実際に死体を大写しにする必要はないのよ」

携帯電話を適当に操作しながら、女貞木小路楓はうっすら笑んで囁く。自分の膝に乗っている銀髪少女、井上ラスペツィアの耳を甘く噛み噛みしながら。

出てくるのは写真のアルバムと連動した自分だけの地図アプリだ。ただし彼女の場合、学園都市に点在する自殺の名所の踏破マップと化しているが。

「他人の死を纏って自分をデコレーションしたいの。不幸という刺激に包んで優しく眠らせてちょうだい。うふふ、だから分かりやすい派手さはいらない。ブランド品っていうのはこれ見よがしじゃなくて、本物をさり気なく着こなすから美しいのよ？　人間の死体を圧縮すればダイヤの粒が作れるけれど、何もわざわざそれを大声で喧伝する必要はないもん。いっそ、素人は全く気づかないくらいそっとやるのが上品なのよ。コロシアムで稼いだお金もそう」

「ぶー」

同じテーブルにいる陸上選手っぽいタンクトップに短パンの褐色少女、肩で揃えた黒髪ウェーブの花山過蜜はそっちには喰いつかなかった。花山からすれば、見ている分にはお美しいが自分は巻き込まれたくない、が本音だ。女の子同士の恋愛は順調な内は甘美だが、いったんこじれるとことんまでドロドロを極めるものというのが花山の持論でもある。そして『暗部』絡みだと身内の色恋沙汰で仲が悪くなったバンドくらいでは済まされない。

普段はもうちょっと露出は抑え目なのか、上下でそれぞれ白い日焼け痕を覗かせる陸上少女は手をさまよわせる。クーラーボックスの冷えた飲み物よりプラスチックの塊が優先だ。

鰐口鋸刃は横から女貞木小路楓にひっついたまま顔をパッと明るくさせ、

「おっ、電子タバコ？　あたしも試してみたい！」

「携帯できる酸素ボンベだよ、味とかないけど？」

　陸上少女的にはいつでも体内に酸素を与えるだけ与えたいのだ。というか、やらないと不安になるとも言う。花山過蜜はプラスチック系のデバイスを口の端に咥えて先端の青いＬＥＤを点滅させ、詰め替え式のカートリッジに充塡された圧縮酸素を胸いっぱいに吸い込みながら、

「それよりニュース観た？　例の常務さん捕まったってね。自分の会社を襲ったとかで。やっぱり数字が欲しくて寂しいからって一分動画で変顔なんかするもんじゃないよ、ワイドショーにそのまま映ってた」

「だからどうしたの。定期的に選手達の保険金さえ引き出せればわたし達、コロシアム運営サイドは困らないけれど。至急対策をって言っても大人の企業でしょ？　ちんたらしているから今回の試合分の保険金は結局ズルズルと支払われるもん。それに保険会社なんて学園都市にはまだまだあるわ、脇の甘そうな重役さんだって」

　ふうん、と陸上少女の花山はそれだけ答えた。

　一応は仕事仲間（笑）ではあったものの、直接顔を合わせて指示出しするほどの関係でもない。全部話そうにも常務は少女達の本名すら知らないのだし。使い捨て人間がどうなろうが未練はなさそうだった。

それよりも、花山過蜜はまた別の少女に声をかける。相変わらず女貞木小路楓の膝の上にちょこんと腰掛け、手元に視線を落として細かい作業をしている線の細い銀髪少女だ。全体的にリスっぽい。というかアライグマと言うとむくれて口をきいてくれなくなるので要注意だ。

「ねー井上、今度はどんなえげつない方法使うの？」

「……別に」

学校の夏服の上からエプロンとベレー帽を被った少女、井上ラスペツィアは手元の作業から目を離さずに、どこか京都っぽい言葉を返してくる。

趣味はフィギュアで特技は工作、美術部所属の女の子はこちらを見ずに、紙パレットの上で色味を細かく調えた特製の鉄剤塗料――つまりは人血――を含ませた先の細い絵筆で繊細にいじっていた。

銀髪少女は何事にも興味はなさそうだけど、しっかり女貞木小路楓の太股は独占しつつ、

「難しい事やありまへん。その辺に殺人事件が転がってはりましたから、凶器をこっちで『製作』しとるだけ。具体的には指紋と血液付きのカミソリ。理容師さんが持っとるデカいヤツどす。使える人材、ストックしといて損はないどすえ？」

「ひゃー、美術部は本気で怒らせるとおっかないねえ」

褐色少女の花山過蜜はニヤニヤと笑う。

証拠が本物であるかどうかは関係ないのだ。脅された常務さんだって身に覚えはなかっただ

ろう。だけど、それで世間や司法の目を信じられるかはまた別の話。たとえ冤罪であっても、いやだからこそ『何もこんな事で』人生を失いたくないと考えてしまう輩もいる。

そしていったんずるずる下り始めてしまえば、人間の人生は容易い。

世の中のルールにこれくらいなら、などない。

断崖絶壁から一歩でも外に踏み出せばどうなるか、平気な顔して子供達の頭を押さえつけるほどに優れた大人サマなら理解できるだろうに。

これには作戦を立てて命令を放った女貞木小路楓も半ば呆れているようだ。

膝の上に乗っている銀髪少女を後ろからぎゅっと抱き締めつつ、

「井上ちゃんったら、本当にいったん始めたらとことん凝り性を極めるもん。そんなの電車で痴漢冤罪でも狙ってカワイイお尻を押しつけた方がずっと楽じゃないかしら？」

「どうやってどす？　……普段は運転手つきの車で移動してはる標的なのに」

一通り作業を終えたのか、井上ラスペツィアは証拠のカミソリを透明なビニール袋に詰めて封をしていた。無表情で淡々と。これで自由に使える切り札を一人分ストックだ。

まあ向き不向きというのもあるのだろう。このボソボソ声の俯き少女に色仕掛けは無理そうだし。……逆にそういう地味で大人しい子じゃないと、という少数派を除いては。

鰐口鋸刃は横から女貞木小路楓に頬ずりしつつ、

「じゃあ結論を出しちゃっていいーい？　テレビの向こうで捕まった常務さんは問題にならない。

新しいお財布係も準備してる。つまり築いてきたものを投げ捨てて、逃げる隠れる潜っちゃうなんて話はしなーい。今日もあたし達は健全にコロシアムを運営していくって方向で」

さんせーい、と四人の少女達は声を揃えた。

ただし場の空気を読める者ならば、四人同時ではなかった事に気づくだろう。彼女達はみんな、中心にいる女貞木小路楓一人の反応を確かめてから発言していたためだ。

そして密かな注目を集める女貞木小路楓は銀髪少女を膝に乗せたまま、こう囁いた。

そっと笑んで。

「大丈夫よ。人の死による収益は、わたし達『アイテム』がぜーんぶちょうだいするから☆」

8

天井裏だった。

麦野沈利と滝壺理后はお互いの顔を見合わせていた。

「むぎの」

「今『アイテム』っつったよな、あの主催者ども？」

実はＩＣレコーダーの記録にもそれっぽい単語はあったのだが、黒幕自身の口から出た。

当然『アイテム』は麦野達のチーム名だ。いざという時の影武者とか、麦野達の名を騙って『暗部』の仕事をするならもっと外見や言動を寄せてくるはずだが、そういう気配もない。

疑問は尽きないが、彼女達は誰に聞かせるつもりでもなく仲間内だけの密室で『アイテム』という名前を使っている。つまり演技ではなく、これが素なのだ。

フレンダはフレンダで、別の所が気になっているらしい。

中心らしき少女の服装だ。

「あれって常盤台？　結局お嬢様学校に通う金持ち連中がどうして『暗部』に……？」

「金を持ってて裕福なら絶対に道を踏み外さないって理屈は超通らないでしょう。あなた達だって超似たようなもんですし」

あれが本物の常盤台生なら大したクソだ。

そうこうしている間にも、階下でくつろぐ少女達の会話は続く。

「それから鰐口ちゃん、はいこれ。今月の追加分だけれど」

「おっ、たすかるー」

雑に言って、中心っぽい女が指で挟んだ何かをよそに放った。

くるくると回転しながら宙を舞うのはプラスチックっぽい質感の一枚のカードだ。ブーメランのように戻ってきたそれを、鰐口鋸刃が器用にキャッチする。

「まだ七日よ？　一体何にどれだけ使えば月ごとの報酬が底をつくのやら。アナタ、きちんとお給料は支払っているもん、無駄遣いは控えてちょうだい」

「女貞木小路楓。このお小言さえなければ完璧なのにぃー」

唇を尖らせながらも、小柄な格闘少女は常盤台の少女に頬ずりしつつ、カードを手にして表面に軽く口づけしていた。

どうやらあれが彼女達『アイテム』(?)の報酬らしい。

天井裏の麦野は口の中で呟く。

「マネーカード……?」

「確かあれ、音楽プレーヤーとかネット通販とかで超使うプリペイドのカードですよね。コンビニなんかで買ってパソコンやケータイに数字を超入力する……」

絹旗の言葉に麦野は顎に指先をやって、

「一般のラインナップは一万単位くらいまでだけど、一部プレミアム扱いでデカい額を取り扱っているのよ。一枚五〇〇万とか、一〇〇〇万とか。ネット通販でブランドバッグ買ったり動画サイトのネットアイドルにコインを投げたりするためのサービスだったと思うけど」

しかし確かに考えたものだ。

プリペイドのカードなら札束や金塊よりずっと軽い。銀行口座のように不意打ちで凍結される心配もない。ダイヤと違って雑に扱って表面に傷がついても問題ない。しかも、一回現金からカードに換えているため、資金洗浄の役にも立っている。そしてネット利用のみならず、質屋にでも流せば再び現金化だってできる。

「むぎの」

ピンクジャージに短パンの滝壺がよそを指差した。

女貞木小路楓？　中心らしき人物の近くにスーツケースがあった。見た目は安っぽいものの、きちんと観察すると鍵の部分が精巧なモノに付け替えられているのが分かる。単純に鍵が堅いのはもちろん、不正解錠時にオンラインで位置情報をばら撒くセンサーなども取りつけられているようだ。

（……わざわざカード化して足がつかないよう洗浄まで済ませているっていうのに、それでも貸金庫も含めて銀行を信じていないって訳か）

『暗部』に統一された取説はない。何となくだが、こういう処置のやり方一つでも相手の素顔は見えてくるものだ。

麦野は少し考えて、

「一〇〇〇万のカードがぎっしりだとしたら、あのスーツケース一個を満杯にすると緩衝材込みでざっと八〇〇億くらいかな？」

「はっぴゃ⁉」

金額を聞いてチキンな華野超美が思わず悲鳴みたいな声を出した時だった。

常盤台の少女はいちいち真上を見上げたりはしなかった。

アウトドア系の椅子に腰掛けて井上を乗っけたまま、ただ掌を上にやった。

「そこ」

ゴガッ!!!!!!　と天井がまとめて砕けていく。

舌打ちする暇もなかった。

アリジゴクのように建材が沈み、麦野達は掴むものもなく階下に引きずり下ろされる。

麦野は途中から体勢保持を諦め、足をくじかずに着地する方へ集中した。そしてそれでもやはり、女貞木小路楓は椅子から腰を浮かす事もない。

膝の上にちょこんと座っていた井上ラスペツィアだけ脇に下ろしつつ、

「ごきげんよう、性根の卑しきコソ泥さん☆」

「人の命を金に換える魔女が、偉そうに」

「あらあらアナタったら。随分自信がおありのようだけれど、超能力者。どうして自分が今まで勝ち続けてこられたか、疑問に思った事はないのかしら」

魔女と呼ばれて、しかし女貞木小路楓は余裕の態度を崩さない。

むしろ身を汚す悪態を楽しんでいる節がある。

「上の人間は勝てる仕事だけ選んで手渡し、哀れな生け贄に味を覚えさせた。おクスリでもギヤンブルでも、世の中のワルいコトって最初はみんなそうでしょ。……でもそれももう終わり。ここからは搾取の時間よ。ずぶずぶに沈む段階まで駒を進めたもん、アナタ達」

「消し炭になるけど良いかなー？」

「哀れね、少しは考えてちょうだい。だからその『原子崩し』があれば何でもできるという発想自体、この街の大人達から与えられた虚像に過ぎないと言っているのだけれど」

くすくすと笑って。

彼女はアウトドア用の椅子に腰掛けたまま、横にひっつく鰐口鋸刃もやんわり引き剝がす。

「学園都市でも七人しかいない、超能力者というプライドさえあれば何でも切り抜けられると本気で信じているのかしら。この街の暗闇がそんなに浅いとでも？」

余裕の笑みを、信じられないような顔で見たのはフレンダだった。

向こうはこちらの素性をある程度摑んでいる。その上で、『あの』麦野沈利と敵対してまだそんな余裕の表情を保てるのかと。

もちろん躊躇はしなかった。

欲しいのはスーツケースであって、悪党を痛めつけて何かを聞き出す必要もない。

麦野沈利は掌をかざすと真正面に凶悪な閃光を解き放つ。

しかし。

ゴッッ!!!!!!と。

麦野沈利（むぎのしずり）の『原子崩し（メルトダウナー）』がくの字に折れ曲がり、あらぬ壁をぶち抜いていく。


「なっ……」

青い顔して呟（つぶや）いたのは、やはり同じように天井裏から下へ落ちていたフレンダだった。

あるいは彼女は麦野（むぎの）本人（ほんにん）よりも衝撃を受けていた。

麦野（むぎの）自身（じしん）は目を細めて、

「……お前」

「あらアナタ。電気じゃないわよ？」

女貞木小路楓（いぼたのきこうじかえで）は、椅子から腰を上げる事すらしない。

お上品に、そして邪悪にくすくすと笑いながら、

「こちらは学園都市第六位」

はっきりと、出た。

超能力者（レベル5）。中でも『暗部（あんぶ）』の天敵という誰か。

「アナタ。七人しかいない超能力者（レベル5）なんて使い古した優位性はもはや通用しないと考えてちょうだい。相性ってあるわよね、何しろわたしは『暗部（あんぶ）』の天敵とまで呼ばれているもん」

「そっ、そんな訳ない……」

フレンダは『アイテム』の、麦野沈利という強さのブランドを信じている。

学園都市で七人しかいない超能力者というレアリティを。

だからこそ、

「結局そんなに都合良く超能力者がバンバン出てくるはずない!!　正体不明の『暗部』の天敵？　だ、第六位なんて数字の話だけならどこの誰でも何とでも言えるじゃない!?」

「あら。意外と知らないのね、『暗部』の深さを。こっちの界隈には超能力者なんてゴロゴロいるもん。むしろ『暗部』の方こそホームじゃないかしら。何しろてっぺんの二人はひとまず確定、目の前にいる謎の光線はご覧の通り、電気と精神は……さて、どうかしらね？　『暗部』そのものとは言わないまでも、関わっているプロジェクトを見れば片足突っ込んでいるって評価をするべきだとわたしは思うけれど。あらあら。それでは残る希望は根性バカ？　まさかあんなでたらめ人間にすがって自分の基準や価値観を保ちたい訳？？？」

「…………………………、」

もう、フレンダ＝セイヴェルンは絶句していた。

確かに、だ。

『暗部』の天敵とまで呼ばれる超能力者が実は不正と非合法でずぶずぶだとしたら？

それはとてもとても、いかにも学園都市らしいクソっぷりとは言えるのだが……。

そもそも学園都市のレベル制度は、『どれだけ重要な研究に貢献できるか』で線引きされる。

七人しかいない超能力者ともなれば、本人の善悪や性格に関係なく『暗部』の汚れた大人達が群がってくる方が普通なのだ。時には、騙し討ちのような方法を使ってでも。

くすくすと笑う女貞木小路楓の言葉だけが場の空気を支配していく。

視線の先にいるのは超能力者の麦野沈利だ。

「何だかんだと噛みついてはいるけれど、アナタだって完全に否定はできないでしょう？　学園都市第六位。今まで伝え聞いた話に何の意味があるの、アナタの頭の中で思い描いている性別や年齢は本当に正しいなんて断言できるかしら。アナタの知る情報が『今』『ここで』使い物になるとでも思って？　ウワサや曖昧な報告、得体の知れない伝説なんかじゃないもん。現実に、第六位を名乗るわたしが今ここに、確かに存在しているのに」

「ようやく同じフィールドに立てたくらいで粋がってんなよ、カス」

沸騰して吐き捨てながらも、しかし麦野の頭の奥では別の冷静さが共存していた。

つまりは、

（……目には見えない、でも確かに天井はぶち抜かれた。こいつどんな能力を使ってやがる？）

と、頭上、大きく破れた天井から声が降ってきた。

五人全員が階下に落ちた訳ではないらしい。

「むぎの！」

「滝壺(たきつぼ)はそのまま！　華野(はなの)、お前も天井裏に残ってるよね、そのまま滝壺(たきつぼ)連れて表に脱出!!　いいか何があってもそいつ守り切れ!!!!!!」

　あわわわ、という声があった。音源は遠ざかるので、ビビりながら指示に従ったらしい。アレは足がすくんで立ち尽くすのではなく、追い詰められるとちょこまか動く方のチキンだ。

　滝壺(たきつぼ)の能力『能力追跡(AIMストーカー)』はあると便利だが、最前線にいないと成立しないとは限らない。安全な場所から位置情報を読み取り、ケータイ越しに伝えてもらうなどの手もある。

　そうなると、こちらに残っているのは麦野(むぎの)、フレンダ、それから絹旗(きぬはた)か。

　見事に前衛だけが残ったらしい。こっちに運が向いているのか、敵が元から運のないヤツらだったのか。どっちにせよ、悪党の世界ではこういうゲンやツキが意外な力を持つ。

　絹旗(きぬはた)は忌々(いまいま)しげな調子で、

「……冗談でしょ。第六位の超能力者(レベル5)とか、超マジで名門常盤台(めいもんときわだい)のお嬢様なんですか？」

「あらあら。天下のエリート様がどうしてこんな日陰に、といった顔だけれど」

　むしろ疑問を持たれた事が不思議、という表情だった。

　女貞木(いぼたのき)小路(こうじ)楓(かえで)は自分の顎に人差し指をやって、可愛(かわい)らしく首を傾(かし)げてから、

「だって、お嬢様の生活って世間とはズレているじゃない。音を立てて歩くな、食べるな、笑うな。忍者でも育てているのかしら？　存在自体が無理をしているのだから当然歪(ゆが)みも生じるわ。そうなるとどこかで時計の針を合わせる必要が出てくるの、醜悪であっても世界の真実を

知っていく事で。それも定期的にね。手巻きの高級な腕時計ってすぐズレちゃうもん」

「たかが世間の流れを知るために超ここまで？」

「アナタ、ここまでしないとズレに裂かれるほど雁字搦めって労わってちょうだい。安物のデジタル時計はこれだから。本物でもお嬢様でもないアナタ達には理解できないのかしら」

失望したようなため息だった。

戦争だから身を守るために殺すのではない、餓えて貧しくて仕方なく盗むのでもない。

それでも人は、人を殺す。

人間の残虐性なんてものは、平和な時代でこそ言い訳の余地もなく強く表に出るものだ。

「くす」

そっと笑んで、常盤台のお嬢様はしなやかな手を天井に差し向ける。

「……ちなみに、そちらに『五人目』がいるのはちょっと予想外だったけれど。ただし、逃げる者をいちいち待つわたし達だとでも思って？」

「そっちこそ」

阻むように一歩前に出たのは、フレンダ＝セイヴェルンと絹旗最愛だった。

フレンダは短いスカートの中から卵形の爆発物をいくつも取り出すと煙草より小さな信管をてっぺんに突き刺しつつ、

「結局、滝壺と華野が危ないっつってんのに、追撃させる暇を与えると思う？　黙って金を渡せばそれで終わったものを、自分から爆殺されたがるとかメチャクチャ面白いんですけど!!」

叫びの途中で麦野が気づく。ポケットからそっとケータイを出すと、メールでこうあった。

『最優先はスーツケース。一番強い麦野が追うべき』

第六位とかでビビっていた割に威勢が良いと思ったら、さっきのは敵側にマナーモードの振動音を察知させないための大声か。

そして気がつけば問題のスーツケースが消えていた。持ち出したのは……いつの間にかいなくなっている美術部っぽい女か。

麦野達からすれば、『電話の声』が持ってきた依頼なんてどうでも良い。

血みどろのコロシアムで優勝して賞金を獲得する必要すらない。

スーツケースに全部入っているのだ。

八〇〇億円分のマネーカードを強奪する事。これが第一だ。

「しッ!!」

麦野はフレンダ・絹旗の肩越しに追い抜く格好で真正面に一発『原子崩し』を放つ。実際に相手はこちらの閃光をくの字に曲げている。相手の能力がはっきりしていない以上、一撃で倒せるとも思っていない。破壊力ではなく閃光で謎の組織『アイテム』(?)の目を晦ませつつ、爆風と粉塵に紛れて意見を伝え合う。

「任せた!!」

「超りょーかいです。ようは麦野さんだと相性に問題があるって話でしょう。倒せるならここで倒しますし、最低でも足止めしてヤツの能力なり細かいクセなりは暴いてやりますよ」

ドアを体当たりで肩からぶち抜き、麦野は転がるようにして廊下へ。

ひらりと夏服のスカートが揺れるのが見えた。かなり遠くの方にスーツケースを引きずる女の子が見える。主観的にはほとんどただの点だ。

(ヤるだけなら一発だけど……。雑な破壊じゃなくて細く凝縮した一本のラインで殺したい、乾燥パスタより細く。大金の詰まったスーツケースをこの手で蒸発させるのはアレだし)

「そうなると、もっと近づいてからか!!」

方針が決まれば早い。

ダッ!! と麦野沈利は図書館の廊下を一気に駆ける。

先を行く根暗女は走りながら一度だけこちらを振り返ると、スカートのポケットから取り出したリモコンみたいなボタンを親指で押した。わあ!! ぎゃあ!? という叫び声がすぐ横の壁越しに届く。近くの両開きのドアが砕け、廊下に血まみれの猛獣がのそりと顔を出す。

体長三メートル、体重は二五〇キロ超。

ホワイトタイガーの檻を開けたのか。

「だまって、引っ込んでろッッッ!!!!!!」

これについては掌を叩きつけて一発。もはや能力すら使わない。ビリビリビリ!! という空気の振動が辺りの窓を震わせ、二五〇キロもあるホワイトタイガーの鼻っ柱から尻尾の先まで衝撃が波打っていく。その顔面を強打して三メートル大のケダモノを一撃で『黙らせる』。

おそらく選手の一人。どういう転落をしたのか風紀委員（ジャッジメント）っぽい少女が床にへたり込んだまま、

「た、助かった？　ありが

「お前も邪魔だ♂♀〒♯ッ!!」

怒鳴って金縛りにさせ、構わず麦野（むぎの）はそのまま廊下を突っ走る。

長い廊下の先、美術部の銀髪女が逃げ込んだのは一枚のドア。

突き当たりから飛び込んだ先はドーム状の空間だ。広さはコンビニ四つ分くらい。中央に光学機器を寄せ集めたミラーボールみたいな丸い機材があり、囲むように円形に座席が並ぶ。

窓のない薄暗い空間を麦野（むぎの）はざっと観察して、

（……プラネタリウム？）

図書館に併設していたあの円筒形の中身か。しかしそっちはどうでも良（い）い。

美術部っぽい少女の背中はここからでも見えた。やはりスーツケースを引きずっていると速度は出せないらしい。そしてこっちの狙いは荷物だけなので、スーツケースさえ巻き込まなければ少女の背中は警告抜きでぶち抜いてしまって構わない。

（狙いは背骨のライン、乾燥パスタ一本より細い線に凝縮して一撃で即死させる！）

だが実際にはそうならなかった。

美術部の根暗な銀髪少女は別の非常口を潜って外へと抜け出してしまった。

何故(なぜ)ならば、

「あっはっは!! 鬼ごっこなら井上(いのうえ)じゃなくて私と遊んでよ!!!!!!」

ガォン!!!!!! という爆音の壁があった。いきなり真横から来たため、『原子崩し(メルトダウナー)』を放つタイミングを失った。麦野沈利(むぎのしずり)は舌打ちして後ろへ転がる。

擦過したのは、暴風を生み出す巨大な金属塊。

プラネタリウム機材を囲む格好で円形に並ぶ座席は奇麗に整えられていた。そして映画館の座席に近いスタイルなので、きちんと床に太いボルトで固定されているはずなのだ。

それが、ボウリングのピンのようにまとめて吹っ飛ばされていた。

おそらくだが、軽く見積もって貨物列車以上の殺傷力。その気になれば椅子の列どころかプラネタリウムの外壁自体を貫けるだろう。

室内ではありえない爆音がいつまでも続く。

肩で揃(そろ)えた黒髪ウェーブ、日焼けした陸上少女。

彼女が片足だけ乗せているのは、スケートボードにT字のハンドルをつけたような、いわゆるキックスケーターか?

ただし足を乗せているボードより後ろ側が、異様に大きい。それだけで三メートルくらいあるし、タイヤも極太、膨らみ切った円筒は剝き出しのジェットエンジンに見えるが。もちろん、一番目立つその一択だけではなく様々な推進装置を併用しているだろう。

『暗部』は能力頼みとは限らない。

次世代兵器、という別のカテゴリも存在する。

「改めて初めまして、ご同輩。私は『アイテム』の花山過蜜。運び屋って呼んで良いよ」

「……、」

「私は死を運ぶもの。直接暴力や爆弾を届けるのはもちろん、人の命や人生を拾う金塊や救急箱を運んでも結局最後は破滅していくの。私はそういう存在。ゆめゆめ悪党の親切には気をつけて？　あはは、悪魔の誘いに乗ったらどうなるかなんて子供でも分かるはずなんだし」

と、麦野から反応がない事にやや遅れて気づいたらしい。

花山過蜜からすれば、そもそも『運び屋』という言葉より気になるものがあった事自体を想像していなかったようなリアクション。

「あれ？　まさか『アイテム』とかでもう引っかかっちゃってる？　ⓒついてる自分だけの特権だとでも思っちゃった？？？　冗談やめてよこの学園都市の暗闇がそんなに甘い顔する訳ないじゃん、悪党の権利をいちいち守ってくれるとかー」

腰を折ってT字のハンドルに上半身を預けながら、日焼け少女はくすくすと笑う。

知る者特有の嫌な笑みを。

「『暗部』全体にとって役に立つ方が正式に『アイテム』を名乗れる。そういう仕組みになっているのよ、私達は。金食い虫の人殺しくらいじゃ全然足りない、アンタ達は破壊するだけで生産してない。その分こっちは裏の仕事をこなしながら、それとは別にきっちり利益も還元しているから、点数はかなーり増えてるわよー？」

ガォン!! と改造キックスケーターが太く吼える。

「遊んでやるよ、ニセモノさん。私達『アイテム』が他の候補を蹴落として、そういう事にしてアゲル。実用無視の技術実証試験機、地べたにきちんと張りついて時速一一〇〇キロは叩き出す、私の愛する最強最速の『ドラゴンモーター』ですり潰してさあ!!」

花山過蜜はこちらの返事を待たなかった。

スロットルを開放した直後、全てが流線形に溶けた。

9

フレンダ＝セイヴェルンと絹旗最愛。女貞木小路楓と鰐口鋸刃。

二対二だ。

「ふうん？」

口火を切ったのは、リングコスチュームに身を包んだ小さな少女だった。

「エース級をよそにやって補欠二人であたしとチーフまとめて担当ってか？　余裕かよ」

「鰐口ちゃん、いつものでー？」

「おねがーい」

身構える暇もなかった。

ゴッ‼　と何かが吹き荒れた。そして四方の壁がまとめて吹っ飛ぶ。絹旗やフレンダが背にしていた側まで容赦なく。

つまり壁で区切られた空間と空間が繋がる。

突発的なアクシデントで沸騰しているコロシアムの会場と。

パニックが沈黙し、それから遅れて、わあっ‼　と太い歓声が爆発する。声は重なり合って一個の分厚い塊となった。リーダー格の少女が眉間に少し力を入れる。

鰐口鋸刃はその辺からひとりでに飛んできたマイクを片手一本で適当に摑み取って、

「ひーはーッ‼　試合を没収されてご不満の皆様、楽しい楽しい臨時のイベントだ。これから大興奮の粛清タイムだよ？　へイ、へイ、ヨー、ヨー、処刑人の入場に皆様拍手う！　血みどろぐちゃぐちゃの生配信の始まりだぜえええええええええエエ‼‼‼」

「っ、新入りどいて‼」

とっさに叫んだのはフレンダ＝セイヴェルンだった。

スカートから真下に何かが落ちて、立て続けに破裂する。欲しいのは震動。特に大量の紙を扱う図書館なら、地震や電気火災については敏感にできている。

ばづっ!! といきなり照明が消えた。夕暮れの薄暗さが再び忍び寄ってくる。

女貞木小路楓は小さく舌を出して、

「ちえっ、ブレーカー狙い? つまらないもん、生配信は中断されたようだけれど。貴重な試合を勝手に録ってその辺の動画サイトに流されないよう観客のスマホも預かっているし……」

「結局、肩に担ぐのではなく車輪で転がす大型カメラなら基本は有線。局のスタジオでは若手のスタッフなんかがケーブル係を担っている訳よ!」

殺しのシーンを世界全体公開なんて裏稼業からすれば最悪も最悪だったが、これでギリギリ回避。ただしあくまでも地震想定の緊急対策装置なので、異常がなければ一〇分くらいでこの大部屋の電力は回復するはずだ。

「でも殺すのは変わらない」

ごづっごづ、と鰐口鋸刃は二つの拳を薄い胸の前でぶつけ合う。

一二歳の少女は好戦的に笑って死を宣告してくる。

「会場のみのイベントになっちまったが、その分派手にいかせてもらうぜぇ!!」

鰐口鋸刃が躊躇なく前に踏み出した。

元々そういう配分なのだろう。前衛が格闘で引っ掻き回している間に、後衛は安全な距離を保って何かをする。暫定で第六位だ。そう名乗る以上、放たれればそれは必殺となるはず。

つまりは、

（……それが何かは超知りませんが、とにかく時間を与えてはならない!!）

応じるように絹旗もまた一歩前へ強く出る。

二人はそのまま一気に駆ける。最短で距離を詰めていく。

鰐口鋸刃は両腕を広げて、

「小細工抜きかよ。気に入ったぜぇ生ゴミ、テメェは肉塊だが敬意を持って輝く肉塊にデコってやるよお!!」

その時だった。

激突の一瞬前に、絹旗最愛の体が不自然に右側へ吹っ飛ばされた。『窒素装甲』があればこそ。普通の人間ならぐしゃぐしゃになってもおかしくない爆風だ。

今のは鰐口鋸刃や、後衛にいる女貞木小路楓の能力などではない。

味方のフレンダが爆弾を使って絹旗を真横へ飛ばしたのだ。

直後だった。

ゴッ!!　と、鰐口の小さな手が空気を引き裂いた。直線的な拳というよりは、渦を作って手元に巻き込むような動き。狙いを外した一撃は連結した本棚をまとめてバラバラにした。やはり何かしらの能力を使っている。あれなら腕一本で乗用車を二つに千切ってしまえそうだ。

「アホかっ!! 結局、とりあえず頑丈だからってだけで前に突っ込んで体当たりで情報引き出そうとするクセは直しなさいよね! 『暗部』じゃ一発で死ぬヤツよそれ!!」

フレンダの叫びが途中で切れた。

何か大きな影が覆い被さった。

「超危ないッ!!」

倒れて転がったまま絹旗が舞台照明の重たい金属スタンドを投げつけ、くの字に体を折りながらもフレンダが『何か』から距離を取る。

「殺し合いの最中に超立ち止まって長々と説明タイムとか、余裕で死ぬヤツですかそれ!!」

「……おま、ぶぐう、命の恩人に全力で仕返しとか結局メチャクチャ反抗期な訳……?」

文句を言っている場合ではなかった。

ずん……ッ!! という床を踏む震動があった。

フレンダを狙うのは後ろ脚で立てば三メートルに達する巨大な熊、グリズリーだった。

「能力メインって話なのにホワイトタイガーが強過ぎて今日の分の選手達をバラバラにしちゃった場合の保険だったのよね。猛獣同士で殺し合わせて賭けさせる余興で誤魔化すというか」

檻も何もない同じ空間で、女貞木小路楓は口元に手をやってくすくす笑っていた。

常に鞭や炎で威圧して自分を大きく見せるなど、サーカスとしての鉄則すらない。

「これが、結局、動物を操るのがあの女の能力……ッ!?」

「違いますよ、超それじゃ筋が通らない。さっき天井や壁をぶっ壊したのは何なんですか!? それに地味ですけどマイクが超ひとりでに宙を舞ったのだって……」

そうなのだ。

だけど現実に、いくつもの怪奇現象が起きている。今だって、女貞木小路楓はそっちを見ないで軽く掌をかざしただけで巨大なグリズリーの動きを止めている。わずかでも機嫌を損ねれば誰に牙を剝くか予測のつかない猛獣を、リモコンで操るよりも容易く。

得体の知れない何かから解き放たれ、興奮した猛獣が手近なフレンダへ前脚を振り回した。

無視して鰐口鋸刃は前に歩いた。

ぼすぐしゃり!!　という柔らかいものが潰れる音があった。

後ろ脚で立てば三メートル、四五口径の拳銃くらいは筋肉で止めてしまうほどの巨体が一二歳の少女の細腕に巻き込まれ、ひしゃげて潰れた音だった。

不謹慎を望む歓声すら、一瞬引いた。

「…………………………………………………………………………結局マジか？」

……………………………………………………………………………………

打撃ではない。あれはおそらく関節技。

返り血でびしゃびしゃの真っ赤に染まりながら、鰐口鋸刃は屈託なく笑っている。一部で絶大な人気を誇る無垢と威圧が同居した笑顔を。

「ああもうっ。チーフ、動物いじくるのは良いけどあたしを巻き込んでるってばー」

「ふふ、ごめんなさいアナタ。許してちょうだい。ちょっとコントロールを失敗したみたい」

唖然としているのはフレンダだった。

投げようとする姿勢のまま、その手元で爆発物が頼りなく踊っている。

通じるのか？　と。

人類の技術と暴力の象徴、火薬に心細さを感じている顔だ。

「……『支点凶器』」

好戦的に笑いながら鰐口鋸刃が懐から取り出したのは、分厚いペンチだ。

めきべこり!!　と。

片手一本で壁を摑み、そのまま毟り取ってしまう。

まるでビルを解体する巨大な重機のように。

「別に隠している訳じゃあねえ、ルール違反への処刑動画でさらしている能力だし？　ハサミ、バール、シーソー、そして関節技。てこの原理は全てあたしの武器になる。ああ、アンタの胴まわりと同じコンクリの柱でも素手でねじ切れる。倍の太さでも余裕だぜえ？」

「超本気で言っているんですかド級のアホは」

　ばしゃり、という音があった。

　絹旗がバケツを掴み機械油を頭から被ったのだ。図書館に不釣り合いだが、重たい撮影機材の車輪などに使うのか。あるいはコロシアムの試合で使う可燃性の凶器かもしれないが。

「……てこの原理を使った関節技。増幅するのが超それだけなら、直線の拳や蹴りはサポート外でしょう。ようは、掴まれなければ怖くない。聞いてもいないのに勝手にべらべらしゃべりやがって、あなたを殺す方法なんか超いくらでもあるんですよ」

　その言葉を聞いて、だ。

　鰐口鋸刃はくしゃりと顔を歪めた。

　結構マジで泣きに耐えているっぽかった。急に一二歳の女の子が顔を出した。

「ほら鰐口ちゃん、泣かないでちょうだい。だから自ら能力を明かすものじゃないでしょ？」

「うう－、チーフ」

「それからアナタ、ぬるぬるしていて素手で掴めなくてもペンチを使えば打撃や毟りに近い接近戦はできるもん。シーソーを応用すれば飛び道具や跳躍といったトリッキーな作戦も組み込めるけれど。素手の関節技だけにこだわって視野を狭めるのは賢い考えとは言えないわ」

「ぞっぢがらも刺じでごないでよおおおおおーッ!!」

　よしよし、と胸元に抱き寄せてあやす（一二歳をガチで泣かせた張本人の）ドS少女。

絹旗最愛はチリチリと眉間に力を込めながら、

「余裕ですね、そこのアホを庇ったまま実質一対二で私達と超やり合って勝てるとでも？　あなたの方まで脳筋じゃない事を超祈っていますけど」

「ふふっ。そうね、その通り」

対して、女貞木小路楓は思わずといった調子で笑みをこぼしていた。

この広い世界で三五年のローンを組んでテリトリーたる我が家を確保した母親が、娘の浅はかな家出と自活の計画を知ってしまったような、そんな失笑。

「それでも勝つのはこちら。弱者を庇って戦う？　一対二でも勝てるかって？　ええもちろんその通り。強ければ抗えるもん、世の理不尽に。弱いアナタは知らないかもだけれど」

「？」

そして第六位が己の唇に人差し指を当て、甘く囁いた。

「……ねえアナタ。今から特別に、暗部の天敵の本気を見せてアゲル」

決着までは一瞬あれば十分だった。

10

規格外のエンジンの唸り。爆音が塊となってプラネタリウムに炸裂する。

花山過蜜の改造キックスケーター『ドラゴンモーター』。

ただし、麦野沈利の『原子崩し』は規格外の飛び道具だ。相手がどれだけ加速して突っ込んできても、接触前に消し炭にしてしまえば恐れるに足らない。

そのはずだったが、

「ははは!!」

すり抜けていた。

というか、プラネタリウムのドーム状の天井、そこに巨大なキックスケーターが張りついていたのだ。重力を無視して、絶叫系のコースターのように。

「チッ、流体力学なんか力業で無視かよ!!」

「そもそも時速一一〇〇キロよ？　このために酸素を補給しまくってるんだから。あはははわはは!!　きちんと地べたに張りつけておく方が大変だって話い!!」

日焼けした陸上少女のけたたましい笑い声がすでに歪んでいた。たった一言の間に、キックスケーターは麦野の頭上を何周もしている。

生身の肌で耐えられる世界ではない。おそらく全身にたっぷりジェルでも塗っている。

「蜘蛛女(くもおんな)がッ!!」

「正解」

悪態に笑いが返ってきた。

ガシャシャ!!　という金属音がいくつも連続した。

ほとんど流線形に溶けたキックスケーターの巨大な後部で、機械でできた複数のアームが蜘蛛(くも)のように左右へ大きく広がった。先端には重金属の鋭いブレードが取りつけられている。

「原子番号九二、戦車を斬れる劣化ウランの燃えるカタナだよ!!　ひっひ、斬られた事にも気づかせないわ。あはは、人間だるま落としになーれっ☆」

湾曲したドームから床へ、そしてそのままキックスケーターが突撃してくる。目で追えるだけでも十分超人的なのだ、流石(さすが)の麦野(むぎの)でも細かく狙う暇なんてない。細長いアームと刀の長さを計算し、麦野(むぎの)は左右のどちらに避けるか考えてから、

「チッ!!」

足元に『原子崩し(メルトダウナー)』を発射し、大きく飛び上がる。

「あらバレた?　気づかせる前に殺すって約束したのにい」

バチュン!!　というオレンジ色の火花が遅れて散った。ただでさえ突き崩されていた座席の残骸が、明らかにアームや刀の範囲外まで豆腐やゼリーのように切断されている。

ワイヤーだ。

「だから言ったじゃん、蜘蛛女で正解って」

ぶわりと浮かんだ麦野だが、すでに花山過蜜はドーム状の天井や床を五周は回っている。

束の間、空中に漂っている限りは直接接触の機会はないが、

「着地なんてさせないわ、致死の糸で蜘蛛の巣作ってアゲル。劣化ウランで極細のワイヤーを作るのって大変なんだよ？　自分の体重を恨みながらところてんみたいに刻まれなさい‼」

死の落下まであとわずか。

麦野沈利は空中で身をひねって、ゴッ‼　と『原子崩し』の閃光を解き放つ。

しかしキックスケーターには当たらない。

相手の方が速すぎる。

（ちくしょう、直線一本じゃダメか。ちょこまか逃げる獲物を捉える別の方法が必要だな）

「あはは‼」

哄笑の渦に麦野は取り残されていた。

わずかな抵抗があれば――例えばぶわりと舞い上がった座席や金属手すりの残骸を足場にして――『原子崩し』を使ったジャンプは数回稼げるだろう。でもそれだけ。そういった足場が重力落下で床に叩きつけられれば、麦野もそのまま落ちてワイヤーに引き裂かれる。

『ドラゴンモーター』はそうしている間にもぐるぐる回る。

ワイヤーが完全に張り巡らされ、そこに麦野が落ちれば輪切りにされてしまう。

「当てずっぽうじゃ私には届かない、あなたのそれはワイヤーすら断ち切っていない!! 何度も閃光放って延々飛べるって訳でもない！ バイバイ超能力者、『アイテム』の名前は私達がもらってアゲルわあ!!!!!!」

直後だった。

バゴッ!! と、いきなり剝がれた。ドーム状に整えられたプラネタリウムの天井だ。冷蔵庫より大きな塊が支えを失って落下し、花山過蜜は慌ててT字のハンドルを切る。キックスケーターからすれば、いきなり目の前の道路が陥没したようなものなのだ。事なきを得たが、初めて彼女の『予定』から実際の行動がズレた瞬間でもあった。

「な、にが……?」

呟きかけて、陸上少女も気づいたのだろう。

穴。大穴。当てずっぽうでも構わなかったのだ。麦野沈利の『原子崩し』はドーム状の天井へ二メートル以上の風穴を大量に空けていた。構造自体が耐えられなくなり、太い亀裂があちこちに走っていた。その亀裂が陣取りゲームのようにドームの表面積を囲むと、当たり前の重力に従って次々と壁が剝がれて落ちてくるのだ。

「どれだけ速かろうが、直接狙う事はできなくたって」

宙に残る最後の足場から閃光と共に跳躍。空中でニヤリと笑って掌を向ける麦野沈利。

怪物と呼ばれる女にはまだ余裕があった。

「足場崩せばあっさりおしまいだろ、走り屋。きちんと地べたに張りついてって言ったのは誰だ？」

「この、野郎……ッ!!」

ドームの剝がれた『谷』を避けるため、あちこち蛇行する花山過蜜。だけど軌道が限定されて一本道になってしまえば、行き先を予測して『原子崩し』を放つのは容易い。向こうは向こうで、下手に減速すれば天井から落ちる訳だし。

悲鳴は許さなかった。

麦野の掌から解き放たれた閃光が、改造キックスケーターごと日焼け少女を消し飛ばす。

死体はおろか、血の雫も残さずに。

11

ビィウン!!　という空気を切り裂く鋭い音を麦野は耳にした。

「おっと」

ドーム状の天井を破壊した事で、ピンと張ったワイヤーも支えをなくした。刃物の鋭さを持った弓の弦がいきなり切れるようなものだ。巻き込まれて手足や首を失うのも馬鹿馬鹿しい。

つまり、壊れた床に着地しても麦野沈利が輪切りにされる心配はない。

敵対『アイテム』の運び屋、花山過蜜は撃破した。

しかしそっちは麦野の本命ではない。

スーツケースを引きずっていた美術部っぽい銀髪女はどこにもいない。逃がしてしまったようだ。こうなると戦闘に特化した麦野ではなく、情報に強いメンバーの出番だろう。

麦野はズタボロになったプラネタリウムの外を意識しつつ、携帯電話を取り出す。

かける先は一つだ。

(下部組織どもを図書館の周囲一帯に展開して、チラリとでも捉える事ができれば……。後は滝壺の能力でＡＩＭ拡散力場を登録するだけで、太陽系の外まで追い回せるはず)

「華野！　滝壺は無事に避難させたか？　『能力追跡』を使わせたいから『体晶』を……」

『あらアナタ。得体のしれない五人目はこちらで預かっているもん』

「っ」

麦野は顔をしかめる。

知っている声だが、携帯電話の持ち主ではない。華野超美の携帯電話から女貞木小路楓の声が聞こえてきたという事は……、

(タイミングが悪いっ)

『アナタ。どうか彼女を恨まないであげてちょうだい。華野ちゃんはアナタに言われた通り、

連れの滝壺ちゃんを逃がすために怖いのを我慢して、最後まで歯を食いしばって体を張ったもん。彼女の拙い頑張りを褒めてあげるべきよ。仕事でヘマして居場所がないというなら、こっちで勧誘してあげても良いけれど。うふふ、カワイイって罪よね？』

「……お前」

がづんっ、という鈍い金属音があった。

壊れかけたプラネタリウムのドアに体ごとぶつかり、誰かが入ってくる。ボロボロになった絹旗最愛だった。一応肩は貸しているようだが、フレンダの方は意識があるのだろうか？

「超、すみません……」

麦野が何か答える暇もなかった。

そのまま二人して、力なく、前のめりに倒れていく。

一番安全なのはそもそも何もしゃべらない事。知っていたはずなのに。

『言っておくけれど、あの状況から逃げられただけでも大したスコアよ？　まあ、どれにしようか迷い箸ってお行儀が悪いわよね。そっちに狙いを定めていれば秒も保たなかったもん』

精密機器からくすくすという笑みが忍び寄ってきた。

普通であれば、これだけで命を落とす原因となっただろうに。

『アナタ、「暗部」の天敵って言ったでしょ。頭じゃ理解できない残念な人みたいだけれど、いい加減に少しは肌で分かってちょうだい。アナタ達みたいなのを狩るのはわたしのテリトリー、この暗がりにいる限りわたしには勝てないわ。絶対にね』

「……ふざけんなよカスが、そんなもんは伝説だ。宣伝広報だろ。ウチらが日向の世界の女子高生や正義のヒーローだったらそっちが自滅したっつうのか？」

『もう分かっているくせに』

　空気を丸呑みするような一言だった。

　あちこちの隙間から、得体の知れないルールそのものがじわりと染み出すような。

『どこまでいっても獲物に過ぎないアナタ達がいくら束になっても、それはただの入れ食いよ。特化した天敵たるわたしにはその貧弱な爪も牙も届かないわ。食物連鎖のピラミッドに三すくみはないもん、あるのは歴然とした上下だけなのよ？』

「……、」

『保険会社の内通者に毎回変わる試合会場、こんなものは使い捨てだからいつでも補充できると考えてちょうだい。唯一の失点といえば、そうね、アナタが生きているという事は花山ちゃんが死んでしまったくらいかしら？　でもアナタ、それも華野ちゃんと交渉して仲間に引き入れれば乗り越えられるもん。カワイイ顔をしているから仲間に加えてみたいって気持ちも嘘じゃないし。四人の枠は崩れない。ふふ。暴力、飢餓、不眠、痛痒、汚濁、恐慌、人間の体から自分の意志を取り外すどんな手を使ってでも。むしろカワイイ抵抗を楽しんでアゲル』

　女貞木小路楓は続けた。彼女の言葉は止まらなかった。

『一人分の命には一人分の命で。アナタ。これで、スコアはイーブンでしょ？』

12

七夕の夜に、街は活気づいていた。

どこかで花火でも打ち上げているのか、色とりどりの光が夜空を彩っていた。

流星雨がもうすぐ見られるらしい、という話も聞いた。

だけど麦野達は無言で隠れ家に直行した。

五人の輪は欠けていた。

分かっていても、今すぐできる事はない。

「むぎの……」

滝壺理后が何か言おうとして、しかし、その口を噤んだ。

言葉に出すまでもない。

適当に役目を与えて先に逃がせば一番安全だと判断した。結果がこれ。何もかも裏目に出るのが『暗部』という世界なのか。

一番弱い所から着実に狙われ、食い千切られる。

そして『暗部』として腹に何を抱えていようが、傷や疲労は平等。いつまでも図書館に残って捕まる訳にもいかない。目的を見失った以上、麦野達はねぐらに帰る必要があるのだ。

とある少女の痕跡だけがフィフティーンベルズのマンションに残されていた。フレンダが胡蝶蘭の鉢植えに無理矢理突き刺した笹では、こんな短冊が空調の風に揺られていた。


『「アイテム」の仲間になりたい！　お役に立ちたい!!

どうか人生を拾ってくれた皆さんが、こんな私を必要としてくれますように。

華野超美』

何もなかった。

ただただ無言だった。

しばし、凶暴を極めた超能力者は一言すらなく、ぽつんと向き合っていた。

絹旗最愛もフレンダ＝セイヴェルンも、静かな暴君に声をかけられなかった。下手な怒鳴り声よりも、よっぽど分厚い拒絶がそこにあるのが分かったから。

「むぎの」

そんな中、いつもぼーっとしているジャージ少女が静かに話しかけた。

それでいて、強く。

最も古参。誰よりも麦野沈利という少女の凶暴性を理解しているはずの滝壺が、いやだからこそ、彼女だけが無数に敷き詰められた地雷と地雷の隙間を潜り抜ける事ができたのだ。

麦野沈利ならまず言わない事。

そいつをチームの一員として補い、同時、こんな暗闇の世界で律儀に自分を庇ってくれた愚かなほど素直で優しい新入りへ報いるために。

「まだ何も終わってない。紛い物の『アイテム』から、はなのをみんなで助け出そう」

第三章　とある勇気、秘密の報酬

1

だんだんだだんっ!!　実寸大脱出ゲーム、巨大ワニ地獄ダンジョン!!!!!!

君は恐怖の水没地下街の謎を全て解き明かし、無事に再び地上へ出られるか⁉


「だーいーたーいー」

いきなり雰囲気が全部ぶっ壊れていた。

それなりに大胆な水着を纏って腰まで水に浸かっているフレンダ＝セイヴェルンの隣では、ビニールの浮き輪にすっぽり胴体を収めた金髪の女の子が何か言っていた。口でそのまま膨らませられるくらい小さな浮き輪を愛用しているのは、今年で七歳になるフレンダの妹だ。もっとも、学園都市はほとんどの学生が学校の寮で暮らしているため、同じ家族でも住所はバラバラなんて事も珍しくないのだが。

七月一四日、午後二時。

無機質な蛍光灯の光を浴びて、妹は楽しげに両手の掌で水面を叩いている。ひとまず姉としては、夏風邪が治ったようで何よりだ。

七歳の女の子は四時間目までしかない今日の授業を終えて小学校からここにやってきた訳だが、住所不定職業不詳な姉は何でこんな時間帯に表で水着を着て遊べるのかは一切謎だ。

「学園都市は不思議だなー。地下の迷路をまとめてプールにしちゃうなんて」

「結局マジメな防災訓練って訳よー」

夏季都市水害防止プログラム。厳密に言えば集中豪雨で地下街が水没するリスクに備えた大仰な負荷実験なのだが、多くの学生には臨時設営のプールと変わらない。そして小中高に大学生まで、学生は水さえあればいくらでもテンションを上げて遊べる生き物だ。特に夏場は。

当然イベント期間は様々なビジネスチャンスでもある。例えば今フレンダが持っているタブレット端末もそう。小さなカメラレンズと連動した画面を風景に重ねるとおどろおどろしく脚色され、クイズの問題みたいな暗号やヒントがあちこちで見つけられる仕掛けになっている。

ビキニ姿のフレンダは腰まである水をかき分けながら、

「おっ、どの導線を切るかの暗号か……。へーイ。結局、黄と青を混ぜると？」

「みどり！」

（……あれ？　光の三原色と色の三原色、結局どっちなのこれ？？？）

七歳でも答えられる超簡単な問題でも微妙にトラップの可能性を疑いたくなるのは脱出ゲームにどっぷり浸かっている証拠か。

ARの良い所は一つのロケーションでも様々なサービスを同時に展開できる点だ。つまり場所は取るが占有しない。すれ違った水着カップルは同じ画面を二人で覗いて渓流の雑学クイズのゲームをきゃっきゃ楽しんでいるみたいだし、小学生っぽい男の子四人はそれぞれゲーム機を持ち寄って海底洞窟の奥深くを探索する冒険パーティを組んでいる。

フレンダは小さな妹の頭を撫でながら、空いた手だけでタブレット端末を操り、

「……えーっと分厚いゴムの水中銃は収納ボックスの電子ロックを何とかしないと拾えないから、先に変圧器のパズルを解いて落ちてる電源を回復、いや結局ダメか。今いる水没区画が通電したら普通に感電してゲームオーバーっぽい訳だし。ひとまず保留かな？　どうにかして水を抜くのか、合成樹脂の潜水服とかの耐感電装備でも見つけるのか……」

「フレンダおねえちゃーん」

と、隣から小さな浮き輪少女が話しかけてきた。

プールと言ったらとにかく人に水をぶっかけて永遠に泳ぎ回りたいお年頃には、壮大な謎を解いておっかなびっくりダンジョンを進むなんていう考えは通用しないらしい。

「大体その水着どこで買ったの？」

「なにーもう心の炭酸抜けちゃったのお姫様？　結局アンタがイベント日限定のワニ脱出やり

たいって言ったんでしょー」

フレンダ的には夏色のアイライナーが水に濡れても落ちないか実地でチェック中、といった動機だ。まあこれを言うと私も私もやってやってと七歳がせがみまくるので内緒だが。

ともあれ今は水着の話だ。

「ええとこいつは第一五学区のショップで適当に買った訳よ。ミステリービーチの新作で、名前はショッキングビーチだったかな。結局今年はワンピース型よりビキニの方が流行りなんだって、飾りのTバックの上から普通のビキニを重ねて穿くヤツ」

「むー」

気だるげに答えたら微妙に予想を外したリアクションが返ってきた。

妹はまだ七歳なので、格好と言ったら猫ちゃん柄のワンピース水着だった。その辺のデパートにて一〇〇〇円台で投げ売りされていた品だが、お洒落は値札ではない。はっきり言ってこれ以上のセレクトはないと着せ替えお姉ちゃんは自信を持ってオススメしたい。

ただし膨らんだほっぺたを見る限り、姫は不満がおありのようだ。

口をへの字にしたまま、世界最強に可愛い妹がこう言ってきた。

「大体、水着にブランドとか名前とかついているなんて、お姉ちゃんそれ好きじゃない。なんか男子が見せびらかしてくる速く走れるスニーカーみたい」

「えー？　結局大丈夫だよ競泳用の高速水着じゃないんだから、どれ着たって泳ぐ速度は変わらない訳よ。むしろこんなあちこち隙だらけな水着じゃまともに泳げないってば、水の流れとか粘りとかで全部めくれそうだし。オトナは困るわアンタなんかと違って超困るわー」

「むがーっ‼　ナニその上から目線の謎の余裕……。私もお姉ちゃんみたいな水着を着てみたい！　大体、一刻も早くオトナになりたい‼」

「……ぎゃーぎゃーうるさいけど、結局まず前提として私にはもうそっちのにゃんこ水着は着れないっていうのは分かる訳よね？　ガキっぽすぎて死ぬから」

「ガキ⁉　死ぬッ‼　学校で着る水着じゃないから少しはオトナっぽいと思っていたのに……。お姉ちゃんだけ大体オトナで全部好きじゃない‼」

「しかし実際にはそうじゃないの。結局、お姉ちゃんにはもう着る事が許されないにゃんこ水着を普通に着る事ができるアンタの方が人として優れているって訳よ」

「む？」

「どっちも全部着られるなら、自分にしかできない方を目指しなさい。きゃー妹ったら超美人可愛過ぎてお姉ちゃん正面から見てられなーい」

「ええー、そんなにバシバシ褒められたら大体照れるしー？」

浮き輪少女が両手を自分のほっぺたに当ててなんか悶えていた。にこにこ笑いながら、フレンダは音に反応してくねくね動くダンス系のオモチャを思い出す。全体的に古びた景色の第一九学区の雑貨店に出入りしている滝壺の趣味はいつでも安定してイカれているのだ。

　このように、褒めて取り上げる、がフレンダお姉さん的ガキんちょ操縦法の基本である。褒めて妥協すれば天狗になり、叱って没収すると一〇〇％反発してくるので注意が必要だ。そんな事では苦手なグリーンピースを難なく食べさせるパーフェクトお姉ちゃんにはなれない。

「うー、大体ちょっと体冷えてきた」

「結局どうする、地上に上がってみる？　真夏の午後二時だからメチャクチャ暑いけど」

　自分の足を動かす脱出ゲームの割に、位置情報などをセーブすれば状況を一時停止して簡単に離脱できるのも一般層が気軽に楽しむのに一役買っているらしい。夏季都市水害防止プログラムも今日一日だけではないのだし。

「でもそうね、結局なんか飲み物と甘いスイーツが欲しくなってくる時間帯かな。温かいスイーツだとパンケーキとかショコラフォンデュとか？」

「むっ！　チョコをショコラって呼ぶ人はオトナでお姉ちゃんのそれ好きじゃない」

　英語とフランス語の違いでしょうが。

　これ言ったらおバカで可愛い妹はおフランスを出すのは好きじゃないとか騒ぎそうだが。

「大体、デザートをスイーツって呼ぶ人の感覚は好きじゃない」

「ああそう流石に予想外」

「お姉ちゃん……。羽根付きたい焼き食べたいって考えた私は子供？」

「結局、逆に渋くてオトナだわー」

この程度で機嫌が直ってしまう辺りはほんとにガキんちょだが。

分厚い防水シャッターを下ろした上で地下街を丸ごと水没させているため、つまりずらりと並んだ小店舗は全て閉まっている。漏電対策のため自販機も電源を落としているので、ジュース一本買うためにわざわざ地上まで出なくてはならないのが唯一の欠点か。

「はあー。夏休みは楽しみだけど、大体、宿題と公園に集まって体操するの大変そうだなあ。ラジオのヤツ」

「言っておくけど結局私は手伝わないわ妹よ。八月三一日に泣きつくでないぞ」

「むぎゃああーっ⁉」

フレンダは地図にピンを立ててセーブを終えるとタブレット端末をビキニの腰の横にフックで引っかけ、妹の小さな浮き輪の外周を飾る紐(ひも)を掴(つか)む。そのまま引っ張って地上へ続く階段を目指すと、それだけで妹はきゃっきゃはしゃいでいた。

(……華野(はなの)超美(ちょうび)、か)

水着の妹を浮き輪ごと牽引(けんいん)しながら、フレンダは一人でそっと考える。

ざぶざぶとかき分ける水の冷たさが一段下がる。

(結局、今も生きているか死んでいるかハッキリしないけど、連中にボコられて何をしゃべったか分かったもんじゃないし。具体的な奇襲のリスクを考えたら、さっさとアジトを捨てて逃げ出すのも一つの選択肢ではあるのよね)

一つの。

なら他にどんな選択肢があって、天秤にかけているのだろう？

水から出て、姉妹でぺたぺた階段を上がっていると、ふと手を繋いでいる妹がこっちの顔を見上げながらこう話しかけてきた。

「お姉ちゃん、大体何か悩み事とかあるの？」

「ぬー？　結局どうしてそう思う訳よ？」

「せっかく水辺で遊べる大チャンスなのにあんまり楽しくなさそう」

ふむ、とフレンダはちょっと考える。

水着姿で分かる通り彼女の傷は癒えているが、華野はそうではない。こうしている今も苦しんでいるか、最悪、もういない可能性すらある。

それから、

「結局質問な訳よ。プールに来るのは楽しい、それは認める。でも結局問題抱えた友達が放ったらかしだとしたらアンタどう思う？」

「さっさとカイケツしてみんなでプールに行きたい‼　大体、だってそうしないとせっかくのプールがもったいない‼」

「なるほど」

そこまで言って、またフレンダは沈黙した。

　陸に上がっても何故か腰の浮き輪が手放せない妹と手を繋ぎながら思う。

「……新作の水着を用意して水辺までやってきてもこんなにモヤモヤしてるって事は、結局やっぱりあの新入り、もう『友達』って枠には収まってる訳よね」

　誰とでも仲良くなれるフレンダ＝セイヴェルンだが、そこから頭一個突き出るのはなかなか難しいとも自己評価している。そういう意味では彼女の情は薄くてドライだ。

　つまり他にもまだ引っかかっているところがある。

　姉妹で仲良く光の溢れる出口に向かいつつ、

（ていうか、『暗部』ではとにかく浮きまくってるあの子犬っぷり。……結局、仕事の仲間っていうより妹の方に近いのかな？）

2

　第一五学区の複合ビル・フィフティーンベルズ、その低階層だ。

「……超おはようございます」

「テンション低いね。もう午後三時、おやつの時間だよきぬはた」

　動いていると微妙にずれてくるのか、ピンクジャージの上着の肩を軽く揉むようにしながら滝壺理后はそんな風に返していた。

「まだまだ三時じゃないですか。映画館フロアの外に出たのは超間違いでしたかね。ふぁ、あ……。うー、馬鹿馬鹿しいC級映画を作りましょうって自覚して作った映画はやっぱりハズレますねえ。本物のC級は本気で勝とうとしてねじ曲がっていくのが最高なのにい」

　太陽の位置が分からなくなるとか、一体夜の何時から窓のない映画館に入り浸っていたのかはもう質問しない方が良さそうだ。絹旗最愛。映画好きとは聞いていたが、この調子だと下手するとマンションの寝室にいる時間より映画館にこもる時間の方が長いのではないか。

　そんな風に思っていたジャージ姿の滝壺理后だったが、

「いやマンション空気が重くて。携帯で召集されたら超すぐ飛んでいける距離はキープしますけど、正直外の方が超気楽かなーと。麦野さんも何にイライラしてんのか知りませんが」

「わざと抜けてたの？」

「超お恥ずかしながら。まあシャワーくらいならスパやネット喫茶にも超ありますし、睡眠はハズレ映画にぶつかった時に自然と寝落ちしてますし」

　ぱちぱち、と無表情ながら滝壺は瞬きを二回。

　何があっても朝起きて夜に眠るルーチンを守り続けるジャージ少女には、サボって抜け出す発想はなかったらしい。

「はなのがいなくなったら、楽して『アイテム』に入れるんじゃないの？」

「……そういう勝ち方しても超仕方ありませんし、そもそも私は下部組織でも別に構いませんよ。不良界の超エリートとかどこで通じる称号なんだよって言いますか。なので最低限のＩＤと衣食住さえ超しっかり確保してもらえれば満足です」

絹旗は退屈そうに息を吐く。

「ただ組織をまとめる人間が年中無休で危なっかしく超ピリピリするなら話は別です。ここが安全な場所ではないなら、超さっさとよそ行って改めて最低条件を揃えたいかなーと」

絹旗にとっては自分の居場所が全てだが、『アイテム』でなければならない理由は特にない。こうなる前から裏界隈のアルバイトに手を出していたのもそういう話だ。

高級ショップが並ぶモールのお上品な柱に横から体を預けながら、滝壺はこう答えた。

「仕方がないよ。はなの、いなくなっちゃったんだもん」

その言葉に不思議そうな顔をしたのは絹旗の方だった。

彼女は眉をひそめて慎重な感じで、

「人の命を超何とも思わないあの麦野さんがですか？　仲間を一人失った程度で超そんな」

確かに、収支で言ったらマイナスではあるだろう。

実際に八〇〇億円分のマネーカードを詰めたスーツケースは逃しているし、『電話の声』が提示した依頼の報酬の方も手に入らない。これで仲間を一人失っている訳なのだから。

「そりゃまあ、『アイテム』を勝手に超名乗ってる連中にしてやられて、麦野さんだって自分のプライド傷つけられているのかもしれませんけど」

「そういうのじゃないよ。むぎのは仲間想いで優しい人だよ」

　今度こそ、だ。

　絹旗最愛は完全に思考停止していた。

　頭が働かないまま、口をぱくぱく。数秒も経ってからようやく次の言葉が出てくる。

「えと、超なに、何ですか？　だって、あの暴君女王が、これ劇場版の話？？？」

「現実の話」

　ぴしゃりと滝壺が言った。

「ねえきぬはた、私が『暗部』にやってきた理由は何だと思う？」

「はあ。そりゃまあ……あれ？　考えてみたら不思議ですね。滝壺さんって、誰も叱ってくれないのに朝起きて夜眠る生活を毎日超続けられる人でしょ？　『暗部』じゃ普通に超レアですよ。考えなしにムカつく先生を超ぶっ殺して逃亡したってガラじゃなさそうですけど」

「冤罪事件で捕まったの」

　あっさりと、だった。

『暗部』にいる以上、こんな世界に立つ原因は誰だって持っている。

「『能力追跡』。珍しい能力だからどこかの研究所が身柄を押さえたがっていたみたい。『体晶』っていう、出処の怪しい危険な代物も併用するプロジェクトだろうし、内緒でね。まず適当な罪を押しつけて少年院にでも入れて、周囲の関心がなくなってから改めて行方不明にしようとしていたんじゃないかなって思うんだけど」

「……、」

実験。そのための合法的な人さらい。

どこかの誰かがリストを眺めて指を差すだけで実際に起こり得る怪奇現象。

絹旗(きぬはた)自身(じしん)も『暗闇(くらやみ)の五月計画(ごがつけいかく)』で同意なき監禁生活と投薬実験を強いられた過去を持つ。

やっぱりこの学園都市(がくえんとし)は、どう考えてもクソだ。

「でも、むぎのが助けてくれた。不起訴処分、ただし理由は明らかにせず。火力最優先、『あの』むぎのが一体何をどうやったかは知らないけど」

うっすらと笑って滝壺(たきつぼ)はそう言った。

小さな憧れをそっと開示する、女の子の顔で。

「自分の強過ぎる『原子崩し(メルトダウナー)』をサポートするための能力者が別枠で欲しいって話だったし、嘘(うそ)じゃないと思う。でも、本当に『それだけ』だったら人間を小さな檻(おり)に入れて部屋の片隅で水と餌をやれば良い。人間を世話する手間とリスクが面倒なら、専門の監獄屋(ペットシッター)にでもお金を払えば済む話なんだし。ここは、必要さえ感じたら実際にそういう事をする街なんだから。だけど、むぎのは私に自分で着る服を選ばせて、好きなものを食べさせてくれて、寝る部屋を与えて、何より自由と安全をくれた。誰がなんて言おうが、たとえむぎのが自分を悪く言ったって、これは合理性も効率もないむぎのの優しさだと思う」

「だから、華野さんがいなくなった事で超イライラしているって？　麦野さんのキャラって感じじゃなさそうですけど」

「きぬはたも似たようなものでしょ？　居心地が悪いのはむぎののせいじゃない。あのマンションに戻ると、ぽっかり空いた隙間の存在を強く思ってしまう。だから避けていたんじゃないの？　そうでもなくちゃ、きぬはたが映画の悪口を言うなんてありえない。まして途中で寝ちゃうなんて。何を観ても頭に入ってこない状態だからだよ、それ」

「……、」

不思議と、滝壺の言葉はこちらの内面を抉ってくる。

一体何を受信しているかは知らないが、あるいは絹旗本人の知らない部分にまで。

確かに、だ。あの図書館で敵を二人きちんと仕留めていれば、華野超美に刺客が向かう事もなかったはずなのだが。

「はなのは、もう『アイテム』の仲間だよ。もちろん、あの子がいなくなってイライラしているきぬはたもね。……できる人はそんな感情当たり前って思っているかもしれないけど、でも、そういう当たり前の情とか想いとかをきちんと拾えない人達が堕ちて集まるのがここ『暗部』なんだから。むぎのやきぬはたが今持っているその気持ちは、絶対に安くない」

「超ですかねえ？」

絹旗は適当な調子で言いながらも、足の向きを変えた。

エレベーターホールへ。

「……華野さん、図書館からあなたを超逃がそうとして捕まっちゃったんですよね」

「うん」

滝壺は小さく頷いて、

「だから私には、はなのを助ける理由がある」

「あの時、図書館の天井裏に残ったのが私だったら、私と華野さんは超入れ替わっていた。いつも通り護衛係を全うしていたら、同じ新入り枠の私が超捕まったって事ですか……」

そこまで呟いて、絹旗最愛は舌打ちする。

運命の皮肉は、『暗部』に身を置いていると特に色濃く現れる。

「……ちくしょう、それじゃ私も超戦う理由アリですね」

「みんなそうだよ。ううん、理由なんかなくても構わないし。突き詰めれば、自分の命を使って助けたいと思えるかどうかでしょ？　私はそうする。はなのはあのままにしておけない」

エレベーターに入る。

掌紋を認証させればボタン一つで最上階のアジトまで一直線だ。

乗り込んで上昇する感覚に身を委ね、絹旗は階数表示の液晶を見ながら隣の少女に尋ねた。

「今のは滝壺さんの希望として超受け取っておきますし、ま、まあ、一回くらいは踊らされても良いですよ。でも実際、麦野さんが仲間の救出に消極的だったら超どうするんです？」

「基本的に『アイテム』はむぎのの決定で回っているから、私の気持ち以前に反対する方法が見当たらないかな」

まず滝壺はそう言った。

ただし、

「でも多分、そういう事にはならない」

エレベーターの扉が開く。

さらにその先にあるマンション玄関のドアを開け放ち、中に入ると、だ。

「なるほど」

絹旗最愛は腰に片手をやって、半ば呆れたように呟いた。

それでいて、どこか楽しそうに。

「……超本気じゃないですか」

リビングの壁にびっしりと、だった。

『敵対アイテム』に関する資料やメモがそこらじゅうに貼りつけてあったのだ。

ひとまず確定している、『コロシアム』の舞台となった図書館。

その公共施設を人知れず貸切にできる人物と金の流れ、あるいは脅迫材料。

それを手に入れて提供する事のできる人物の候補。

そいつの個人情報。

さらに言えば脅迫可能な材料。

ターゲットのスネの瑕を知り得た人物は誰か。

などなどなどなど。

何しろ室内でテニスができそうなほど広いリビングだ。その壁全体が、落ち葉で道路を埋め尽くすように、だった。特殊な撮影機材、素人っぽくないＤＪ、ダークウェブのネット環境や図書館に集まっていた観客達まで。一日で重要そうかそうでないか全部含めれば、ここにあるメモの総数はおそらく数千枚では利かないだろう。

それでも足りないと感じているから、孤独な作業は今も続いている。

何としても、敵を炙り出すために。

「……、」

麦野沈利はこちらなど見なかった。この夏真っ盛り、自由と解放がいくらでも待っている表の繁華街など目もくれず、イライラを顔全体で示す彼女はひたすら壁を見て作業を続けている。唯我独尊。愚かな敵の命乞いより自分の爪のマニキュアが気になる『あの』麦野の目元には、色濃いくまがあった。つまりそれだけ本気だった。一体いつから寝ていないのか。絹旗がマンションを避けていたから知らないだけで、ひょっとしたら、七月七日の失敗から今この瞬間までずっと続けてきたのかもしれない。実に一週間も不眠不休で。

一点の確定枠、図書館から全方向へカラフルな毛糸が蜘蛛の糸のように伸びていた。人物、組織、金銭、建物、情報、機材、戦力……。少しでも関連のありそうなネット情報を印刷しては切り貼りし、カラフルな毛糸で利害、好悪、上下、所属などの関係性を可視化したのだ。一本一本の色にも麦野だけの意味がある。全ては、目には見えない獲物を捕らえる巨大な巣を構築するため。スーツケースや八〇〇億もあるにはあったが、他のメモで半分埋もれていた。

もはや、優先はそっちではないのだろう。

蜘蛛の巣の端の方には、見知った顔写真がいくつか貼りつけてあった。

ネットの画像検索で拾ってきたのか、『敵対アイテム』を名乗る四人だ。相当粗いので、本来ある一般人の写真の片隅に小さく映っていたものをどうにかして探し当てたのだろうが。

当たり前のように貼ってあるものの、蜘蛛の巣全体の端に捉えただけでも奇跡。幽霊のような相手の尻尾を掴むためにはそれこそ血の滲むような努力と根気が必要だっただろう。何にでもイラついて文句があれば『原子崩し』で蒸発させる。そんな麦野沈利が、考えなしに暴れたがる自分の心を抑えつけてここまでやってみせたのだ。

そして。

消えてしまった華野超美の顔写真も。

これはコロシアム参加選手の尾行中に演技の一環でフレンダが携帯で撮った写真だが。

実際に壁へ貼りつけている以上、麦野沈利は決してそこを軽視していない。むしろ、蜘蛛の巣の本当の中心点は図書館ではなく彼女だったのかもしれない。

手の届かない思い出にするものか。

滝壺を連れて逃げろと命じたのは、麦野本人なのだから。

失敗したり勝手に逃げ出したりしたならともかく、きっちりやり遂げてこうなった。

こんな『暗部』に身を置いておきながら、最後まで忠実に従って消息を絶った華野超美についてはは思うところくらいあるのだろう。

彼女は約束を守った。

だから自分だって命を削って当然だと。

滝壺理后は絹旗最愛の脇腹を軽く肘でつつき、片目を瞑った。

「……ね？　だから言ったでしょ」

「はいはい、ここまでやられちゃ超完敗ですよ」

と、インターフォンのピンポンも鳴らさずに玄関の扉が勝手に開く音がした。

マンションに入ってきたのは、

「すまーん、結局メチャクチャ遅れた訳よ。お店でサバ缶買い溜めするのに手間取ったー」

「……フレンダがビリな、全員分のメシ奢りで……」

久しぶりだった。

あるいはここ数日単位で、喉から声を出す行為すら忘れていたのかもしれない。壁を睨(にら)みながら放った、猛獣の唸(うな)りに似た麦野(むぎの)の低い声に、フレンダは明るく笑って文句を垂れる。

「えー、訳も聞かないなんて結局ひどくない？　こっちもこっちで『準備』があったのに」

確かに、だ。

フレンダ＝セイヴェルンは家出少女かっていうくらい大量のカバンを抱えていた。まず左右に大きなスーツケースが一つずつ、さらに背中に登山で使う縦長のバックパック、それでも足りなかったのか前にボディバッグまで斜めがけしている。七月、夏休み直前である。昼間とはいえこんな大荷物で学園都市(がくえんとし)最大(さいだい)の繁華街をうろつくとか、警備員(アンチスキル)や風紀委員(ジャッジメント)から職質されなかったのが逆に不思議なくらいの格好だった。

そして仮に職質されていたら相当まずい事になっていただろう。

フレンダはスーツケースの一つを寝かせると小さな鍵を挿した。仕掛けが飛び出す種類の絵本のように目一杯広げられたのは、様々な色と形をした爆薬だ。名前なんぞ知らない、多分一つ一つ教えてもらっても誰も理解できない。わざわざアジトの外から持ってきたという事は、マンション内で安全に保管できるような代物でもないのだろう。

それを片っ端からかき集めてきた。

片目を瞑(つむ)って、フレンダは言う。

「……結局、出し惜しみはナシでしょ？　友達助けるなら私にも本気でやらせてよ」

大金はほしい。でもそれは何のために？

そこを見失わなければ、少女達が自分の道を迷う事はない。

たかが八〇〇億円？

自らの心で仲間と認めた輪のみんなで笑い合う事ができなければ、何の意味もない。

3

第七学区の特別エリア『学舎の園』、その中でも一際目立つ常盤台中学。

要所を三つ編みで飾ったゆるふわ金髪のグラマラスな少女が、両手を前に合わせてお行儀良く挨拶する。

「ごきげんようアナタ」

「こんにちはー、女貞木小路センパイ。まだこんなトコにいて大丈夫？　そっちって今日ラストの授業は水泳よね」

しれっと挨拶を交わすが、目の前にいるショートヘアの少女は七人しかいない超能力者の一人。こんなのが当たり前な顔して廊下を歩いているのだから常盤台は魔物の巣窟だ。

『暗部』で凶悪なチームを束ねる女貞木小路楓はそっと息を吐く行為を控えて、

（……いやむしろ、超能力者なんていう化け物が昼間から薄汚れた路地裏をうろついている方が変なのよね。二三〇万人で作る学園都市のピラミッド的には）

「アナタ、大丈夫よ。早着替えには自信があるもん、心配しないでちょうだい」

「常盤台は速度の基準がおかしいおっとり時空だからあんまり信用できないかな……。何にしても急いだ方が良いわよ」

正しい評価だと思う。

常盤台中学は、まるで呼吸ができる水槽だ。

先生も生徒もみんな揃って、廊下を歩くのもご飯を食べるのも見ていてイライラするくらい一つ一つの挙動がおっとりしている。

つまり、そうしないと平均値から外れて異物として扱われる。

例えば目の前にいる超能力者の少女が、それでも我を貫いているように。

「でも本当に大丈夫。御坂様は、学園都市第六位の超能力者とお会いになった事は？」

「ないけど」

少女はあっさり肩をすくめて、

「超能力者だから特殊なコミュニティで繋がっているって訳じゃないわ。私とあのチビのやり取りとかって有名なんでしょ？　知らんけど」

精神系なら大抵何でもできる、もう一人の超能力者『心理掌握』を指差して『あのチビ』なんて言えるのは名門常盤台であっても良くも悪くも彼女だけだ。傍目に見るとやっぱり特別な何かでがっちり結びついているように見えなくもないが。

当の本人は気軽に肩をすくめて、

「学園都市で七人しかいないって言ってもそんなものよ。別に超能力者同士だからって全員仲良しでアドレス交換なんて話じゃないわ。全員の名前も能力もきちんとは把握してないし」

「実はわたしが第六位だと言ったら？」

「ふうん」

そんな風に言い合って、にこやかに別れる。

女貞木小路楓は廊下の角を曲がってから、

「ふうっ」

常盤台の中だと真夏のギラギラした陽射しすら何故か涼しげに感じる。どこかから誘われてきた小鳥が窓辺でくつろいでいる表の世界、犯罪とは無縁のほのぼの時空。

『暗部』の敵対チーム四人から命を狙われている状況で水泳の授業とは、我ながらのんびりしているものだと女貞木小路楓は思う。

常盤台中学はあらゆる意味で安全地帯だ。物理的に隔離されるという意味でも、情報が外には洩れないという意味でも、学園都市の政治が絡むという意味でも。

ただし安全以外の全てが奪われるため、ずっと居座っていると息が詰まるが。

これは、身の安全のために自分から刑務所へ入る行為と変わらないと思う。

速度の基準がおかしいおっとり時空、とはよく言ったものだ。女貞木小路楓はお金に困っている訳では名門常盤台に通っているところからも分かる通り、女貞木小路楓はお金に困っている訳ではない。それでも『暗部』に肩まで浸かっているのは、時々外に出ないと浦島太郎のように自分が世界全体から切り離される恐怖に襲われるからだ。言い換えれば、女貞木小路楓は常に『世界の最先端』に身を置きたがる。たとえそれがどれだけ真っ黒な真実であったとしても、すぐにズレる古い腕時計の針を合わせて根気良く世話するのには役立つ。

（……表と裏を切り分けて考えたがるのが、『暗部』全体の悪いクセなのよね）

両手を上にやって、女貞木小路楓は背筋を伸ばしつつ。

ざあっ!!　と。

休み時間終了間際、丁寧な挙措ながらもどこか忙しく廊下を行き交っていたお嬢様達が、不意に左右へ分かれていった。

彼女の能力は基本的に殺し向きだが、ちょっと応用すればこういう事もできる。

女貞木小路楓は真ん中を堂々と歩きながら、

（現実には地続き、表と裏の世界は同じ一枚のコインでしかないけれど。手は届くもん、陽の当たるフィールドくらい。異世界まで転生している訳でもあるまいに）

実際、だ。

コロシアムの会場だった図書館では麦野沈利達は常盤台中学の制服を見ているはずだし、こうしている今も人質救出のため血眼になって街中を捜し回っているはずだが、それでも黒幕ご本人様が毎日決まった時間に学校へ通っているとは思っていないらしい。

こっちも自由を捧げてここまで自分を縛っているのだ。

物理的、心理的を問わず、追跡断ち切りの効果がなければ困る。

廊下から教室の壁にかかった時計をチラリと見るが、女貞木小路楓は更衣室には向かわない。今は人気がない方がありがたい。なので屋上に繋がる階段の踊り場辺りに目をつけた。ついうっかりで清掃用具が置きっ放しなのに誰も指摘しない辺りが滅多に人の来ない証拠だ。

うん、と女貞木小路楓は思わず頷いてしまう。

キュパン!!　と空気の割れるような鋭い音が彼女の足元で撒き散らされた。屋上まわりは人が通らないので雑なのか、踊り場に転がったままの清掃中の立て看板をリフティングのように持ち上げた。顔の高さにあるそれを片手で軽く受け取る。

階段の下に設置すれば、屋上へ繋がる上の踊り場は彼女だけのテリトリーだ。

(……ま、いざとなれば無意識に遠ざける事もできるけれど)

「さて、と」

時間が惜しいので、制服を脱ぎながら携帯電話を弄ぶ。

これがあるから、水泳前でぎゅうぎゅう詰めになっている更衣室は使えないのだ。

携帯電話の下部コネクタに消しゴム大の信号偽装装置を取りつけ、彼女はアドレスに登録していない番号を手打ちで入力。発着系に精神系、常盤台には色々いるから悪巧みも大変だ。

『ハイ、アナタ。今なら大丈夫。脱ぎ捨てた制服と下着と貴重品を更衣室のロッカーに詰めて鍵かけてプールへ行く時間も考えなくちゃならないし、五分くらいで報告してちょうだい」

『……お嬢様学校って、ケータイの持ち込みオーケーでしたんどすえ』

「静まり返った授業中にアナタ達からいきなりかけてこない限りは安全だけれど」

電話の相手は美術部少女の井上ラスペツィアだった。

地味なぼそぼそ声は機械を通すとさらに聞き取りにくくなる。

「それから、持っていない子も少なくないわ。ラブレターって知ってる？　こんな時代にまだ紙の恋文で人生の勝負をしているもん、この学校。便箋にそっと香水とか吹きつけてね」

『お嬢様学校どすのに……』

「生徒手帳を見る限り、恋愛禁止って校則はないみたいよ。お上品な先生方は想定もできなかったのかもしれないけれど」

『まあ良いどす。こっちは暇なので、ご飯の献立でも考えながら待っとります』

「許してちょうだい、うちは給食制だからアナタの作ったお弁当も食べてあげられなくて」

『お気になさらず。良い穴子が手に入りましたし、煮こごり作っておりますので』

「えっ、今日はアナタお料理当番でもないけれど」

『します』

「煮こごりって……。ちょっと、確認させてちょうだい。まさか晩ご飯は一品オンリーじゃないわよね？　そもそもアナタが京都系の料理に手を出した場合、うんざりするほど煮込んだシチューどころの手間じゃなくなるけれど。この前だっていきなり京都ラーメン作るって言ってそのまま大きな寸胴鍋と八時間も格闘していたもん。いっつもコンビニ禁止でお腹をすかせた鰐口ちゃんがこだわりはいいから早く食わせろって半泣きで床を転げ回る羽目になる……」

『いつまでも永遠に待っとります、いつまでもいつまでも形がなくなるまで煮詰めながら』

今日は早く帰ろう、と決意した女貞木小路楓はちょっと遠い目になった。

ともあれ、だ。スカートのファスナーを下ろして下着姿になった女貞木小路楓は、頭の中で『暗部』の仲間達と確認しておきたい事項をいくつか並べていく。

（……ここくらいは自由なのに上下どちらもいちいち白で統一とか、ほんとわたしったら死にたくなるくらいお嬢様）

「アナタ達の方はどう？」

『今のところ大きな問題は起きてまへんけど、ご懸念通り鰐口が暴れたがってはりますよ……。仲間がやられとるのに仕返しせえへんなんて、っていうのは建前どす。いつでも壊せる人間前にして、いつまでおあずけ喰らわなくちゃならへんのかって方が正解。……まあ復讐感情とか、生き残りのために敵対チームの隠れ家を聞き出すためとか、口実は色々ある訳どすし』

四方を壁で区切られてもいない階段の踊り場で、女貞木小路楓は下着も脱いでいく。

携帯電話を肩と頬で挟み、競泳水着に似た常盤台の水着を両手で摘んで広げつつ、

「まさか勝手に始めていないわよね？」

『特には。……楓に叱られるのは勘弁してほしいどすし』

「良い子ね、後でご褒美アゲル。状況はイレギュラーだけれど、振り回されて得する事はないもん。耐えてちょうだい。カワイイ新入りちゃんはみんなで『歓迎』しましょう」

『……、』

今の沈黙はヤキモチだろうか。でも従ってくれるとか普通にカワイイ。

肩と頬で携帯電話を挟み、片足立ちで水着に足を通してふらふらしながら女貞木小路楓は会話を続ける。首を斜めに傾けると視界に引きずられるのか、バランス感覚が危うい。

華野超美だったか。

『……やっぱり、その場で殺してしまいはるべきだったんじゃ？』

「あら嫉妬？　あの子カワイイから拾う判断にしてみたんだけれど」

『悪いクセどす……。どうせ、最後はいつも反りが合わへんとか「暗部」の秘密を守れそうにないとかで殺して片付ける羽目になりますのに』

結構本気で呆れているっぽい声だった。

『これはいい加減に分かってほしいどすけど、ピーキーな楓の傍にいられる人間なんてウチらだけどす。ヒトもモノも、何にしたって楓は死の気配がするのがお好きなんでしょ？』

「ふふっ、そんなカワイイリアクションされちゃうとますます張り切ってしまうけれど」

仮のチームは二つあって、勝った方が正式に『アイテム』を名乗れる。

それは事実だが、別にリスクを負って敵対チームの個人情報や隠れ家の場所などを特定する必要はない。麦野沈利らを追い詰めるだけなら、コロシアムで稼いだ大金を大人の世界にばら撒けば事足りる。目に見える即効性はなくても、じわじわ着実にダメージを与える格好で。口座凍結もその一つ。表面が目に見えて泡立った頃には、鍋の底はぐらぐらに沸騰している。

したがって、まず守るべきはここ。

こちらから一方的に襲える立場を永久にキープするのが大切なのだ。誰も頼んでいないのに自分から勇み足して尻尾を出した場合、攻守が丸ごと逆転する恐れがある。

『さびしい』

「はいはいアナタ、もうちょっと待っていてちょうだい。今日は寄り道しないで帰るもん」

『嬉しいっ。ウチそんな楓のために鯛のお鍋も用意しますわ。お刺身より薄く切って、カブと一緒にさっと温めて……』

「京都の味付け怖い」

グラマラスな女の子がワンピース型の水着に挑むと大体こうなるが、水着の肩紐を肩にかけるだけだと胸元が安定しない。女貞木小路(いぼたのきこうじ)楓(かえで)は大きな胸を自分の手でぎゅむぎゅむ水着の中に押し込んでバランスを整えると、肩と頬で挟んでいた携帯電話を片手で掴(つか)み直(なお)して、

「今日か明日には『体制』が元に戻るもん。アナタ、それまで待ってからみんなで華野(はなの)ちゃんを畳みかけましょう。仲間になるならよし」

『ダメなら始末して死体を捨てはると？』

「アナタったら困った人ね、まさかそっちを期待しているの？」

　返事はなかった。

　激しく抵抗したという事にして殺害、なんて真似(まね)はしないと信じたいところだが。

『……楓(かえで)には従いますわ。とっても退屈どすけど』

「暇なら二次元の抱き枕カバー、たまには手洗いでもして陰干ししてあげたら？」

『ぶっ⁉』

　なんか大変聞き捨てならなかったのか、電話の向こうから珍しいリアクションがあった。

「そもそも、何でもできる外が退屈とか……」

　水着の肩紐(かたひも)に親指を引っかけて伸ばし、ぱちんと軽く弾(はじ)く。

　女貞木小路(いぼたのきこうじ)楓(かえで)は片目を瞑(つむ)ってこう言った。

「豪華なだけの水槽で窒息しかけているわたしよりはずっとマシでしょう、アナタ？」

4

前提の確認から始めよう。

麦野はリビングの壁いっぱいに広げた、完全な意味では彼女にしか解読のできない『蜘蛛の巣』をバックにこう切り出した。

ここにいなくても敵対者との読み合い、鍔迫り合いが始まる。

「華野超美は高い確率でまだ生きている」

「そう断言する根拠は？　もちろんそっちの方が超ありがたいですけど、楽観と希望的観測は状況を見る目を曇らせますよ」

「正確に言い直そうか。殺したくても殺せない、って状況の方が正しい」

「？」

「単純に割り振りの問題よ」

麦野は素っ気なく言ってから、他の三人の理解が追い着いていない事に気づいたらしい。

ちょっと矛先を変える。

「フレンダ、アンタさっき爆薬を山ほど抱えてマンションにやってきたでしょ」

「それが？　化学肥料なんてケチな事は言わないっ、いやあーお久しぶりに過塩素酸カリウムもペンタエリトリットもぜぇーんぶ出しちゃうよ？　ナパーム、白燐、気化爆弾、ようは何でもあり。結局私一人で血と殺戮のケミカル花火大会やってやるんだから‼」

「何でそれ、下部組織に頼まないで自分で運んできたの？」

フレンダ＝セイヴェルンの時間が止まった。

彼女の中で答えが出たのだろう。

麦野はそっと息を吐いて、

「もちろん扱いのややこしい爆薬の運搬は任せられないとか、そもそも隠し場所を教えたくないとか色々理由はあったんでしょ。だけどそれ以前の話として、下部組織と連絡が取れなくなっているんじゃない？」

滝壺は麦野の背後にある壁、カラフルな蜘蛛の巣に目をやった。

麦野も頷いて、

「……私だって頼めるなら慣れない調査活動は下部組織に任せたい。情報の話は人海戦術で調べさせるのが一番手っ取り早いし。でもそれができないから、私が自分でやっているのよ」

金の切れ目が縁の切れ目、ではないだろう。麦野沈利の恐怖のブランドはそこまで安くない。ルールを軽視すれば、待つのは一〇〇％死亡。関わる者には骨の髄まで理解させている。

であれば、

「割り振りって超言っていましたよね？　つまり、私達に限らずあらゆるチームの下部組織連中を全部かき集めないといけないような大事件が超進行しているって話ですか？」

「警策看取」

麦野は肩越しに親指で背後の壁を示し、一枚の写真を提示した。

保険会社の常務さんを守っていた、『液化人影』とかいう能力を使う黒髪少女だ。

「『窓のないビル』を襲うための準備をって話だったけど、ハッタリじゃなかったようね」

まあそういう考え方は嫌いじゃないけど、と麦野は付け足した。

ただしそっちは脇道だ。

「そういう訳で調査と防衛その他諸々のために、あらゆる悪党から下部組織がかき集められているの。『暗部』側全体は今、安易な死体の処分もできない状況にあるのよ」

「まー結局、腐敗が始まったら匂いの粒子の管理がメチャクチャややこしくなるからね」

フレンダはうんざりしたように肩をすくめて、

「……そうなっちゃうと下部組織のチンピラ達にできる仕事じゃなくなる。学園都市だと人体の死臭原因物質が犯罪の証拠として適用された判例がある訳よ、まさか自分のアジトで思う存分腐らせたいって考える輩はいないでしょ」

この街には匂いの粒子すら風化させる腐敗・分解の専門家や、床や壁紙から原因物質を徹底的に取り除く規格外の清掃業者もない訳ではないが、限られた職人であるが故に目立つ。

行方を晦ましている側にとってはデメリットでしかない。

そもそも『暗部』全体で平均レベルの（？）死体処分インフラが止まっているという事は、今すでにある死体をどうするかで数の少ない職人級へ注文や相談が殺到しているだろう。そっちはパンクしていてまともな連絡が取れない状態と見て良い。

「だから今このタイミングで華野超美が殺される心配はほぼないと見て良いって話になる」

そんなに大事な問題なら下部組織ではなく、むしろ超能力者の麦野や大能力者の絹旗などのトップメンバーの方が召集されるんじゃないの？　という疑問もあるかもしれないが、こちらについてはいちいち誰も質問しなかった。

言わずもがな、緊急事態の発生を知ればそれに乗じて強気の交渉や漁夫の利、果ては下剋上まで幅広く暗躍を考え始めるのが一般的な（？）『暗部』だからだ。

つまり上の連中も今だけは飼い犬に手を噛まれる余裕はない、という焦りはあるらしい。

「……むぎの。でも『窓のないビル』の破壊なんて、本当にできるの？」

「人の手で壊せるような代物なら、私がとっくにやってるし」

麦野はあっさり答える。

嫌いじゃないが、現実にできるとは言っていない。この学園都市はそういう安易な望みを打ち砕くクソ根性の塊だ。しかも善玉の立場をキープしながら。

警策看取の顔写真がここにあり、『窓のないビル』襲撃計画の信憑性も正確に測っている以上、麦野沈利は上の人間が襲われる事を知りながら放置した事になる。しかも、警策看取が自分の計画に従って駒を進めればまず間違いなく破滅すると分かって、やはり警告は出さない。

理由は、さっさと統括理事会絡みの問題が解決して『暗部』が通常運転に戻ると並の死体処分インフラも復活してしまうため、さらわれた華野超美の命が危なくなるから。

悪人と戦う、友達を救うために命を賭ける。

そこまでやっても徹頭徹尾、やはり『アイテム』は正義のヒーローにはなれない。

世間にそう認めてほしい訳でもない。

これは悪と悪の共食いだ。

「私の読みじゃ『対警策看取シフト』は今夜、一四日いっぱいが限界だ。そこで事件は終わって『暗部』は通常シフトに復帰する。つまり、それまでにパチモンの『敵対アイテム』のアジトを襲撃して全員殺さないと意味がなくなるのよ」

ここで華野超美を助けないと、とは言えない辺りが麦野沈利か。

尻尾を掴んでもすぐには喰いつかない。しくじれば気づいた相手は人質を連れたまま水面下に潜り、二度と表に出てこないから。よって限界ギリギリまで情報を集める事に集中し、たった一回のチャンス、その確度を最大限高めようとしているのは誰が見ても丸分かりなのに。

滝壺理后はちょっと笑ってから、

「例の四人については？」

「一人は七日の時点で殺してるけど」

次に麦野が指し示したのは蜘蛛の巣の外周、ようやく尻尾を掴んだらしき四人の顔写真。

組織同士の抗争では敵の人数や資金はもちろんだが、学園都市という特殊を極めた環境だと使用能力や次世代兵器の詳細を事前に掴めるかどうかもかなり大きな分かれ道になる。

当然ながら、麦野沈利もここにはかなりの時間を割いたようだった。

「女貞木小路楓。

年齢一四歳性別女性。『敵対アイテム』の中心よ。名門常盤台中学に通うモノホンのお嬢様だけど、第六位の話についてはは未知数。閉鎖的でなかなか情報が入らないけど、聞いた話じゃ常盤台には超能力者は二人しかいないってウワサもあるし。能力は風とか衝撃波っぽいけど、確定とまでは言えないわ。他人の目に映る時には力をセーブしている恐れもある。

潜在的なサディストで、お嬢様生活の息苦しさを紛らわせるため夜の街に繰り出している。親の手を借りずに大金を稼ぐ行為に没頭してるのも、典型的な反抗期ってヤツだな。威力の高い能力を使う事に躊躇がない辺り、あの女、おそらく殺人未体験って訳でもなさそうね。

さっきも言った通り、自称の第六位については詳細不明。

『暗部』の天敵ってのは、あるいは同じ悪党サイドからの処分屋って意味かもな。

言うまでもないが、一番ヤバい。

戦う時は可能な限り私に回すべきだけど、余裕がなければ迷わず逃げろ。現状では暫定第六位。今回は作戦としての逃走を許可する。特に単独接触は命取りって考えた方が良いね」

「花山過蜜。

年齢一八歳性別女性。能力的には無能力者だけど、自称は『運び屋』、リニア機関やジェットエンジンを搭載した改造キックスケーター『ドラゴンモーター』を使って邪魔する追っ手は完全に轢き殺す。ちなみに表面的には従順な運び屋だけど、品を受け取る事で依頼人が破滅するところを遠くからじっくり眺めるのが何よりお好きな変態ノゾキ女って事でひとまず間違いない。第七学区のアパートで起きた謎の急速乾燥ミイラ事故もこいつが原因らしいし。

あと、花山は七日の時点で私が殺している。なので死んだクソ野郎の友人知人から恨みを買っている以外に影響はないから、本人は捨て置いて構わない。

……『ドラゴンモーター』については未知数ね。アレは量産されているのか、されていたとして花山過蜜以外でもまともに運用できる代物なのか、その辺諸々。ただし可能性は否定できない以上、亡霊の遺産が顔を出すリスクも考えておくべきね」

「井上ラスペツィア。

年齢一五歳性別女性。通称はモデラー。美術部、特に立体物を作る腕を活かして各種事件の証拠捏造に精を出している裏稼業よ。ハッカーと同じく、戦闘より搦め手の支援専門って感じかな。証拠については創る捏造と消す隠滅のどっちも手広く請け負っている。殺し以外でもよそから信頼を得るには良い商材って訳ね。

この女については公的な前科はもちろん、裏界隈でも悪い話は見当たらないわ。例の証拠捏造自体、悪く言う人間はほとんどいなかったくらいだし。助けてもらった、って評価の方が圧倒的に多い。ひょっとすると、嘘が完璧すぎて転落したクチかもしれないな」

「鰐口鋸刃。

年齢一二歳性別女性。本名は別にあるみたいだけど探り切れなかったな……。ガタイは小さいけど総合格闘技の猛者で、この歳にして非公式な試合では過去に何人か殺している。もちろん観客は拍手喝采だったみたいだけど。コロシアムでは選手ではなくルール違反者を罰する処刑人として活躍しているらしい。ようは、単純な戦闘バカだな。公式試合の窮屈なレギュレーションに縛られるのにうんざりして、自分からアングラに堕ちてきたって感じ。

処刑人、鉄塊潰し、人肉スクラップ、デスゲームクイーン。通称は色々ある。

次世代兵器を使っていない以上、あの小柄な体で標的の背骨をへし折って肉団子に変える殺傷力については、能力で確保しているって事になる。

『支点凶器』。

てこの原理を倍加させる能力みたいね。多分強能力かそれ以上。本人は脳筋だから格闘に尖っているけど、他のメンバーのアドバイス次第では色々応用してくるリスクもある」

ふうっ、と一気に話して麦野は息を吐いた。

フレンダは肩をすくめた。

色々調べてもらったが、結局大雑把な輪郭くらいしか把握できない。ざっくり最強で第六位が何なのか全く見えない女貞木小路楓、一度は墓場に退場させた花山過蜜のテクノロジーが再び顔を出す可能性が残っている、など曖昧な点が多すぎる。鰐口鋸刃なんて本名も不明だ。

しかもこの場合、端から順に何でも用心して疑ってかかれば勝ち、という訳でもない。確定的な根拠もないのに細かい事をやたらと気にして最悪に備える名探偵なんて、虚実がゴチャゴチャな『暗部』じゃ疑心暗鬼のプレッシャーで自分から潰れていくだけだ。

「結局、今度脇の甘い風紀委員でも捜して脅迫材料とか見繕ってみる？　ハッカーを雇って外からアタックさせるよりも確実だし。こういう真っ向からの能力バトルの時って『書庫』から直接データを抜けないと手間がかかって仕方がない訳よ」

「……今までは、誰が来ても真正面から『原子崩し』を一発撃てばおしまいだったからな」

上の人間は麦野達に勝てる依頼だけ選んで手渡し味を覚えさせた、だったか。後戻りできない場所まで麦野達をずぶずぶに沈め、改めて意のままに操り少女の戦力を搾取するために。

確かに、と麦野沈利は小さく笑う。

その上で、

「順当に行くなら一番のネックはてっぺんの女貞木小路楓、お次は能力ブースト殺人格闘技の鰐口鋸刃って感じだけど。でも美術系の冤罪量産装置井上ラスペツィアも油断はできない、ダークホースの可能性を考慮して。……何しろ、こいつだけはレベルすらはっきりしてない。ただの無能力者なのか、あるいは普段は裏方の証拠捏造係だから能力は使っていないってだけで、いざって時のために温存しているリスクもあるし」

「人質救出がなければ、むぎのが外から力業でアジトをぶち抜く選択肢もあったのにね」

いつもぼーっとしている滝壺の口から、しれっととんでもないアイデアが出てきた。表面に浮かび上がっていないだけで、彼女も彼女でキレているのかもしれない。冤罪や証拠捏造という言葉もそうだが、それ以上に自分を庇って窮地に立った華野超美の事で。

絹旗はコキコキ首を鳴らしながら、

「ならその厄介な人質救出について超考えましょう。そこが最優先ですし、逃げても超仕方がありません。麦野さん、『敵対アイテム』の本拠地がどこかは超掴めているんですか？」

「厳密に言えば『敵対アイテム』の拠点は五つ。ただし四つまではもぬけの殻確定だから無視で良い。清掃代行のメイドが出入りしても部屋の中から反応ないし。クソ野郎どもが華野超美を連れ込んだのはここ、第一一学区の廃棄列車隧道。今は使われてない鉄道用トンネルよ」

「何それ、結局わざわざ落書きだらけのジメジメしたコンクリの廃墟で寝泊まりしたがるナメクジみたいな悪党って訳!?　スーツケースに八〇〇億も貯め込んでおきながら!!」

「一応、引退した上級高速列車を買い取った上で、こっそりトンネル内部に寝かせてアジト化しているって。……技術研究用だろうけど、土地の限られた学園都市じゃ役に立たないもんな。ともあれ、学園都市の鉄オタが泣いて悔しがるくらいにはセレブで優雅な生活を送っているみたい。ビシュランが三ツ星をつけた『夜鷹』なら一等の業務用キッチンはもちろん、カクテルラウンジやプール車両もついているはずよ。廃止区間の路線自体は潰れたけど新しく送電線を敷き直すのも金がかかるって理由で、トンネル内は電気も通っているし」

これについては麦野も肩をすくめて、

「……でも本音は『分厚いトンネルの壁』と『列車の高圧電線』に魅力を感じているからでしょ。つまり自前のケータイ電波から人工衛星まで、自分の位置を探られる可能性を全部恐れなくちゃならない状況に陥った時の、緊急避難場所。他は高級エステの仮眠室や大学病院のやたらと広くて豪華な個室とかだから、暴れて騒音を撒き散らす人質なんかを連れて逃げ隠れるのには向かない。いくら密室でボコって恐怖で従わせようとしても脅えは両刃の剣だ、破れかぶれのリスクも完全には否定できないし。何しろ死体処分インフラが止まって、いらない人質を殺したくても殺せない状況よ？　やましい荷物を抱えている間なら、絶対トンネルでしょ」

確定を得られたのは大きい。

が、トンネルというのは厄介なロケーションだ。何しろ出入口は限られるから、絶対に敵も危険極まりないトラップを山ほど張り巡らせている。そして普通のビルくらいなら『原子崩し(メルトダウナー)』で壁に風穴を空けて奇襲を仕掛ける事もできるが、分厚いトンネルだと話が変わってくる。

「超できないんですか？」

「できるけど、そこまで大出力で抜いたらトンネル全体が崩れる」

大きなアーチを描くダムと同じく、特にシールド工法を使っていないトンネルは見た目の重厚なコンクリ感とは裏腹にさほど頑丈な構造物でもない。土砂全体の総量からすれば信じられないほど細く頼りない柱で天井全体を支えておけるのは、芸術とも呼べるバランス感覚で重量を分散させているから成立しているのだ。そこを崩せばトランプのピラミッドのように全てが瓦解(がかい)する恐れもある。目的が殺しではなく人質救出だと、そうする訳にもいかない。

「……超トラップの山が邪魔なら、私が『窒素装甲(オフェンスアーマー)』で全身包んで真正面から突っ込みますよ。自分からひたすら固定の罠(わな)を消費していって道を開く手もありますけど」

「そりゃ楽ができる方がありがたいけど、結局その壁、山盛りの爆発物まで対応できる？」

フレンダは呆(あき)れたように息を吐いて、

「結局、トンネルの図面が欲しいところね。廃棄された路線ならその分、情報セキュリティもランク下がっている訳でしょ。麦野(むぎの)、用意はないの？」

「もちろん」

ばさりという音があった。

麦野沈利は床にレジャーシートくらいの大きな紙を広げていく。一つは廃棄列車隧道全体の見取り図、そしてもう一つは上級高速列車『夜鷹』の図面だ。

「ただしここにあるのは公式の図面よ。『敵対アイテム』が後からリフォームしている場合はあてにならないから、その点は注意して」

「結局何もないよりはありがたい」

「ふふっ」

と、なんかジャージ少女の滝壺が口元に手をやって笑っていた。

麦野は怪訝な顔で、

「何よ？」

「別に。ただ、あの麦野が『注意して』なんて言うとは思っていなかったから」

下手な人間がうっかり口走っていたら、それだけで消し炭にされていたかもしれない。

だけど滝壺理后は違う。

彼女は自分の感覚を頼りに、自覚的に麦野沈利という地雷原を歩いていける人間だ。

「……チッ」

実際に、麦野沈利からはそれだけだった。

むしろ彼女の方から、居心地が悪そうに目を逸らしている。

そうしている間にも、フレンダ＝セイヴェルンの分析は進んでいた。床に手足をつけて犬のように這い、短いスカートも気にせず小さなお尻を上げて、舌なめずりまで交えている。

「結局、応用は基本の上に積む訳よ。どれだけ改造していようが、土台は嘘をつかない」

「超分かるんですか？」

「麦野がそっちの壁にベタベタ貼ってるメモの山、そこに『敵対アイテム』各メンバーの性格やクセを読み取る材料は揃ってる。トラップだって虚空から取り出せる訳じゃない。銃やナイフと違って完成品を軍需企業の箱に詰めて売ってる訳でもないし。麦野、クソ野郎どもの行動履歴はなりふり構わず辿ったんでしょ。結局どこまで覚悟を決めてプライド捨てた訳？」

「隠れ家近くの共同ゴミ捨て場から、連中が捨てたレシートを拾い集めるくらいには」

「友達思いの良い子だね。……なら結局、材料のリストからどんなトラップが作れるかは私が全部調べる訳よ」

5

カリカリという小さな音が空気を伝っていた。

美術部の銀髪少女、井上ラスペツィアはソファに腰掛け、手元の作業に没頭している。おでこにかけて固定する種類の作業ルーペを装着し、夏服の上からエプロンをつけたその女の子は、傍目に見ればリスみたいで可愛らしく思えたかもしれないが、やっているのは血まみれの灰皿の証拠捏造だから笑えない。

（……楓のために、使えるカードは増やしておくべきどすし）

これに限らず、彼女は昔から嘘が得意だった。

元々容姿は可憐で、地味で冗談の苦手なボソボソ声だったのも人を信用させるのに役立ったはずだ。あのつまんない子は嘘をつかなくて扱いやすい、と若干の上から目線で。とはいえこれは計算しての話ではなく、奇跡の組み合わせで完成してしまった方が正しいのだろうが。

最後の最後までみんなを騙し切った狼少年がどんな末路を辿るか。それが井上ラスペツィアなのだろう。

親も。

学校の先生も。

ありとあらゆる大人達も。

全てを意のままに操る絵本の魔法。そんなものを使いこなす幼い少女は誰からも叱られる事なく、そしてどこまでも悪意は肥大していった。無邪気で、純粋で、だからこそ手に負えない。

狼が来たぞ。彼女が一回そう叫ぶだけで、間抜けな大人が確定で破滅するほどに。

お金が欲しいのではない。

誰かを恨んでいる訳でもない。

井上(いのうえ)ラスペツィアは、自分の何倍も生きて真実を積み重ねた屈強な大人達が、たった一つのつまらない冤罪(うそ)を浴びて、重厚な人生を全部突き崩されるその顔を見るのが何より楽しい。

二〇〇〇年以上前の寓話(ぐうわ)に出てくるほどありふれた欲望で。

でも実際にやってしまう事は絶対に許されない、取り返しのつかない悪党だ。

（ふうっ）

だから、だろう。

井上(いのうえ)ラスペツィアはフィギュアが好きだ。元となっている作品も好きだ。つまりオタクだ。何しろ二次元の住人はこちらがどんな嘘(うそ)をついても態度が変わらない。怒らないし、騙(だま)されない。相手をしていて駆け引きのいらない存在は他にない。推しの等身大抱き枕カバーがネット通販で気軽に手に入らなければ、きっと死体を冷凍保存でもしていただろうと彼女は自己分析している。……季節(クール)ごとに推しをコロコロ変えていくと、巻き物みたいに丸めたカバーだけでも意外とかさばってくるのが玉(たま)に瑕(きず)だが。

ちなみに一〇〇〇円札を折って有名人の顔で遊んだ事がある人なら想像できると思うが、抱き枕カバーは強い折り目がつくと愛がぐらつくファングッズだ。そして迂闊(うかつ)に高温のアイロンをかけると大変な方向に転がり落ちていく。ふとした事で色褪(いろあ)せ、よれて、皺(しわ)がつく。下手に頑丈なペットより繊細に扱う必要がある。

枕は生きているのだ。

（うーん。スペース圧迫については楓にも迷惑かけとりますし、ウチもそろそろＶＲに手を出してみようかな。触って抱き締められる枕の素体が一つあればビジュアルはいくらでも重ねられる訳どすし、データだけなら劣化もせずサイズもかさばりまへんし……。せやけどあれ、設置とか接続とか自由に手足を動かすスペース確保とか初期設定が大変そうなんどすえー）

「おーす」

よそから鰐口鋸刃が帰ってきた。

このタイミングで井上ラスペツィアもいったんおでこの作業ルーペを外す。

一二歳の処刑人は三時間に一回はコンビニで補給を受けないと生きてはいけない人間だ。女貞木小路楓が甘やかすからこうなるとも言う。気分で欲しいものが変わるため、一度にまとめ買いもできない。

総合格闘技の公式試合に満足できずアングラな殺人大会まで自分から堕ちてきた猛者……のはずだが、その割にはコンビニで売っているポテチや炭酸を手放せない不思議な人物でもある。脳筋はプロテインと鶏のササミと卵の白身と生野菜しか食べないイメージだったのだが。

「冷蔵庫使うなら開け閉めは短めに。今、煮こごり固めとる最中なので」

「ああ、あのゼリーなのに塩味の地味なヤツな？」

「……そないな事言っとると京都が襲いかかってきますえ？」

「京都って変形するのかよ……」

電子レンジで一〇秒くらい軽く温めて溶かすらしい、ブルー練乳味とかいう透明なデカいカップのかき氷を袋から取り出しながら、鰐口鋸刃が井上の方を顎で指した。

「顔、顔。絵の具ついてるぜ」

指摘されたが、井上ラスペツィアは安易に指などやらない。薄手の手袋をしていても油断はできない、ＡＢ型の赤い鉄剤塗料で指先を汚したらそこから体のどこにつくか分かったものではないのだ。作業は中断。後で小瓶のテレビン油を使おうとだけ心にメモしておく。

鰐口鋸刃はけらけらと笑いながら、

「まったくダサいなあ。だから日陰の美術部はダメなんだよ、何で美意識は高くてやたらと作品作りにはこだわるくせに自分の身だしなみにそいつを反映できないんだ。ぷっぷー。そもそもお前ってヤツは格好にこだわるなら服装っていうかまず姿勢だろ、そういう俯きボソボソ声の猫背をだな、それじゃチーフにも嫌われるんじゃ……」

「愛寄ひよこちゃん」

「やっやめろよ！　その名前はもう捨てた、あたしには格好良いリングネームがある!!　チーフも絶賛してくれる例のヤツが!!」

鰐口鋸刃は両手をクロスして急に防御の構えを取った。

反撃として成立はしているらしい。

ちなみに同じ部屋にてっぺんの女貞木小路楓がいないと、空気の質も変わる。女の子同士でべたべたとかもしない。

関係性は繋がる人間で変わる訳だ。

「それより缶切りない？　缶切りだよ缶切り、えーと缶詰を開ける時に使う……」

「人を馬鹿だと思っとるんどすえ？　それくらいは分かります」

言って、いったん右手を塞いでいた小振りな金属ヤスリをテーブルに置くと、その辺にあった道具を摑んで適当に放り投げる井上。

合成皮革の鞘に収まった馬鹿デカいナイフだ。鍔の先に鉤爪みたいな出っ張りがあり、そこが缶切りになっているのだ。もちろん接近戦で敵の額を叩き割るのにも使えるが。

片手で適当に受け取った鰐口だったが、そこで何かに気づいた。

「あれ？　これチーフのツールじゃね？」

「……、」

「おまえっ、さては『また』チーフの私物自分の部屋に持ち帰ってやがったな!?　いっつもそうだ。チーフがちょっと隙を見せるとこっそり下着やハンカチを……」

だって二次元は最高だが匂いもぬくもりもないのだ。

枕の素体に彼女の香りをつければ二次元も浮気にはならないと思うし。

「そないな事言われましても、証拠はピカピカに隠滅してから楓には気づかれないようそっとお返ししておりますので何一つ証明はできへんどすなあ」

「ひどい！　あたしもチーフの留守中に部屋のベッドに潜り込んだ事しかないのに!!」

「…………………………………………………………詳しく説明するか黙って一一〇番かどっちがええんどす？」

…………………………………………………………

ぎゃあぎゃあ言い合いながらも、だ。

作業の邪魔になるのか、鰐口鋸刃はいちいち合成皮革の鞘から片刃の大型ナイフを抜いて、鍔の部分を缶の縁に押し当てる。気軽にジャコジャコ缶の蓋を開けていく。手慣れているなんて次元ではない、電動ミシンみたいに素早かった。

井上ラスペツィアはやや呆れた調子で、

「コンビニ行ってきたんでしょう？　ていうかイマドキ、缶切り使わんと開かへん缶詰なんて並んでおるものなんどすえ」

「投げ売りのサバ缶とか結構普通に缶切り必須だぜ？　たまにごっそり消えてるから変な需要があるんだよな……。あと、かき氷をデコる時に限ってはこういう昔ながらのフルーツの缶詰が一番美味いんだよ。チーフが教えてくれたっ。毒々しいシロップ漬けのみかんのヤツ！」

凶暴な舌なめずりすら交えて幼い鰐口がそう答えた。

蓋を開けて缶自体を逆さに振り、コンビニかき氷に自分アレンジを加えていく。さらに上から強炭酸のサイダーまで注いでいた。完全に、一二歳という若さのみで糖分をガードする力任せの作戦だ。あと電子レンジでちょっと溶かす件はどこ行った？

鰐口鋸刃はコンビニでもらえる、プラスチックの太いストローとスプーンが一緒になったヤツで巨大なかき氷をじゃこじゃこ崩しながら、

「それよりあっちどうなってんの？」

「物音ないけど生きてると思いますえ……。自殺できそうな小道具は全部除いておりますし」

「全部？　じゃあ歯も抜いたのか、舌を噛んだり太い血管を喰い千切ったり色々できるだろ」

「……自分から洗面器に顔突っ込んで溺れて死ぬのと一緒で、実際には人質管理で考慮の必要ない微小な数値って結論は話し合いで出とりまへんでしたっけ？」

とはいえ一度様子を見に行こう。

女貞木小路楓の新しいお友達とやらを。

井上ラスペツィアの方は作りかけの証拠を広げた英字新聞の上に置くと、手袋を外して指先に保湿クリームを塗り込んでいく。ザクザクというかき氷を掘る音に顔をしかめているところを見ると、自分の作品に微細な水滴が跳ねるリスクを恐れているのかもしれない。

井上がそっと静かに睨んでくるので、鰐口鋸刃は追加でサイダーを投入して半分液状化したかき氷を一気に喉へ流し込む。みかんの缶詰の存在を忘れていたのか喉に詰まらせてド派手に咳き込み、さらに美術部少女から強く睨まれていたが。

二人で長い通路を歩く。

そこにあるドアを開けた途端、空気が変わった。

むわっ、と暖かくて湿っぽい流れを受けて、井上ラスペツィアがわずかに顔をしかめる。他人の部屋に来たようだった。実際、それは間違いでもないのだろう。ここにはもう一週間も一人の少女を詰め込んでいるので、彼女の匂いが部屋を支配し始めていてもおかしくはない。

室内から、弱々しい呻きがあった。

少女のものだ。


「う……」


華野超美。

ユニットバスに似た構造の部屋だが、窓はなく、自殺を防止するため最低限の備品しかないこの部屋にはシャワーのホースはないし、蛇口には針金をきつく巻いて固めてあった。湿気で濡れたタイルの床に、長く放っておかれた埃っぽいコンセント。そして鋼管には雑に手錠が取りつけてあり、彼女の片手と繋がっていた。

鰐口鋸刃は腰に片手をやって、

「生ぬるいんだよ、どうせ追い詰めるならトイレも止めちまえば良いんだ」

「……それ掃除するのイヤどすえ、ただでさえ死体の処分で手間取ってはるのに」

人の精神を突き崩しロボットのように従わせるのに、必ずしも暴力というカードはいらない。苦痛は『耐え難い』を生み出すカードの一枚に過ぎないのだ。対象の感性では絶対にあり得ない環境に放り込み、逃げ場をなくす。これだけで容易に人のロジックは壊滅する。

例えば。

七月七日から実に一週間。お風呂に入る事もできず着替えもできない、下着を替える事すら許されない。年頃の女の子には、これだけで『耐え難い時間』の連続に苛まれる形になる。

拷問どころか指一本触れる必要さえない。

こういう時は、服は脱がさない方がむしろ不快度は上がる。

『暗部』でそれなり以上に人を苦しめてきた二人には良く分かる。

「……とっさに、似合わない香水振り撒いておったようどすけれど」

っ、と俯いたまま華野の肩が軽く震える。

「地味な見た目とはチグハグだからバレバレどす、アンタが使うにはオトナで高級過ぎますもの。ウチの持っとる有機溶剤使えばそういうのは全部溶かして無効化できますから、訓練された犬を使っても追跡不能どすえ」

「あるいは『猟犬部隊』辺りが持ってるオモチャでもな？」

きひひと鰐口は笑って付け足す。人の望みを折るのが楽しくて仕方がない、といった顔。

井上ラスペツィアはボソボソ声で、

「……小細工と言ってもこの程度。楓は面白い技術を持った仲間が増えるかもしれへんって言ってはりましたけど、どう思いますえ……？」

「さあね、また顔じゃね？　あの人、脅える小動物系に目がないし。どのみち決定するのはあたしじゃない。自分がした訳でもないチーフの決定に、必ず従うとも言っていないけど」

井上ラスペツィアと鰐口鋸刃の口振りに焦りや苛立ちはなかった。

本気で仲間になるとは思っていない。

死体を処分する下部組織が戻ってくるまでの間にオチれば拾うし、ダメなら殺す。元々殺す方が前提で、奇跡が起きたら作業を中断してやる、程度の考えなのだ。

実際、華野超美を生かしておかないといけない切迫した理由は何もない。

悪趣味な拷問をするメリットさえも。

麦野沈利対策についてはいちいち襲撃して脅威を排除するまでもなく、こちら側が行方を晦ませれば成立するのだ。口座凍結を始めとして、放っておいてもじわじわ首は締まっていく。あそこを攻撃すれば漁夫の利を得られる、と周囲の人間に思わせられれば後は勝手に。わざわざ華野超美の口を割らせて個人情報や隠れ家などの秘密を手に入れなくても良い。

むしろ、さっさと殺して捨てたい側からすれば、これから死体になる人の体に余計な傷をつけるとそれがいらない証拠になりかねない。

ただ、これはあくまでも理性的に利害を計算した話。

元々ケンカっ早い人間が、仲間の一人を殺されておいて何もしないという選択肢を選べるかはまた別の次元だ。これを放っておいて楓の手が噛まれるのもアレだし。

「言う事聞かないなら締めちゃえば？」

鰐口鋸刃がかるーく言った。

びくっ‼　と鎖で繋がれた華野超美の肩が大きく震える。

一二歳の少女からすれば、明らかに年上の女が呑まれている状況が楽しいのかもしれない。

好戦的に笑いながら、さらにこう告げる。

「頸動脈をやっちゃうと一〇秒保たずにオチちゃうけど、気管だったら結構長い間苦しめられるよ。溺死の恐怖を演出できる。締め方次第では胃袋を暴れさせる事もできるけど」

「……ダメ。アンタが面白がったら首の骨を砕いてしまいはるでしょ」

「そうだけどー、そっちもムカついてんだろ？」

「でも楓は復讐を望んでおらへんどす」

「またチーフ」

「でもアンタもここだけは従いはるでしょ？」

華野はテニスの審判みたいに視線を左右に振っていた。自分の命や人生が関わっているからだろう。それにしても見ていて哀れなくらいだ。

とはいえ、追い詰めるためにわざと聞かせている会話でもあるのだが。

こちらの『アイテム』にも下部組織はあるが、便利な雑用係は緊急の用件とかで上に取り上げられてしまった。おかげで死体の処分を任せられないので、安易に人も殺せない。

楓がわざわざ用意してくれた秘密のアジトなのだ。好きな人に服を買ってもらったと思えば良い。死体を転がしてそこらじゅうに腐臭を染み込ませるのは避けたいし。

「手下ども、いつになったら帰ってくると思う？」

「さあ……？」

「ていうか、一円にもならねえ人質とかほんと邪魔。いつまで餌やりするんだよこいつ？　律儀に下部組織を待つ必要ってあるのかね」

「……実はあんまりどす」

井上ラスペツィアは俯いてボソボソと否定する。

「ようは、隠れ家に死体の匂いや腐った汁がこびりつくのが嫌だから殺せへん、ってだけの話どすえ……。腐敗の進行自体は止められへんけど、死体を裸に剝いて全身くまなくニスやペンキで分厚く塗り潰せば証拠となる人体の死臭原因物質の粒子も含めて外には何も溢れまへん……。ゴムやビニールでパック詰めするのと一緒。カチコチに固まりはったペンキ人形は部屋の隅っこにでも置いて、後で戻ってきた下部組織か、あるいは腐乱死体専門の職人にでもお金を積んで改めて処分させれば良いんどす」

ばっ、だ、や……と華野超美の口から何か音がいくつかこぼれた。死んでもそこで終わらない、その先にもまだ得体の知れない屈辱が待っている事は予想外だったのか。

だけど明確な言葉にならない。

何かしら意志を伝えてしまえば、イエスでもノーでも破滅的にレールが切り替わる。そんな恐怖に囚われているのだろう。

構わず鰐口鋸刃はこう続けた。

「できるの美術部？」

「楓の許可さえ下りれば」

「チーフにちょっとでも危険が及ぶなら今すぐヤっちゃうべきだ」

「楓が哀しむかもしれへんならここは『待ち』に徹するべきどす」

それは明確な一線だ。

井上と鰐口はそれぞれ同時にドアの方に目をやった。

ここには女貞木小路楓はいない。いつもの瞑想中だ、つまり大きな鏡の前で自分着せ替えをして自撮りの撮影会に勤しむとも言う。馬鹿馬鹿しいが警備厳重な常盤台の学生寮を抜け出しているのだ、本気度が違う。邪魔をすると結構マジで叱られるので注意が必要なヤツだ。

ややあって、鰐口鋸刃はコキコキと首を鳴らす。

「……チーフ、あんまりこっちに興味なさそうだけど？」

「明確に許可が下りてへんうちはイヤどす。勝手にやって楓に叱られるのはアレどすし」

「ああ。アンタの嘘泣き、何故かチーフにだけは通じないんだよなー。あたしだってドン引きして思わず拳を止めちまうのに」

「ふふ、だから楓は面白いんどす。世界で一人、三次元でも騙されへんのは彼女だけ……」

もちろん鰐口鋸刃の商材は殺傷力だ。床に埃や汚れを見つけたら掃除機を手に取るのと同じ感覚で彼女は拳を握って関節を壊す。

とはいえ、

（……芸術系はモチベとテンションで仕事の質が変わるからなー。これがあたしみたいな体育会系ならグーで殴って命令に従えでおしまいなのにい）

「ふむ」

鰐口鋸刃は適当に声を出した。

それから、じっと華野超美を眺める。

沈黙によって間が保たない時、とっさに笑みを浮かべてしまうのは日本人にとってもう反射的な行動になっていると思う。華野超美もそうなった。本人的に幸せかどうかはさておいて、今ここで相手を怒らせてはならないという防衛本能が働いたと言うべきか。

コロシアムの処刑人は頷いて。

井上ラスペツィアに止める暇もなかった。

小さな処刑人は人質の顔のど真ん中へ、意味もなく握った拳を叩き込んだ。

咳き込む音と泣き声はどこか水っぽかった。自分の血で呼吸が詰まったのかもしれない。

「……怒りますえ？」

「悪い悪い。今は何もできないだろっていう目つきにイラついちゃって☆　早くもチーフのお気に入りになったＶＩＰサマ気分かよって」

「よりにもよって鼻なんて、血ぃが壁や床に飛び散って掃除が大変どすえ」

「怒るトコそこなの。やっぱあたしよりイライラしてない？　チーフとの時間取られて」

牢として使っている部屋を出ながら適当に鰐口鋸刃は謝っていた。

井上ラスペツィアは両手を腰にやって、

「さっきコンビニから帰ってきはったんでしょ。出入口の周り、チェックしはりました？」

「進入路が限られているって言っても、まさか真正面からは来ねえだろ。あたしだって近づきたくない、身内が仕掛けた罠で死ぬ気はないよ」

「トラップを組み立てはったのは楓どすけど、隠すためにウチも頑張ったんどす。うふふ、これも共同作業になるんどすえ？　昔の戦争では、石炭や瓦礫そっくりに絵の具を塗って角を削った爆薬の塊を敵地に置いてパニックを起こしとったんどすって……」

「凝り性」

「……断言して良いどす。ウチと楓が作ったあのハイロウミックスは、絶対にバレまへん」

「となるとアブないのは裏口か。あたし達が想定していない抜け穴を探しているのか、あるいは自分で穴でも掘ってくるか」

6

「……ところがどっこい真正面って訳よ」

暗闇の中、フレンダはペンチに似た形の多機能な万能ナイフ片手にニヤついていた。

すでに夜、というだけでもない。

例の廃棄列車隧道は第一一学区に普通にあった。トンネルと言っても山をくり貫くのではなく、街中の下り坂から地下へ潜っていく形だ。半円形の出入口は人が迷い込まないよう金網のフェンスで塞がれていたが、申し訳程度のものでしかない。

麦野沈利、滝壺理后、絹旗最愛。

『アイテム』の面々を先導する形で、フレンダ＝セイヴェルンが一歩前に出て作業している。

ジャージ少女の滝壺は無表情で首を傾げて、

「分かるの、トラップ？」

「信じてないのについてきたんだとしたら結局その度胸は買う訳よ」

フレンダは工具を使ってカラフルなコードを切断しながら、

「トラップっていうのは大きく分けて二種類あるの。ハイテクを使った電子機器か、あるいは逆に原始的でシンプルか」

「シンプルって、落とし穴とか？」

「そうそう。あれは発祥こそ紀元前からあるけど、ベトナムで一気に洗練した技術だね。スコップ一つで作れて火薬や金属の反応もしないし、今でも地雷より怖いトラップな訳よ」

滝壺(たきつぼ)は冗談のつもりで言ったのかもしれないが、フレンダは作業しつつ大真面目に頷(うなず)いていた。

「どっちも一長一短なんだよね。目には見えないレーザーや超音波を使うハイテクトラップは一見便利なんだけど、専門のカメラやセンサーを使えばあっさりバレる。そもそも電気を使う時点で必ず周囲に微弱な磁力は発生してしまう訳だし。ほら、常にソナーを撒(ま)き散(ち)らしている潜水艦って自殺行為でしょ？　……そういう意味では逆に、木やガラスで作ったシンプルな地雷なんかは原始的だけど金属探知機をすり抜ける怖さがあるから油断はできない訳よ。まあこっちはこっちで、湿気や衝撃に弱くて簡単に不発弾になっちゃうんだけどね」

「ふうん。じゃあ超どっちが便利なんですか？」

「決まっていないの。だから、そういった複数の方式を混ぜて使うのが最適なトラップの運用法って訳」

適当に言いながら、フレンダは金属のキャップに付け替えたペットボトルを横にどけた。液体の中に密閉された小瓶が沈めてあるので、おそらく混ぜるな危険の洗剤爆弾だろう。ただフレンダが触れなければ普通のゴミとして埋没していた。

「ハイロウミックス、元々は戦闘機辺りの用語だったと思うけどね。でも結局、始めから高低混合で来るってあたりをつけていれば怖くない」

「とは言っても、一つでも見逃せばドカンだぞ。いや爆発するとは限らないけど」

「……結局、匂いが鼻につくんだよね」

麦野の言葉にフレンダ＝セイヴェルンは即答した。

おそらく日本のものではないアリを大量に詰めた虫かごの蓋をダクトテープで封じて、

「向こうにとっても即席だったのかな？　カムフラージュで使ってる絵の具やテレビン油の匂いがする。もちろん敵が残したヒントなんて一〇〇％は信じるつもりないけど、でも多分これ、作戦じゃない。結局こいつ自信満々な顔して凡ミスしてる訳よ。プロも結構やるんだけど、元から塗料の匂いにまみれていると意外と気づけないんだよなーこれが」

地雷原は単純だけど最強だ。

何しろ殴り合いと違って、仕掛けた側はダメージを受けずに敵を倒せるのだから。

だけど仕掛けた側は、苦労して敷設したからこそ、まさか分厚いトラップの海をすり抜けて敵の軍勢が馬鹿正直にまっすぐやってくるだなんて思わない。

確かな技術に裏打ちさえされていれば、正面突破は奇襲作戦として成立するのだ。

フレンダは両手が塞がったまま、

「滝壺（たきつぼ）、結局ちょっと給水お願い」

「はいはい。このストロー付きのボトル？」

「サバ缶もー」

「ほんとに必要？」

もくもく口を動かしているフレンダの作業の頻度は次第に少なくなっていき、やがて完全になくなった。分厚いトラップの海を越えたのだ。フレンダ自身はさらに『油断させておいて』をしばらく警戒していたようだったが、結局それ以上仕事はやってこなかった。

「『夜鷹（よたか）』が近いんだ」

正面を睨（にら）んで、麦野（むぎの）がこう呟（つぶや）いた。

「自分のトラップに自分が巻き込まれるリスクを恐れているのよ。だから、トラップは遠く離れた出入口の周りにしか仕掛けていなかった」

廃棄されたトンネルとはいえ送電網は生きているため、作業用の蛍光灯も点灯していた。もちろん連中のホーム。いきなり明かりを全部消して真っ暗にされる可能性もあるので自前のケータイは手放せないが、ライトなしでも薄暗闇の奥に先端が極端に尖（とが）った巨大なシルエットが見える。

上級高速列車『夜鷹（よたか）』。

『敵対アイテム』が追跡を受けた時に身を隠す、隠れ家の中でも頼みの綱。緊急避難場所（スマートシェルター）。

ギュイ、という軋むような音があった。

絹旗が強く前に出た直後、爆音と共に彼女の体が後ろへぶっ飛んだ。庇われたフレンダがとっさに伏せたまま目を白黒している。

「えっえっ？」

「けほっ、何か超います！　気をつけて‼」

闇の奥に、八本脚の何かがあった。

しかも複数。

ドラム缶型のボディは学園都市ならどこでも走り回っている警備ロボット辺りを参考にして組み上げたからだろう。異様に長い八本脚に似合わない胴体の側面には五〇口径の太い機銃が無理矢理くくりつけられている。絹旗は窒素の盾ごとあれで薙ぎ倒されたらしい。

麦野もまた舌打ちして、『原子崩し』を解き放つ。

自分の体で滝壺を庇いつつ、

「チッ、ここは電波を遮断する分厚いトンネルの中なんだろ⁉」

「同じトンネル内部なら電波は届く、電車の中から操っていたらリモートはありえる」

とはいえ列車用の高圧電線の直近だ。まともな操縦電波が使えるとは思えない。実際にはほとんど自律戦闘に特化、と考えて間違いないだろう。

ただし、

「……カメラがついてるって事は、向こうも私達の動きに気づいたか。ここから先は時間勝負だ！　フレンダ、密閉されたトンネルだからってビビってないで爆弾取り出せ！　それから滝壺!!」

「分かってる」

囁きながら、滝壺理后はジャージのポケットから何かを取り出した。

シャープペンシルの芯のケースに似ているが、中に入っているのは白い粉末状の不気味な何かだ。

「今日は使う。というか、そもそも最初から『体晶』ではなののＡＩＭ拡散力場を記録しておけばこんな事にはならなかった。私が寿命を惜しんだから、はなのの命が危なくなってる。だからもう、『敵対アイテム』がどうしようがこのトンネルからは逃がさない。絶対に、何があっても」

それは自らの命を化学的に縮めると言っているようなものだ。

化学の世界である以上一足す一は二になるしかない。三とか四とか奇跡が入り込む余地はない。それで構わないと滝壺は言外に言っていた。華野超美には、そうするだけの大きな価値があると。

身を起こした絹旗は歯を食いしばって両腕でガードを固めつつ真正面から強引に機銃掃射を押さえ込み、前進して八本脚のドラム缶を拳で黙らせつつ、

「滝壺さんの能力って超そんなにすごいんですか？」

「すごいっていうか、結局いやらしい能力な訳よ！　っ、麦野とは違った意味で絶対にぶつかりたくない能力者っていうか!!」

「今えっちって言った子許さないから」

この爆音が飛び交う中で微妙にズレた事を言いながら、滝壺は手の甲に乗せた粉末を舌の先でそっと舐めた。

向こうに華野超美を生かしておかなければならない理由は特にない。

とにかく時間勝負なので、先端がやたらと尖った一〇両以上ある車両を外から一つ一つ、奇襲や反撃を警戒しながら中の様子を窺うのは相当骨が折れるだろう。普通に考えればほぼ不可能。でもそれも、滝壺の『能力追跡』があれば話は変わる。ざっと景色を眺めただけで、無能力者だろうが超能力者だろうが、その体から微弱に発せられる力を正確に受信して位置を特定する。そして一度でも『記録』が済んでしまえば、太陽系の外へ逃げたって滝壺は獲物を追跡し続けられる。

トラップや無人機に頼り切りな辺りからも分かる通り、今は全ての下部組織はよそに駆り出されている。広い列車には『敵対アイテム』の生き残り三人と人質の華野超美の四人しかいない。

ようは、人の反応が集まっている車両を特定すれば良い。

「まだできる……」

気味の悪い汗でびっしょりになりながらも、絞り出すように滝壺は囁く。

その上で改めて怪しい車両を覗いて華野がいればすぐさま力業で保護し、いなければ全員敵だ、三人揃っている場合は粉々に吹っ飛ばしてしまっても脅威を取り除いて人質を助けた事にはなる。

「人がいる場所の特定をしてからむぎのやフレンダが本気出して一発で列車の壁をぶち抜けば、まだはなのは助けられる……ッ!!」

この一手で間違いなく状況が動く。

だからこそ滝壺も危険と分かっている『体晶』の使用を躊躇わなかったのだ。

いい、

しかし、

「……？」

「滝壺？」

無表情ながらもわずかに眉をひそめた滝壺理后に、修正テープに似た爆発物を使って八本脚のドラム缶を焼き切りつつもフレンダ＝セイヴェルンが振り返って質問した。

ジャージ少女の動きが固まっていた。

そのまま言う。

「いない」

「なに、どういう事だ？」

「誰の反応もない。この列車は空っぽで誰もいない!!」

7

「スイッチ押した？」

「押しましたえー……」

　蛇口が針金で塞がれたバスタブや洗面所。ユニットバスに似た造りの部屋で行う鰐口鋸刃と井上ラスペツィアのやり取りを、鋼管に手錠で繋がれたまま人質の華野超美はぼんやりと眺めていた。

　疑問の空気を感じ取ったのだろう。あるいは、一仕事やり終えて緊張から解放されたせいでもあるのか。鰐口の方が聞かれてもいないのに口を開く。

「おたくのお仲間、失敗したみたいだぞ」

「……、」

「ここは五つの隠れ家のどこでもない。あの間抜けどもぜんっぜん別の場所を襲ってやがったから、超音波通信のカメラで見ながらリモートのトラップ作動してトンネル内を全部毒ガスで埋め尽くしてやった」

「ま、探られとると分かれば二重底の下へ潜る事もできますから」

「これで死ぬかどうかは知らんけど、まあ少なくともアンタを救出するのは間に合わないだろー？」

きゅうっ、と華野超美の瞳孔が小さくなった。

その表情を楽しみながらも、井上ラスペツィアと鰐口鋸刃の会話は続く。

「……というか、普通に考えたらあそこはありまへんよね。女の子的に。楓なんか連れていけまへん。廃棄されたトンネルって虫とネズミの宝庫どすし」

「うー、思い出したらまた痒くなってきた、フトモモっ!!　住まいはやっぱり蚊や蠅の出ない高層階だよ。あと貨物ばっかりの第一一学区じゃコンビニ探すのも大変だろ、三時間に一回は補給しないと気が済まないあたし的にもパスパス」

と、何かに気づいた井上はスカートのポケットから携帯電話を取り出した。

メールを見てから顔を上げる。

「下部組織の方も片付きはりましたって。すぐ戻ってくるみたいどす」

「結局何だったの？」

電池少ない……と手元の携帯電話を見つめながら井上ラスペツィアはぼやいていた。一応壁の下の方には埃だらけの古いコンセントはあるが、充電ケーブルまでは持ってきていないのだろう。

「終わったからもう知ってても大丈夫みたいどすけど、何でも統括理事長の『窓のないビル』を襲いはったアホがいたんどすって」

「何だ、成功してりゃ良かったのに。くそったれなてっぺんさえいなくなればあたしとチーフがいちゃいちゃするだけのパラダイスが作れたぞ」

「ウチが全力で止めますわそないな地獄」

下部組織が元の所属に戻るという事は、死体処分のインフラも復活するという話だ。つまり華野超美を生かしておく理由は本当になくなる。

「さてー、それじゃ無事に『枷』も外れたところで。どう殺そうかなこれ？」

「悪趣味」

井上ラスペツィアはそっと息を吐いて、

「……ヤる前に、一応楓に聞いておけばどうどす？」

「冗談。ほんとに惜しけりゃ瞑想なんかやめてこっち来てるだろ。チーフはフラれたって死の気配に包まれてりゃ元は取れるんだし、飽きたら事故物件の材料にでもしておしまいだ。最初っから分かってる、ひとまずこれ殺さないとまずい。みんなで好き放題料理を頼みまくるくせに誰もピーマン食べないからあたしが全部もらう事になるんだ。あたしはみんなが嫌がるタスクを率先して終わらせる、ボランティア精神に溢れた聖女サマだよ」

くつくつと小さな少女は嗤って。

腰を折り、華野超美に顔を近づける。

「そもそも『暗部』にいるのに弱い方がおかしいんだよ。弱肉強食、このシンプルで美しいルールを守ってないのって愚かな人間くらいのもんだぜ？　でもそれも、まともな人間の集まりじゃない『暗部』の中じゃあ一切通じない。ここは、もっともっと純粋で簡潔な構造の世界なんだよ」

「（……強い方が勝って生き残る、か。一見傲慢どすけど、自分が弱いヤツ認定されていつ意地悪されるか分からへんから、ひたすら自分を強く見せたがりはるんどすねえ。ひよこちゃんったら。普段のゴムボールにぎにぎ筋トレも能力の方とは全く関係あらへんし）」

「全部聞こえてるぞ京都系なのに歴史のテスト赤点の人、あとリングネーム」

顔を赤くして咳払いする一二歳は普通に可愛いが、彼女は人間を潰して壊す専門家だ。手を緩めるつもりもないらしい。

（……救いは来いひん、どすか。楓のヤツ、自分で拾っておいて）

思うが、井上ラスペツィアは特に止めない。

よくある事ではあるからだ。

「ウチは暴力に興味あらへんから、終わるまで外で待ってて良いどす？」

「えーッ!?　あたしはこれでもパフォーマーだぜ、ギャラリーがいてくれなくちゃ盛り上がらないよ!!　ジムでサンドバッグ殴っている時だって周りにゃ人がいるもんなのに！　どうせいなくなるなら瞑想中のチーフ連れてきてよう」

「冗談。楓にこないなもん見せられまへん」

と、出ていく直前だった。

井上ラスペツィアの眉がぴくりと動いた。華野超美に何かある。いや、厳密には何も起きていないのが不自然だ。この状況で全く暴れないのは、逆に変だ。手錠で鋼管と手首を繋がれていて身動きが取れない？　黙っていれば殺される状況で、『だから』素直に諦めますなんて話になるか。

その余裕の空気に何かを感じ取る。

とっさに前へ一歩踏み込んだのは、やはりケンカっ早い鰐口鋸刃ではなく地味でボソボソ声の井上ラスペツィア。銀髪の美術部少女は華野超美の胸ぐらを片手で掴み上げると、強く手前に手を引く。ビリリという布を引き裂く音と共に半袖のセーラー服が破け、華野の胸元が露わになる。

控え目な胸を包んでいるのは、飾り気のないブラジャーだった。

その中央に何か引っかけてあった。それは単四の乾電池くらいの小さな円筒だった。

信管。

強烈な破壊力を持つ爆薬を完全かつ確定で起爆するために使う装置。とはいえ信管単体では爆竹よりは派手に破裂する、程度のものだ。

だけど意味もなく隠していたとは思えない。これが虎の子だとしたら、絶対に自分の命や人生を預けるだけの価値を見出していている。

「え」

井上ラスペツィアは絶句していた。それでも彼女は現実を放棄はしなかった。彼女の小さな鼻は、華野の下着に汗以外の匂いが染みついている事に気づいたのだ。

「液体爆薬どすえッッッ!!!?⁇」

対して。

「今日この日まで、一週間もあったんですよお……？」

華野超美は弱々しくも、確かに笑っていた。

前に、麦野沈利の地雷がどこにあるか教えてほしいとフレンダに聞いた時、自分で探せと断られた。あの時は冷たいなと思っていたが、そういう訳ではなかったのだ。

たとえ冗談でも自分が抱えた仲間の秘密はよそへ洩らさない。それができなければチームの中で信頼なんか獲得できないのだ。

つまり、結論はこう。

この終わり方が今できるベストか。

引き裂かれたセーラー服の胸元を隠す素振りもなく、どこか勝ち誇った様子で少女は言った。

「……悪党ならやっぱりい、服はぜえーんぶ脱がせておくべきだったと思いますけど」

ドガッッッ!!!!!!　と。

『敵対アイテム』の隠れ家が外から見ても分かるくらいド派手に爆発した。

8

9

フレンダ＝セイヴェルンは廃棄列車隧道から外に出ていた。

毒ガス、というのは『アイテム』へ仕掛けるには相性が良くなかった。まず高火力の麦野はガスを焼いて——つまり強制的に酸化させるなどで、別の化学式に置き換えて——無力化してしまえるし、密閉されたトンネルの中でフレンダが爆薬を使えば汚染空気を一気に外へ押し出せる。挙げ句に絹旗は『窒素装甲』、分厚い気体の壁を作って全身を防護する能力だ。

だけど、出し抜いたという感覚はなかった。

「早く車飛ばして!!　行け早くッ！」

麦野が叫ぶと、ギャリギャリ!!　とワンボックスカーのタイヤが悲鳴を上げた。

命令を飛ばす相手、下部組織の運転手が戻った時点でフェイズが繰り上がったのは明白。

運転手のヤンキーはひとまず大きな幹線道路へ車を合流させつつ、

「どっ、具体的にどこまで行けば!?」

「夜空に煙が上っているのは遠くからでも見えるでしょ。一秒でも早く!!」

そもそも、フレンダ＝セイヴェルンはもう分かっていた。爆薬のプロなら遠方から低く響いてきた音色だけで使われた爆薬の種類まで正確に判断できる。

若い運転手の男は目を剝いて、

「しんごうっ」

「赤だから何よ、アクセル以外考えんなッ!! そのまま真っ直ぐ!!!!!!」

全速力で大きな交差点に突っ込み、すれすれで黄色いスポーツカーをかわす。そこらじゅうからクラクションが連発するが、気にしていられない。

それでも永遠には続かない。

いくつかの学区をぶっ飛ばしたが、第一五学区に入った段階で流れが詰まった。

遠くの方でサイレンの音がいくつか重なっている。

「これ以上は無理っぽいっす!! 警備員が直接交通整理をしているみたいで……」

「チッ!!」

麦野達は最後まで聞かず、車の外に飛び出す。

こんな時でも呑気に飛行船は頭上をゆったり進んでいた。大画面は語る。

『ただ今、主要道路付近の建造物が火災を起こした関係で、各交通に影響が出ております。付近にお住まいの皆様は、高所からの落下物にもお気をつけください。より詳しい影響マップは交通管理センターや鉄道会社のホームページを参考にしていただき……』

遠くの方ではオレンジ色の光と、夜空に流れる黒煙があった。そして建物の根元では消防車や救急車と思しき車両の群れ。

よりにもよってここか。

誰もがそう思ったはずだ。

立入禁止のテープで遮られた方は、報道陣から個人のケータイまでカメラだらけだ。『暗部』に身を置く人間には近づき難い。ただ、エリアの外にまで様々なものが飛び散っていた。

鋭いガラスの破片、家具らしき黒焦げの残骸、そして猛犬に噛み千切られたような一冊。

海砂清柳のメイク術。

パラソル街で掘り出し物を見つけ、嬉しそうに両手で抱えていたのは、誰だったか。

誰も彼もが沈黙だった。

華野超美の救出作戦は失敗した。だけど今の爆発によって、『敵対アイテム』の居場所は完全に知れた事になる。それどころか、おそらく何人か仕留めているだろう。

でもそれじゃ意味がない。

どうしてそこまで気が回らなかった、華野超美。

フレンダ＝セイヴェルンの脳裏で、少し前にあった会話が蘇る。


『そうそう。お昼は良くやってくれたわね、華野』

『はあ』


そう。

元々はご褒美感覚だったのだ。


『そっちが頑張ってくれなきゃ保険会社のビルから情報抜き取れずに手詰まりだった訳よ。それで諦める麦野じゃないとは思うけど、でもかなりの力業になったはずだし』

『は、あはは……』


保険会社の常務さんに化けて器用に情報を抜き取ってくれた。

なのでそのお礼を渡す事で、『アイテム』という輪に加えたかった。全員が彼女を必要とする事を何か形にすれば、いつもびくびくしていた新入りの少女も安心できるかもと考えたのだ。

『だからこれは借り一個。なんかやってほしいコトはある？　あるいはモノでも良いけど』

『え、ええと、それならですねえ……』


出てきた答えは、正直に言って物騒だとは思った。

液体爆薬。

だけどそうしたものが必要とされるのもまた、『暗部(あんぶ)』という世界なんだと考えた。

間違っていただろうか？

あの時、華野(はなの)超美(ちょうび)は確かにホッと安堵(あんど)の表情を浮かべていたように見えていた。

それなのに。


『……マジか。結構アブないモノだけど』

『うーん。「暗部(あんぶ)」なんて世界に来ちゃいましたし、いざという時の備えと言いますかあ。あと、こういうのはフレンダさんに頼むのが一番だと思いまして』


しばし、だ。

火の粉や黒煙を眺めながら、フレンダ＝セイヴェルンは沈黙していた。

圧倒的な現実を前にして。

何もできなかった。

大勢の友達がいるから、何だ。携帯電話にずらりとアドレスが並んでいて、光も闇も様々な業界に伝手があって色んな話を聞けるからって、この空隙を埋める事ができるのか。

たった一人の誰かが死んでしまう事は、哀しい。

言うまでもなく、それは別の何かで補えるような代物じゃない。足し算引き算で納得できる話でもない。

華野超美は、死んではいけない人間だった。

常日頃から同じ『暗部』で共食いしている『アイテム』が何を、とは思う。だけどそんな正論を薙ぎ倒してでも、フレンダ＝セイヴェルンは強く思う。

足掻けよ。

どんなに情けなくても、みっともなくても。

『アイテム』の一員になった悪党が潔く死んでんじゃねえよ、馬鹿野郎、と。

やがて金髪少女は、誰にも理解できない言葉をこぼした。

「……結局、何がいざという時の備えよ。わざと大怪我して普通の病院の世話にならなきゃいけない状況作って敵を焦らせるとか、もっとやり方ってもんがあるでしょ……」

あの気弱な少女が、そこまで追い込まれたのだろう。

何もできずに終わるのは嫌だ。だからせめて、窮鼠が猫を噛んだのだろう。

愚かな選択だとは思う。

だけどその勇気は拾わなくてはならない。友達が、命を賭けて教えてくれたヒントがそびえている。誰の目にも隠す事のできない、『暗部』の小細工さえも通用しない黒煙と炎の形で。あれは起点だ。あそこから始めれば、誰がどこに逃げようが再び追い回せる。

(……あの野郎)

フレンダの頭が沸騰する。

同じ言葉でも、頭の中で当てはまる人物が変わっていく。

(あの野郎ッ!!)

大金はいらない。

人質も消え去った。

またもう一回、少女達の目的が切り替わった。

つまりは。

フレンダ＝セイヴェルンは一度だけきゅっと自分の唇を噛んでから、

「ブッチ殺すぞオ!!　パチモン『アイテム』がァああ!!!!!!」

悪党は、身勝手だ。

自分の行動は省みず、時には悪の側でありながら借りだの恩義だの暑苦しい正義の代用品を振りかざして、ただ他者の行為を非難し徹底的な打擲を加えていく。何か悪い事が起きれば自分の失敗よりも他の誰かに原因を求めたがる。

でも今だけはそれで良い。

何が学園都市第六位だ。何が『暗部』の天敵だ。

当たり前のモラルや言動に縛られて獲物を逃がすくらいなら、己の善性など全て捨てろ。今のままでは届かないのなら、全部。狼よ、あらゆる束縛から解き放たれて身軽になり、夜の街を走り丸々太ったブタの喉笛を牙で嚙み千切れ。

自らの意志でケダモノになれ。

怒れる少女の遠吠えが、夜の街へと響き渡る。

愚かな生け贄は最後の盾を失った。もはや『アイテム』を堰き止める交渉材料はない。

狩りの始まりだ。

行間　三

着替えている最中だった。

いきなり来た。

「はあ、ハア……」

瞑想と称する自分着せ替えの自撮り撮影会は寸断された。

三つ編みで要所を飾ったゆるふわ金髪にグラマラスな少女、女貞木小路楓は片手で頭を押さえ、横からぶつかるようにして体を壁に預けようとした。それだけで濡れた段ボールのように壁が崩れたため、慌てて踏み止まる。

停電していた。

天井のボードが落ちて無数の配線が垂れ下がり、断続的なスパークがこぼれ落ちている。おかげで暗闇でも光源には事欠かなかった。

「井上ちゃん、鰐口ちゃんも……？」

いきなり強打した頭が痛い。自分の口からこぼれた声はひどくしゃがれていて、まるで他人の声でも聞いているようだった。

何が起きた？

爆発？

ふらつきながらポケットを探るけど、携帯電話が見当たらない。この暗闇の中、のんびり這いつくばって探す気にもなれなかった。今はとにかく状況確認だ。

ガスを使うバスルームやキッチンまわりではなさそうだ。

とにかく名前を呼びながら、彼女達がいそうな場所を目指す。

怪しいのはやっぱり人質を閉じ込めていた部屋か。

近づく前から花火に似た匂いがあった。それから何か、焦げ臭い。ドアは内側から外に向けて吹っ飛んでいた。らしい。歪んだドアが転がっているのではなく、向かいの壁に無数の木片が突き刺さっていた。

「返事を、してちょうだい。いのうえ、ちゃ」

言葉が途切れる。

暗闇で足元がおぼつかない。おかげで何かを蹴飛ばしてしまった。サッカーボールのような、それでいてもっとずしりと重たいような。

人の頭だった。

井上ラスペツィア。

黒焦げで原形を留めないそれを見て、思わず女貞木小路楓は片手で口元を押さえる。目を背けた先に、何かが引っかかっていた。ハンガーを使ってコートを壁に掛けたようだが、でも違う。鋭い金属スクラップの雨に全身を貫かれ、壁にめり込んだままぴくりとも動かない……焦げた人間だった。

「わにぐ」

言いかけて、ギリギリで嘔吐を呑み込む。

人質が何かして爆発した。

感情は後で良い。今自分がすべき事を考えろ。この爆発は間違いなく外部に洩れている。今のままじゃ警備員はもちろん大手の報道陣から野次馬同然のネットニュース関係者まで大勢駆けつけてくるだろうし、麦野沈利達も巨大な目印を頼りにここまで迫ってくるだろう。

女貞木小路楓を中心とした『アイテム』は、三人も欠けてしまった。

今はもう彼女一人だけだ。

そう考えれば、破れかぶれの心中計画だって大きな意味を持つ。

個人の持つ能力など論じる段階でもない。

こういう時、感情に振り回されていたら八〇〇億も稼いだコロシアムは運営できない。相手は超能力者一人ではなくチームで動くのだ。つまり互いの弱点や死角を埋めるように。真正面から殴り合って、こちらが得する展開など何もないと考えるべき。

女貞木小路楓はどこまでいっても犯罪者としての頂点に君臨しているのだ。

コロシアムの運営や華野超美誘拐後の行動からも分かる通り、その基本スタンスは『群衆に紛れ、透明に溶ける事こそ最強』である。

そうなると、

「……逃げる」

即決だった。

能力の強い弱いに関係なく、いちいち仁王立ちで敵集団を待ち受けるなど論外も論外。

ここは確実にすり抜けろ。

殺すのなんて後でいくらでもできる。

「一刻も早く安全圏まで逃げ出して、力を蓄えるもん。人間についても同じように……」

一度決めてしまえば早かった。

元々はアロマキャンドルなどに使っていた、歪んだオイルライターを手に取る。最低限、ここに残しておけない資料や痕跡、後は一度は探すのを諦めたモバイルなどを拾い直して燃やして処分する。死体も焼け跡もそのままに、女貞木小路楓は常盤台の夏服一式と八〇〇億の詰まったスーツケースを掴む。砕け散った隠れ家を飛び出していく。

そこは第一五学区にある高級マンションだった。

より正確には、麦野達がアジトにしていた最上階の一階下だったが。

（牢にする部屋さえ決めておけばキホン防音はしっかりしているから人質を保管できるし、階層を貫く柱に装置をつけてわずかな振動から会話を盗聴するのも便利だったんだけれど……）

「天井もぶち抜いたって事は、連中の隠れ家も壊れたって話になるのかしら……」

真っ直ぐエレベーターに向かって、地上からエレベーターが上がってくるのを確認して方向転換。非常階段に出て、一階分だけ下に下りてから改めてエレベーターのボタンを押す。

当然だが、下りのボタンを押しても上がっていくエレベーターは反応しない。下から大挙して押し寄せてくる警備員や消防隊はたったこれだけでやり過ごせる。

やってきたエレベーターに乗って、彼女は地上を目指す。

フィフティーンベルズの下階層までやってくるが、どうせ表は赤色灯だらけだ。立入禁止テープギリギリまで集まっているであろう報道陣や野次馬のカメラに顔をさらす気もない。裏の職員用出入口から表に出た時だった。

「ブッチ殺すぞオ!!　パチモン『アイテム』がァああ!!!!!!」

群衆からの叫び声を耳にして、しかし女貞木小路楓は表情を動かさない。

顔の筋肉に全力を注ぐ。

相手はまだこちらに気づいていない。スーツケースを引きずり、常盤台（ときわだい）のお嬢様は静かにそっと爆発現場から離れていく。

能力は下手に使わない。

その気になれば万人を無意識に操る事もできる能力ではあるものの、派手に動いて逆に察知される愚は避けたい。

当たり前に普通である事こそ最強の迷彩なのだ。

まだ終わらない。

最後に勝った方が『アイテム』を名乗れると、一番初めから言っている。

第四章　超能力者(レベル5)は咆哮(ほうこう)する

1

七月二一日、午後八時。

「ふうっ……」

顔に大きなマスクをつけた夏服少女は、第三学区までやってきていた。いつも使っている化粧道具が焼け残っていてほんとに助かった。マスクは顔の特徴を大雑把に覆い隠せるが、肌との違和感を奇麗に潰さないと逆に悪目立ちするリスクもあるからだ。

女貞木小路楓(いぼたのきこうじかえで)。

すぐ近くをドラム缶型の警備ロボットが通り過ぎていったが、今は大丈夫。移動のパターンやレンズの向きを見るに、主に車道の交通整理任務だ。むしろ慌てて逃げ出す方が目立つ。そもそもこちらは犯罪者とはいえ、大々的に指名手配を受けている訳ではないのだし。

そして学園都市(がくえんとし)の中でも最も北に位置するこの学区は、多くの大企業が軒を連ねる高級オフイス街であると同時に、埼玉県側と出入りする北ゲートを備える場所でもある。したがって、自然とゲート関連の交通サービスやインフラも同居する格好になる。

　頭上をゆっくりと進む飛行船の大画面はこんな風に生活のアドバイスを放っていた。

『現在、北ゲートは若干の混雑が確認されております。概算で二、三〇分の余裕をもって行動すると時間的にはより安全でしょう。車両移動中の皆様は渋滞で路上待機する際はこまめにエンジンを切り、アイドリングによる排気の低減に努めるようご協力お願いいたします』

　熱帯夜だと道端のミストシャワーは不快だ。自分の汗でもないのに肌や服がべたつく。

　三枚羽の風力発電プロペラがくるくる回る中、小さな光が視界の端で躍った。

　浴衣を着たカップルが屈んで何かしている。どうやら線香花火でも楽しんでいるらしい。花火より構えたケータイのバックライトの方が目立っていた。ほんとに死ね。生粋のお嬢様は心の中で呪ってみる。消防アタッチメントをつけた警備ロボットの『見守り』機能は申請していないようなので、是非とも小火騒ぎでも起こして最悪の思い出を作ってほしい。

　要所を三つ編みで飾ったゆるふわ金髪を歩幅に合わせて揺らし、スーツケースを転がして、肩に膨らんだスポーツバッグも引っかけて、巨大な立体駐車場に似た建物へ入る。

　女貞木小路楓がやってきたのは、いわゆる長距離バスターミナルだった。

　より多くの大型バスを効率良く捌くため、発着場を上下に重ねる格好で拡張している施設だ。下の層にはタクシー乗り場や駐車場もあるようだが、メインはこっち。

内部はコンクリの駐車場よりはもうちょっと小奇麗にできている。鉄の看板と日焼けしたプラスチックのベンチ……なんて話ではなく、バス停横にあるガラスのボックスで守られた待合スペースには空港のラウンジのように大きなソファがいくつも並べてある。座席のボタンを押せば提携している喫茶店のウェイターが注文を取りに来てくれる形になっているのだ。

「C‐11、青森行きの『ハイウェイクレイドル』は……これかしら？」

女貞木小路楓（いぼたのきこうじかえで）は新調した携帯電話の電子チケットを眺めて英数字を確認し、目的の長距離バスの発着場へ向かう。まだバス自体は来ていないようなので、待つ必要がありそうだ。透明なドアを開け、コの字に折り曲げられたソファの空いているスペースを探して腰を下ろす。

「ふうっ」

（本当は第二三学区から飛行機で海外に逃げたいけれど、国際線は連中も網を張っているはず）

「ううー、ニースに行きたいもん。自由をちょうだい。でもそれは関東を抜けて、地方の国内線からさらに別の国際空港へ向かってからっ」

夜になっても交通機関まわりは混雑していた。彼女と同じくらいの中学生や、もっと下の小学生まで大きな荷物を抱えてその辺をうろうろしている。完全下校時刻で公共交通機関は止まるのが常だが、今日は違う。

二一日。

それなりに危険な状況で潜伏を続け、わざわざ今日まで待ったのにも理由がある。

何しろ夏休み初日なのだ。

総人口二三〇万人、その八割が何らかの学生。もちろん全員が街の『外』へ帰省するとは限らないが、それでも平素とは外出人口が圧倒的に違う。元々名門常盤台の学生寮だと外出はもちろん、外泊についても極めて厳しい対応をしているが（まあ女貞木小路楓は普段からちょこちょこ学生寮を抜け出してはいる訳だが）、夏休みの帰省であれば話は別。ちょっと人とは違う方法で書類の空欄は埋めていったが、これだけの人の波に身を隠してしまえば余計な追撃をされる心配もない。

ガロガロガロガロ、という太い音があった。

立体駐車場と同じく螺旋状のスロープを上ってくる形で、三〇人はゆったり足を伸ばして乗れそうな深夜バスがこちらへやってくる。

「……、」

女貞木小路楓は三人失って一人きり。対して麦野沈利側は四人も残っている。相手は超能力者だけではない。複数のサポート要員ありの状況で、こちらだけ単独でぶつかるのは分が悪い。力の大小ではなく、相性などの問題が発生したら最悪だ。

普通に考えれば劣勢も劣勢だが、逆に言えばまだ完全な決着はついていない。

最後に勝った方が『アイテム』を名乗れる、という条件は継続だ。

たった一人になっても良い。

仲間を集めて四人分の枠を埋めれば、『アイテム』はまたやり直せる。

待合スペースのソファで脚を組み、少女は傍らのスーツケースの表面を軽く掌で撫でる。

大人に与えられたのではなく、自分で作った居場所だ。知らない誰かに譲る道理はない。自分で。

つまり言い換えれば、女貞木小路楓にとって仲間とは隠れ家的な趣味の部屋に置くコレクションでしかない。見て触れて愛でる事はあっても、いつまでも喪失に嘆き続ける事はない。

『アイテム』のみんなを心の底から愛している。その気持ちに偽りはない。

ただ、哀しさは永遠に続かない。

新しく加えれば良いのだ。

もっと優れたコレクションを。もっと居心地の良い空間を作るために。

火事や災害で大事な宝物の山を失ったからと言って、だからもうやめるなんて話にはならない。生きていれば自然とまた集めていくのが愛情というものだ。

上に立って好きな人を眺める側からの、愛。

(……お金はいくらでもある。戦力自体は何度でも補充できるもん。そうなると今一番欲しいのは、自由。いったん行方を完全に晦ませて『追われている状況』自体を断ち切ってから、改めてゆっくりじっくり戦力を調達し、こっちから『追う状況』を作り直す。コインの表と裏をひっくり返すところから始めましょう。人のコレクションを奪った代償は払ってちょうだい)

「終わらせないわよ、アナタ……」

そのために必要なのは、麦野沈利らの追跡を確実に空振りさせ、大人達の力でじわじわ弱体化させつつ、女貞木小路楓側からは指一本触れずに連中のターンを終わらせる事。

つまり学園都市の外に出てしまう行為だ。

「どれだけ牙を剝こうがわたしが倒れない限り、『アイテム』という脅威は終わらないけれど。いくらでも増殖、再生してアナタ達を疲弊させてあげるもん」

2

「むぎの」

「おっけー、それじゃド派手にやるぞ」

3

巨大な打ち上げ花火みたいな爆発音が炸裂した。

そして胃が冷えるような縦揺れ。

直後、ふっ、と立体型バスターミナルの電気が全て落ちる。ただし、映画館のような真っ暗闇にはならなかった。立体駐車場と同じく元々完全には密閉されていないし、何より停電の直後に非常口を示すランプが一斉に点灯したからだ。

今までゆったりジャズを流していた室内環境スピーカーから非常用アナウンスが流れる。

ただしどうにも録音の合成音声っぽくない。

『あー、あっ、あー☆　これは訓練ではありません。結局ほんとに本気の対戦車ロケット砲だからみーんな早く避難してください。できるだけ巻き込まないつもりだけど、努力を怠る人の命は保証できないのであしからずな訳よ。繰り返します、これは訓練ではありません……』

最初、停電が起きても客達はポカンとしていた。

だけどもう一回、ドガンッ‼　と今度は至近で爆発が巻き起こった事で空気が一変する。

わっ‼　と四方八方へ大勢の客達が広がって逃げていく。

ガラスで囲まれた待合スペースの外は蜂の巣をつついたような騒ぎだ。

それはすぐに内部の客達にまで伝染していった。

『あとこの中にしれっと混じってるクソ一名‼　外は四方全部を空爆ＵＡＶとリモート擲弾砲で分厚く固めてある訳よ。結局、アンタが何をどう小細工しようが顔と歩行で群衆の中からしっかりプログラム識別してやるわ。この四角い檻が私達のコロシアムのリング。アンタだけはア‼　一歩でも迂闊に出たら結局反則扱いで粉々だぞおオオ‼‼‼』

「っ」

呪文のような言葉は、おそらく民間人には理解できない。くーばくゆーえーぶい、りもーとできだんほう。音を耳にできても頭の方で正しい言葉に変換するのが追い着いていない、とでも言うか。もし正しく分かっていたら、外に出ようとする足がギクリと止まったはずだ。

唯一。

理不尽な死は常にすぐ傍にあると知っている本物の悪党だけが、汗びっしょりになる。

（なんて無茶を……。学園都市で大型の空爆ＵＡＶなんて飛ばしたら空港のレーダーが反応するもん。派手な爆発もあるし、無人制御の『六枚羽』でも呼び込んで自分から死にたいの⁉）

いいや。

向こうからすれば構わないのか。元から無人機だから撃墜されても操縦者は傷一つつかないし、攻撃ヘリの『六枚羽』は女貞木小路楓もいっしょくたに狙ってくる可能性もある。

焦りに心臓を摑まれながらも、女貞木小路楓の冷静な部分はこう訴えていた。仮に群衆の中から標的を発見したとして、爆発物を投げ込んで仕留めようとすれば無差別殺人になる。そして本当にそこまでの覚悟があるなら、最初から無警告で四〇ミリの自動擲弾砲なり三〇〇キロ級の空対地ミサイルなりを建物に山ほど撃ち込んでくるはずだ。

しかし、だ。確かに普通なら考えられないが、本当の本当に頭の沸騰した『暗部』がどう出るか正確に予測はつくか。根拠もなく外へ飛び出しても大丈夫なのか？

地雷と一緒だ。あるかもしれない、というリスクだけで想像力が行動を阻害してくる。

（そうなると、外から見ても識別不能な手段で逃げ出すのがベター。つまりは屋根のある大きな乗り物に隠れて進むもん。できればバスの下、広々とした貨物スペースとか……ッ!!）

大型バスの前方にある昇降口から制服を着た男の運転手が慌てて下りてくるのを見て、女貞木小路楓はいよいよ目を剝いた。

重たいスーツケースを引きずり、ガラスのボックスから出ながら、

「ま、待ってちょうだい。長距離バスはここにあるもん、四〇〇メートルも進めば北ゲートがあるのよ。アナタ、だったらすぐに発車すれば……ッ!!」

「何故そうまでして今すぐ出発しなければならないんですか？　事件が起きているんです、これじゃどっちみち全線運休ですよ!!」

逃げるにしても車を走らせれば良いはずだが、わっ、と客達が一面広がっているため、大きなバスでは彼らを避けられないのか。運転手もまたそのまま群衆の中へ飛び込んでしまう。能力で人を操れば、とも思ったが彼女の力は機械の操作などの細かい指示出しには向かない。

（愚かな邪魔者なんか轢き殺せば良いものを……っ）

躊躇なく思考を実行に移せるのは『暗部』だけか。

女貞木小路楓は思わず取り残された大型バスの方へ視線を振って、

（……ここで戦ってもこちらの利はないけれど。このバスが動けばとりあえず街の『外』には出られるもん。な、何だったらわたしが自分でハンドルを握ってしまっても）

ズドン!!　という破壊音に身をすくめる。

今度はロケット砲ではなかった。ただ純粋にバスとバスが衝突した訳でもなさそうだ。

わずかにくぐもった響きは圧縮空気、あるいは窒素による強大な打撃の音か。

薄暗闇の中、遠くで何かが転がる。そっちにあるのもやっぱり別の深夜バスのようだった。

側面からの衝撃でくの字に歪(ゆが)んだ鉄塊が螺旋状(らせんじょう)のスロープを塞いでしまったのだ。

重さは五分、つまり体当たりでは蹴散らせない。これでもう、誰だろうが小回りの利(き)かない大型バスを走らせて突破する事はできなくなった。

「チッ!!」

邪魔な黒煙や粉塵を能力で裂いて視界を確保しつつ、だ。

こうなると、下手に街の『外』に出る事など拘泥(こうでい)しないで群衆に紛れてしまうべきだったか。

もし空爆UAVやリモート擲弾砲(てきだんほう)から逃れられないなら、もう一歩踏み込んで人質を取る手もあったはずだ。何しろ、爆発物で細かく狙いをつける事などできないのだから!

だがもう一般人はいない。バスターミナルに残っているのは女貞木小路楓(いぼたのきこうじかえで)だけだ。

「無駄だよ」

そっと、だった。

それでいて女貞木小路楓(いぼたのきこうじかえで)の胸の中心へ鋭く突き刺さるような、奇妙な声色。

壊れたバスの横を通り抜け、誰かが正面に立つ。

ピンクジャージの上着に短パンの少女だ。

「……出し惜しみはナシ。すでにもう『体晶』を使っている。あなたのＡＩＭ拡散力場は私が記録した。今さら行動を起こしても、宇宙でも深海でも、どこへ逃げても私は追跡できる」

薄暗闇の奥から聞こえる声の真意は、部外者の女貞木小路楓には完全に把握できない。

ただし、何かある。

向かってくるのはただの視線じゃない。じっとりと、至近距離から眉間に指を差されたようなむず痒い違和感を拭えない。どうやっても監視者は誤魔化せないと思い知らされる。

「あなたは逃げられない。私が生きている限り永遠に。だから、逃げたければ私を殺して超常の追跡を断つしかない。ルールは分かってもらえた？」

言われるまでもない。

女貞木小路楓は邪魔なスーツケースを蹴飛ばし、肩にかけたスポーツバッグも横に放り捨てた。こうなるとマスクも邪魔だ、わずかでも呼吸を阻害する布きれを外して足元に落とす。

確かにそんな追跡専門の能力があったら厄介極まりないが、逆に言えば能力は一人に一つだ。つまりこいつ、掌から炎を出したり雷を撒き散らしたり、といった直接殺傷力はない。

そもそも非力な位置情報系の能力者は茂みに隠れて狙撃銃でも構えるべきなのに、わざわざ正面に立った。馬鹿丸出し。ここまでお膳立てしてもらって殺してやらない理由がない。

が、女貞木小路楓は一歩前には出なかった。

むしろ後ろに下がった。

キュガッッッ!!!!!!　と横合いから恐るべき閃光が空間を薙いだ。立体駐車場に似た構造の長距離バスターミナル、その天井を支えるコンクリの太い柱がまとめて何本か吹き飛ばされる。もし何も気づかず挑みかかっていたら、最初の一発で上半身が丸ごと蒸発しただろう。

そう、これは『アイテム』と『アイテム』の戦い。

であれば彼女が出てこない道理はない。

「超能力者。むぎの、沈利イ!?」

「どうしたご自慢の第六位!?　この程度で剝がれてくれんじゃねえぞ、そのメッキ!!」

麦野沈利は、舌なめずりすら交えて大きく前へ踏み出した。

スーツケースに詰めた八〇〇億などどうでも良い。

そんな事より学園都市の小奇麗なメッキを、時間をかけて思う存分ズタズタにしたい。

つまり最優先は、

「絹旗!!」

「……超りょーかい。『釘づけ』は済みましたし、滝壺さん超拾って雲隠れしますよ」

滝壺の盾役、という最初のコンセプトに従って絹旗は滝壺の手を引く。そのまま暗闇の中へと軽やかに引っ込んでいく。

これで正解。

女貞木小路楓側の勝敗条件は『麦野沈利の撃破』ではなく『滝壺理后を殺して追跡を断つ』だ。優先順位を間違えると麦野側のメンバーがまた減ってしまう。

もう二度と許すか。

そして獲物のお嬢様もまた、もはや舌打ちを隠しもしなかった。

「チッ!! どいてちょうだい!」

「早く私を殺せよ、お嬢様。じゃないと滝壺が逃げちまうぞお?」

割って入るように、麦野沈利もまた体を横にずらす。

二人してじりじりと平行に歩く。

追う者と逃げる者がたった一つの作戦で丸ごとひっくり返る。ニヤニヤ笑う麦野沈利は狼の愉悦に浸りながら、同時に逃亡者としての利点まで女貞木小路楓から奪い尽くしていく。

常盤台のお嬢様はもう、逃げられない。

どんなに街の『外』へ抜け出したくてもこの場に踏み止まって戦うしかない。

「悪知恵ばかり回るもん……っ!」

「何が善玉かそっちの都合で勝手に決めるテメェと比べりゃ可愛い方だろ」

サディストも一つの才能だ。暴力はただの暴力。そこに甘い快楽を織り交ぜるには、ある種の発想の転換が必要になってくる。獲物がありふれた世界の何を重要視しているかは状況によって変わる。砂漠におけるコップ一杯の水や、生き埋め状況での一握りの空気のように。それを正確に読み取って手触りを確かめ、ピンポイントで破壊する。そんな才能。

　極まっていた。

　己の体を抱き締め、もはや全身から甘い壁を分厚く展開させて、麦野沈利は嘲笑う。

「殺し合いについては？　せっかくの共食いだ、どういう趣向にするよ？」

「……あらアナタ、こちらに一票がまだ残っているの。アナタが勝手に決めるのではなく」

「おいおい人を何だと思ってんのよ、せっかくてっぺん同士一対一のタイマンにしてんのよ。対話で敵を理解しなくちゃつまらないだろ」

「対話？　そうね」

　こちらもくすくすと嗤って、女貞木小路楓はこう告げた。

「冗談」

　ゴッッッ!!!!!!　と。

麦野沈利と女貞木小路楓。双方の掌から同時に何かが飛んだ。

　ルールの確認などいちいち待たない。互いが互いに仲間を殺し殺されている。ここまできて、会話で血の量が変わるだなんてぬるさを極めた展開はむしろ絶対にあり得ない。

4

それにしても、だ。

チリチリと心を焼きながら麦野沈利は考える。

空気を焼いて無人のバスを何台か立て続けに爆破した『原子崩し』の閃光は、まあ良い。

予想に反してくの字に折れたのは疑問だが、すでに見ている現象ではある。

とっさに横へ跳んで逆方向にかわした女貞木小路楓も、最初から決め打ちで奇襲が来るとヤマをかけていたのなら一発くらいはまぐれ回避もできただろう。

だが、女貞木小路楓側は何をした？

ピッと麦野の頬に小さな赤が走った。それは刃物に似た切り傷だ。

直後。

ドガッッッ!!!!!!　と麦野の背後でコンクリの壁が派手に抉れて吹き飛ばされた。まるで見えないクレーンの鉄球でも直撃したかのように。

初めて見た時からそうだった。

というか正確には、目には見えない。でも確かに存在する。

そんな殺傷力。

（……仮定で第六位。こいつ、具体的に一体どんな能力を使ってやがる⁉）

「ハハッ‼」

目を剝くのではなく、麦野沈利は嗤う。

緊張は、自分で御する事ができれば高揚や快楽に変わる。

スポーツ選手のゾーンのように。

絶叫マシンやホラー映画が巨額を生み出しているのだってスリルの安全な量産化だ。元から善や正義の真っ当な恩恵は得られない以上、何でも己の糧に変える悪食こそが日陰の悪党が生き残るための第一の原則。

したがって、ゴリゴリした胸の違和感を吞み込み、麦野は『原子崩し』を連射しながら前へ進む。標的を中心に左右へ細かく円を描くように、という消極のセオリーも全部無視して。

どっちみち、能力の詳細が分からなければ突撃も迂回もリスクは計算できない。

つまり今一番重要なのは、

（ゴリ押しでも良い、とにかくヤツに『受け身で能力を使わせる事』。そうすりゃこっちは自分の安全をキープしたままヤツの秘密を丸裸にできる‼）

機関銃を掃射すれば敵兵の足を止める事ができる。向こうから一発撃たれるのが嫌なら、こっちが先に一万発の弾丸で遮蔽物へ釘づけにしてしまうのが一番安全なのだ。外から指でつつかれ、首を出す事を恐れるあまり動けなくなった亀のように。

しかも、『原子崩し』の場合は釘づけに留まらない。

コンクリの柱や放置された大型バスでは遮蔽物にならず貫通する。麦野が回避行動を取るまでもなく大抵の敵なら連射するだけで逃げ回らせ、反撃のチャンスも与えず消し炭にする。

究極的に言えば、女貞木小路楓の能力なんて絶対に暴く必要はない。命を賭けて華野超美が鰐口はもちろん能力不明のまま井上もろとも吹っ飛ばした通り、それで全く構わない。

ただし、

「……アナタ、思い出してちょうだい。前に言ったのを覚えていないのかしら？」

弾幕の向こう側から言葉があった。

女貞木小路楓。彼女はこれだけの連打の中、言葉を返すだけの余裕を保持している。

「本気のバカなの？　麦野沈利のハイスコアは、血と勝利の味を覚えさせるために上の人間が事件の規模や難易度を調整されたリストを消化してきたから。イージーモードの依頼ならゴリ押しで解決できても、何でもアリの対人戦は難易度とか言っている段階じゃないもん」

バジュワ!!!!!!　と。

真正面だった。麦野が掌から放った分厚い閃光が、思ったよりも至近で弾け飛んで無数の光の飛沫を撒き散らしたのだ。

「っ!?」

「へえ。一発目はクロスして軌道を曲げちゃったけれど、きちんと重ねればこうなるのね」

束の間、時間が停止したような静寂。

一〇メートルほど離れた場所から、女貞木小路楓もまたこちらに掌をかざしている。

この状況で無傷というありえないハイスコアを、特に誇示するでもなく。

二人ともわずかに立ち止まり、視線と視線をぶつけていく。

示し合わせたように。

「……何をしやがった、第六位」

「当ててみなさいよ、超能力者」

直後に止まった時間が一気に高速で弾け飛んだ。

麦野沈利は無力化されると分かっている『原子崩し』を敢えて真正面から解き放ち、女貞木小路楓が掌をかざして極太の閃光を吹き散らす瞬間を狙ってダッシュ。身を低くしたまま光の飛沫の真下を潜り抜け、そのまま一気に標的の懐深くまで踏み込む。

低い位置から開いた掌で狙うのは、顔面。

右手を限界まで大きく開く。

(摑んでゼロまで密着して撃ち込んでも防がれるか試してやるよ、『暗部』の天敵第六位!!)

ゴッ!!　という太い轟音があった。

『原子崩し』ではない。空中でスピンする形で薙ぎ払われたのは麦野沈利の方だ。

片目を瞑り小さく舌まで出して、女貞木小路楓はそっと囁く。

「アナタ。そもそも、接触なんて許さないもん」

めり込んでいた。

バスの側面をべっこりへこませる格好で体を金属塊に埋めたまま、麦野は好戦的に笑う。

右のこめかみからどろりとした赤を垂らしていても、気にせずに。

「逆に言えば、顔を掴まれたら流石のアンタもまずい訳だ」

「あらあらアナタ、少しは想像してちょうだい。そう思わせるためのブラフかもよ？」

「だったら慌てて言葉は被せない。きちんと騙せている状況から、わざわざ軌道をよそに切り替える理由は何もないから」

女貞木小路楓は沈黙した。

正しい対応と言える。

しかし余計な事をしゃべりたくない、という内面の焦りが見えているようでは減点だ。

「……あと最初の一発目と違い、今私が喰らったのは分厚いコンクリの壁をぶっ壊すほどの破壊力でもない。何故？　今の一撃、別に手心を加えなくちゃならない理由は何もねえだろ」

爆発があった。

女貞木小路楓が離れた場所からそっと掌をかざし、麦野沈利が素早く横に転がる。三〇人は足を伸ばして座れる長距離バスが、猛犬に噛み潰されたアルミ缶のように千切れて転がる。

ディーゼル燃料の猛火に反応して、天井一面のスプリンクラーが人工の雨を降らせた。

それでも嗤っているのは麦野の方だ。

「ハッハハ!!　見えてきたぞ、浮かび上がってきたぜえ薄っぺらな第六位！　アンタの能力は私の『原子崩し』と違って威力は常に均一じゃない。覚悟で揺れる。そしてある程度の距離を取らないと自分の安全を保てないような『何か』だ!!」

「幸せな頭をしているのね、アナタ。敵のスペックを敵に向かって自慢してどうするの」

右に左に、であった。

スプリンクラーの雨を切り裂き、鋭く軌道を切り返して、今度は女貞木小路楓の側から麦野の懐へ鋭く肉薄していく。

本人が命知らずだから分かりにくいが、高火力『過ぎる』麦野の能力は本当の至近距離では相性が悪い。自分自身を巻き込みかねないからだ。まして女貞木小路楓はどういう訳か、『原子崩し』の太い直線を弾いて光の飛沫に変換する事ができる。そして光の一粒一粒であっても鉄をも溶かす破壊力は健在だ。あれを頭から被ったら麦野でも流石にまずい。

よって、懐を苦手とするのは麦野沈利も女貞木小路楓も同じなのだ。

気づいて麦野は構えながらも舌打ちする。

「チッ。それにしても、似た者同士って結論だけはやめてくれよ!!」

「心配しないでちょうだい。わたしはアナタと違って高次で気品に溢れているもん」

二人の手足が交差した。

そのまま『原子崩し』を放とうとする麦野沈利の手首を女貞木小路楓は横から外側に弾き、自らの能力に振り回される麦野の軸足をお嬢様の足が一気に払う。

(くそっ、名門校のセレブ女子は護身術も優雅に嗜んでいらっしゃるってか⁉)

元からバランスを崩していた麦野が完全に後ろへひっくり返ったところで、立ったまま女貞木小路楓が上から掌をかざす。

ボゴッッッ‼　と、コンクリの地面が大きく抉れてへこむ。

とっさに横に転がっていなければ、麦野の顔面がこうなっていただろう。

そして女貞木小路楓が一発きりで済ませなければならない理由は特にない。麦野側が大雑把に連射で制圧しようとしたのと同じように。

立て続けに床が抉れ、麦野は転がりつつ『原子崩し』を床に放ち反動で一気に跳躍。バスの屋根に足をつけると、女貞木小路楓は足場のバスを見えざる能力でバラバラに吹き飛ばす。

流石におかしいと思ったのかもしれない。

掌をかざしたまま眉をひそめる女貞木小路楓に、転がるバスの屋根からコンクリの床へ危なげなく着地した麦野がニタリと笑う。

「その能力は目に見えないけど、分かるんだよね」

「……、」

「アンタが今そうやっている掌もそうだし、能力使う時、ちょっと眉間に力入るでしょ？　あの図書館、初見で絹旗殺せなかったのは失敗だったな。ああ無理無理、自分のクセって分かっていても今すぐ直せるようなもんじゃないし。向きとタイミング。事前に来るのが分かっていれば怖くはないけど？」

　無視して女貞木小路楓は立て続けに能力を叩き込むが、麦野沈利はまた別のバスの下へ鋭く潜る。ひしゃげて宙を舞い、ゴロゴロと転がる長距離バスだが麦野はそこにいない。

「見えない能力」

　また別の場所。

　じゃり、と麦野は床に散らばったガラス片を分厚い靴底で軽く踏みつけながら、

「でも透明なガラスを透過もせずに砕いてしまうようだから、レーザーみたいな光じゃないな。金属でできたバスの壁やドアに当たっても火花を撒き散らさないって事は電磁波でもない。蛍光灯ってマイクロ波を浴びせると勝手に光り始めるって話もあったけど、反応ないし。あと見えない攻撃って残っているのは何と何かな？　超音波とか、風や気体のコントロールとか？」

「アナタ。ストレートに念動力って線もあるんじゃないかしら」

「ないだろ。そんな便利で長射程な上に高出力な能力なら、アンタは飛び道具に頼る必要すらない。逃げ回る私の体を直接掴んでクレーンゲームみたいに宙吊りにでもすれば良い」

　それに敵はわざわざ正解を発表しない。

その口から出るのは、自分にとって利益になる言葉か、後はつまらないミスだけだ。

麦野が今こうして、表情から情報を引き出して『確定』という利益を得たいのと同じく。

「私はすでにアンタの能力を二回喰らってる。最初は頬に掠って切り傷だけど、二発目、もろに直撃した時は打撃でぶっ飛ばされた。つまりこっちが正解。頬が切れたように見えたのは、ギリで外れた一撃に肌が強く引っ張られたからそうなったって感じかな。この分だと……」

ゴッ!! と何かが空間を薙いだ。

ただし麦野はコンクリの柱を蹴って宙返りし、腰の高さを抉る不可視の攻撃を回避。

曲芸を売りにしている訳ではないが、できないとは言っていない。

「圧力。それも自分から扇状に広げるってよりは、槍っぽく尖らせて圧で撃つ一点攻撃」

直後だった。

女貞木小路楓は弾かれたように右手を跳ね上げ、掌でもって真正面を照準する。

躊躇はしなかった。

「『殺傷圧撃』!!」

ゴッ!! とコンクリの柱は難なく砕かれるが麦野はそこにいない。

まるで闘牛士のように、超能力者は一歩横に立っている。

「ああ、名前を聞けば一発って感じね。でもそれは、答え合わせが済んで諦めちまったとしても口にするべきじゃなかった。パニクったか？　そっちの利にならねえだろ」

「アナタ……」

「水も空気も泥も溶岩もあらゆる粒子の流れは粘性を持ち、より抵抗の弱い方へ自然と流れていく、だっけか。確か流体力学の基本だったよな。つまり目には見えない分厚い圧を空中の一点に放てば、流れを持って突き進む私の『原子崩し』はそこを嫌って自分からねじ曲がるって話になる。川の水がど真ん中にある橋台を避けて進むようにね」

電気じゃない、とは初めて会った時に女貞木小路楓自身が話していた。

はっきり言って余計だ。

麦野自身、研究所を襲った時は手榴弾の爆風を力業の能力で正面から押し返している。『圧』そのものに特化した女貞木小路楓はそれ以上の事が起こせるのだろう。下手すると人間をダイヤにできるかもしれない。

「そして至近距離じゃ飛び道具の威力が落ちて当然よ。強大な圧を一点にぶつけるのは自由だけど、作用反作用の法則を押さえつけられるってほど便利なオモチャでもない。仮に私の体を砕いた場合、血肉や骨の破片が弾丸みたいな勢いで全方向へ発射されるって話だもんな。悪趣味な散弾銃の道連れを恐れる生存第一のアンタは、近づかれたら手加減するしかなくなる」

互いに睨み合う。

　ここまで来れば、もう隠すような段階でもない。

「絹旗とフレンダから聞いてるぜ。図書館で戦ってる最中、マイクがひとりでに宙を舞ったり、直接の飛び道具とは別にグリズリーをコントロールして場を混乱させたみたいじゃないか」

　ただし、

「重力だの動物を操る能力だのじゃない。例えば手元にないマイクをビリヤード感覚で力をぶつけて持ち上げたのもそう。例えば離れた場所にあるグリズリーの檻のスイッチを能力で押して開けたのもそう。例えば野生動物は歩くのが楽な場所を選んで何度も往復するから山や森に獣道ができるんだ、つまり微弱な力を当てて抵抗が強い所は自然と避けて歩くように仕向けたのもそう」

「ご明察……。『殺傷圧撃』があれば、目には見えない藪やくさむらをこちらから用意し、獣道を自由にデザインできるもん。操られている本人にすら気づかせない微弱な違和感でね」

　そこで、だ。

　麦野の声のトーンが一気に落ちる。

「……つまり、あの図書館で。華野超美が滝壺理后を連れて逃げたのも」

「ええアナタ。指示出しはアナタでも、わたしの方からある程度方向は操れたけれど？」

　こいつが余計な事さえしなければ、気弱なチワワ女は今も麦野の隣にいたはずなのだ。

　麦野沈利は直接その目で見ていないが、常盤台の中では何も知らないお嬢様達がひとりでに左右に分かれて女貞木小路楓に道を譲っていた。あれもこの応用技によるもの。

つまり、微弱な圧を放って遠ざけていた。

水も空気も虫も溶岩も粉も人間も、流動的に動く粒子として扱える群れは全て粘性を持ち、より抵抗の弱い方へ自然と流れていくようにできている。流体力学の基本だ。

(でも、能力の正体がこっちの分類なら私達で用意した切り札が通じる!!)

麦野は吼える。

女貞木小路楓を威圧するためでも自らの頭のリミッターを切るためでもない。

相手が一人しか残っていないだけで、そもそも『アイテム』はチーム戦である。

「フ、レ、ン、ダ!! ヤ、ツ、を、追、い、込、む、通、電、再、開!!!!!!」

呼応したのは蛍光灯だ。

薄暗闇が一気に吹き払われた。だけど得られるのは恩恵だけではない。

麦野沈利も女貞木小路楓も、すでにこれだけド派手に壁や天井を破壊しているのだ。あちこちから千切れた太いケーブルが垂れ下がっている。しかもバスが炎上している関係で、辺り一面はスプリンクラーで水浸しになっている。

こんな状態でいきなり停電から復旧したらどうなるか。

ばぢっ、という太いノイズがあった。

すでに麦野沈利は『原子崩し』を足元に放ち、反動に身を任せて適当なバスの屋根に跳び移っている。そして大型バスの分厚いゴムタイヤなら床から伝う通電を阻止してくれる。

「チッ!!」

女貞木小路楓は麦野沈利の『原子崩し』と違い反動を利用してのロケットっぽい使い方はできない。別のバスの金属壁を両手でベコベコにへこませ、ハシゴを上がる感覚で一気に屋根まで身を乗り上げる。

「何だ、てっきり吸盤みたいに手足で壁に張りつくもんだと思っていたのに。圧力を高める事はできても逆はできないのか？　おいおい名門常盤台のお嬢様って言ってもその程度かよ。ハッハ！　これで第六位？　汚い大人達にどんな応用研究ができるんだ!?　泣けるわー」

「っ、勝手に言ってなさいアナタ!!!!!!」

スタンガンなら一〇〇万ボルトを超えるモデルも普通に売られているが、そういう話ではない。電流の大きさや、体の一点だけバチンとやるか継続的に全身へ流し続けるかでも危険性は変わる。大電力設備で使う数百ボルトを導電性の高い水に伝わせた場合、人間くらい死んでしまう。

というか、それ以前の話としてだ。

バスとバス。殺人電流の谷を挟んで、屋根の上から女貞木小路楓が囁く。

「アナタ。八〇〇億を詰めたスーツケースは下に転がっているけれど。マネーカードはプラスチック製、スーツケースだって耐刃防弾って言っても樹脂製であるのは変わらないもん。殺人レベルの通電を広げたら溶けて癒着し、使い物にならなくなるわ！」

「……たかが八〇〇億だ？　今さらそんなもん欲しくて戦ってる訳ねえだろうが、クソ女」

躊躇(ちゅうちょ)なく『原子崩し(メルトダウナー)』が飛んだ。

女貞木小路楓(いぼたのきこうじかえで)は自前の能力で天井のパネルを破壊し、太い鋼管をねじり、振り子のように体を振って別のバスへと飛び移る。彼女の方も『殺傷圧撃(キラープレス)』を放ち、遠方から麦野沈利(むぎのしずり)を狙う。

互いに外した攻撃が見当違いの大破壊を起こす。コンクリの柱は折れ天井に亀裂が走り、足場となる大型バスが転がり爆発する。ガラスのボックスごと待合スペースが壊れていく。

女貞木小路楓(いぼたのきこうじかえで)は開いた掌(てのひら)をよそに向ける。

キュパン!!　という激しい音が響く。形を保ったまま床に落ちていた正方形の天井パネルの一枚が垂直に飛び上がった。床とパネルの間に圧の槍(やり)をねじ込み、まるでサッカーのリフティングのように跳ね上げたのだ。

バスの上、目の高さまで舞うと同時、

「『殺傷圧撃(キラープレス)』!!」

薄っぺらなパネルを改めて外から思い切り叩(たた)いた。

見えない圧の槍(やり)で貫かれた大量の鋭い破片は拡散しながら扇状に空気を切り裂く。さながらビリヤードでも始めるように。麦野沈利(むぎのしずり)のいる方角を大雑把に埋め尽くしていく。

じゅわあ!!　という蒸発音があった。

届かない。

麦野沈利の『原子崩し』は横殴りのガラスの雨をまとめて消し飛ばす。彼女の閃光も歪んでよそへ逸れたが、麦野の方は安全確保という目的を達している。

「方向とタイミング。来るのが分かっていれば怖くないって言ったよな？」

「っ」

「でもそいつは面白かった、ちょこまか動くヤツには『拡散』って手があったか……」

嗤って超高威力の飛び道具を撃ち続ける麦野側もまた、逃げ回る女貞木小路楓を捉えきれずにいる。バスは吹き飛び、柱は折れても、女貞木小路楓はまだ生存している。

それどころか、

「っ‼」

ぐんッ‼‼‼　と。直撃コースにあったはずの閃光が、不自然なくの字を描く。

正面に掌をかざして女貞木小路楓もまた吼える。

「わたしも言ったはずよアナタ‼　あらゆる物体はより抵抗が弱い方へ流されていくもん。わたしの『殺傷圧撃』を正面に撃ち込むだけで、ほんのわずかでも確実にアナタの『原子崩し』をねじ曲げるけれど。アナタの攻撃は当たらない‼」

「あれえ？　アンタに当てるだなんて誰が言ったー？？？」

「……アナタ、まさか……」

「今のはビビらせ狙いでカードめくってやったんだ、流石に気づいたよな？」

そもそも最初から、麦野沈利が狙っているのはあちこち飛び移って回避を続ける女貞木小路楓本人ではない。もう少し下。彼女の移動の選択肢を奪うべく、まだ残っている足場の長距離バスを立て続けに『原子崩し』で蒸発させていっているのだ。

ようやく、女貞木小路楓の表情が曇った。

「自分が何をしているのか……」

「分かってねえとでも思ったか、セレブビ○チ」

ボッッッ!!　という爆発音と共に女貞木小路楓が追い詰められる。

足場がなくなって最後の一つになれば、自然と二人は同じバスの屋根にすがるしかなくなる。

まるで決闘のように、悪女と悪女は真正面から向き合うしかなくなる。

元々高火力の飛び道具を使う能力者同士だ。

次の一撃、交差で終わる。

そう考えて己の掌を正面に向けた女貞木小路楓だったが、またしても予想外が出現した。

麦野沈利は掌を向けたのだ。

即決で。

敵対する女貞木小路楓ではなく、自分の足元、最後の足場である長距離バスの屋根に。

他にはもうないのだ。

この足場を破壊されたらどこにも逃げられない。ずぶ濡れで通電を続ける死の床だけだ。

「…………………………………………………………………………………………………

……………………………………………………………………………………………マジ？」

思わず、といった調子で女貞木小路楓が呟いた。

どういう感情が乗っているのか、その口元には奇妙に引きつった笑みが浮かんでいる。

対して、麦野沈利は揺るぎなかった。

「こっちの目的は、自分が生き残る事じゃない。それが理由なら華野のリベンジなんて放っておいて、さっさとアンタから手を引いていれば済む話だった」

故に。

躊躇なく。

「私達『アイテム』全員の目的は、最初からテメェの首一つだけだ！　クソ女アッッッ!!」

キュガッッッ!!!!!!　と。

閃光が瞬き、金属の蒸発音が炸裂し、長距離バスの内部にあった燃料に引火する。

その瞬間、女貞木小路楓はとっさに屋根から跳んで……そこで思考が停止した。

一秒でも長く生き続けるにはこれで正解。

だけど着地は？　一面水浸しの通電状態で、どこに足をつけても必ず心臓が止まる‼

対して。

「……う、そ？」

同じく空中に体を投げ出しながら、麦野沈利は冷静にこちらへ掌をかざしていた。

一秒先の未来など気にも留めない。

このゼロ秒。黙っていても勝手にくたばる女を、それでも絶対にこの手で殺す。正確に射貫く眼光からは、ただの感電死で終わらせるつもりはないという意志しか感じられない。

そう。

あるいは女貞木小路楓も、生き残る事に執着さえしなければ最後の一撃を放てたかもしれない。だが彼女は脅えて戦いから目を逸らした。そんな事より生き残る手段を考えなくては、と思考が戦闘を放棄してしまったのだ。

今からトリガーを組み直しても、もう遅い。

麦野沈利の掌ではすでに、粒機波形高速砲の閃光が溜め込まれている。

最後、凶暴を極めるその唇がこう動いた。

彼女は『敵対アイテム』の長、女貞木小路楓など欠片も言及しなかった。

いいや、自分の命すら二の次であった。

麦野沈利は確かにこう囁いたのだ。

「……見てるかよ、華野」

炸裂した。

学園都市の暗闇を容赦なく切り裂く凶暴な閃光は空中にあった女貞木小路楓の腰の辺りに直撃し、そのまま下半身をまとめて蒸発させた。

八〇〇億も自分の命もいらない。

殺すと決めたら、当たり前の計算など放り捨てる。

莫大なエネルギーで己の体が弾き飛ばされようが、気にする超能力者ではない。

終章　いつかどこかに繋がる道

七月二八日、午後二時。太陽のギラつく青空の下で。

「結局終わっちゃったね」

「うん、そうだねフレンダ」

銭湯に似た大きな煙突が目立つ斎場をちょっと離れた場所から眺め、フレンダ＝セイヴェルンと滝壺理后がそんな風に呟いていた。そちらで行われているのは華野超美のお葬式だ。ここから双眼鏡で覗けば分かる通り、喪服を着た中年の男女が硬質な棺にしがみついて号泣している。

華野超美が死亡したのは一四日。

あまりにも時間がかかったのは、状況が状況だったからだろう。

爆殺。

救出は間に合わないと判断し、彼女自身が選択した結果だったとしても。

あの棺だって、本当に遺体が入っているかは分かったものではない。一般に遺体は葬儀の前にある程度化粧を施したり、必要であれば縫合や傷隠しも行ったりするものだが、たとえエンバーミングの専門家であってもあれは直せないはずだ。

海砂清柳のメイク術。

半端にかじり取られたような本と一緒に蓋も開けていないサバ缶を公園の展望台の手すりに置いて、遠くに見える斎場の煙突と重ねながらフレンダは静かに両手を合わせていた。ゆるふわ金髪少女だけどこういう仕草は日本的だ。

それをじっと見ていたピンクジャージに短パンの滝壺は、上着のポケットをいじりながら言う。

「……でも遺体は回収できた、はなのが自分で守ったんだね」

「滝壺？」

「もしも『暗部』に犯人がいて証拠を隠す方向で動いていたら、多分私達は死体も残らない。殺人事件があったっていう事実自体が消えてなくなるから、『自発的な失踪案件』でおしまいじゃないかな。分厚い壁で囲まれていてどこにも逃げられない街なのにね」

そういう生き方を、そういう世界を自分で望んで飛び込んでいる。

夏休みはこんなに開かれていて、燦々と強い陽射しが降り注いでいるのに、そこから全部背を向けるようにして泥みたいな暗闇に肩まで浸かる。

あそこに行って焼香はできない。

　フレンダ＝セイヴェルンはもう一度双眼鏡で遠く離れた斎場に目をやる。

　空虚な棺というよりも、そこにすがりついて泣いている両親の顔を。

　どうしても、七歳になる自分の妹を頭に浮かべてしまう。

「……死んだら何も残らないって言うけどさ、結局それって嘘だよね」

「うん」

「結局いつ死んでもおかしくない仕事をしている、って覚悟はあったつもりな訳だけど……家族にあれを残すのは、やだな。なんか」

「なら、生き残るしかないよ」

「い、い、い、い、どんな事をしても？」


　地図にはない場所だった。

　壁も床も天井も、全部分厚いコンクリート。世界の終末を信じて作ったシェルターか、あるいは犠牲者を閉じ込めて殺し合いをさせるデスゲーム施設といった趣の迷路みたいな地下通路を、麦野沈利と絹旗最愛の二人は並んで歩いていく。

「にしても『敵対アイテム』の連中、まさかうちらのマンションの真下に陣取っていたとはね。

常に一歩先を進んでいたのも、耳を押し当てて盗み聞きしていたからか」

「次のアジトは超どうするんですか？」

「爆破に巻き込まれちゃったからなー、しばらく第一五学区は避けたいね。女貞木小路楓を最後に追い詰めたあそこ、第三学区だっけ。あの辺が良い感じだと思う。なんかあるでしょ。高級マンションとか個室サロンとか」

歩きながら適当に言い合っていると、ふと会話が途切れた。

というより、前からこっちが話したかったのだろう。

絹旗はおずおずと、

「……超あとは、意外でしたね。滝壺さんならまあ分かりますけど」

「フレンダの話？」

麦野はキョトンとしていた。

そのまま足を止めずに、

「住んでる世界に関係なく友達がたくさんいるって事は、それだけ誰彼構わず抱えた事情に共感しまくるって話でもあるんでしょ。殺しを楽しむ爆弾マニアだけど、フレンダってヤツは結構涙脆くて危ういよ。人間的には正解だけど『暗部』でやっていくと壊れていく感じっていうか」

「超そうではなくて」

遮るように絹旗は言った。

空気のじめっとした、ひたすら人の心を荒廃させる殺風景な地下通路を歩きながら、

「麦野がそういうケアをして出撃を超控えさせるっていうのが。胸ぐらでも摑んで、良いから全員集合って叫ぶものだと思っていましたけど」

「別にフツーにやるけど、そういう気分じゃないだけ。あと今のは気に入った」

「？」

「麦野。私についてはさん付けが取れたようで大変結構」

それだけ言って、二人は若干歩調を早くする。

ふと、隣を歩く絹旗がこんな風に尋ねてきた。

「結局、超どうだったんですか？」

「何が」

「『暗部』の天敵、学園都市第六位。向こうの女が超そう名乗っていましたけど」

麦野は肩をすくめた。

「多分ブラフ」

「超でしょうね」

絹旗最愛の方も大して驚いた様子はなく、

「七人しかいない超能力者なら当人の自覚のあるなしに関わらず、大抵は何か超デカいプロジ

エクトに触れているでしょう。善人ぶっている超能力者(レベル5)は超教えてもらってすらいないだけ。つまり勝手に殺せば利害関係にある真っ黒な大人達が大々的な報復に動きそうなものですけど、そういう気配も超しませんし」

「そもそも貴重なＤＮＡマップを持つ超能力者(レベル5)が書類を捏造(ねつぞう)して街の外へ勝手に出ようとしたら、そいつが引き金になって暗殺されたっておかしくない。私でも『外壁』は越えたくないね。上の人間なら、それこそマンションの壁越しに強烈な非接触透過兵器を撃ち込んででも逃亡者を始末し、何としても流出を防ぐはずよ」

というか悪党を倒す熱苦しいヒーローなら追い詰められてもあっさり逃げたりはしないはず。それでは弱者が食い物にされるのを認める事になるから。

そこで、ふと麦野(むぎの)は思う。

（……『暗部(あんぶ)』の天敵。そうなると、本物はあんな次元じゃないって訳か）

「答えを聞き出す暇もなく殺すしかなかったから、それなり以上には強かったんじゃない？」

「あれ、滝壺(たきつぼ)さんとか結構マジで怒っていましたよ。表情が無だから超分かりにくいですけど。何しろ必要とはいえ自分から感電した訳ですし」

「私は一応、分類的には電気系の能力者だからね。普通の人よりは耐性があるのよ」

「実際に二分間心臓が超止まっていたくせに」

「『アイテム』はチーム戦でしょ。私が死んで心臓止まっても誰かが体を拾ってくれるだろうしな」

「それクセづいたら殺すとも超言っていました」

ブレーキ役の滝壺理后にしては過激な事で。となると、結構マジで怒っているという話はあながち冗談でもないのか。

と、その時電話が鳴った。

麦野はポケットから携帯電話を取り出しつつ、歩みは止めない。

「はいはい」

『ひとまずご苦労様。コロシアムの件が片付いたようで何よりだったわ。一応聞くけど報酬は受け取るわよね？　連中が貯め込んでいたマネーカードは殺人電流で溶けて使い物にならなくなっていた、って報告は下部組織から受けているし』

「あれ？　思っていたより怒らないのね。守るべき依頼人でしょ、保険会社の常務さんとかさらってボコったのに」

『真面目に事件に取り組んできたのなら分かるでしょ。あっちは問題じゃない。学園都市には無能力者から超能力者までの六段階評価があれば良いのよ。力を測る価値観が二つ以上重複・競合を起こせばこの街の秩序が乱れる。そういうのを、学園都市の上は望んでいなかったって話』

「というかむしろ、例の常務さんにはトラブルに巻き込まれてほしかったんじゃね？　アンタ達としては」

『その根拠は？』

麦野は陰鬱な地下通路で歩みを止めず、湿っぽい空気を一度大きく吸い込む。

それからこう切り出した。

「警策看取。『窓のないビル』襲撃事件は無事に阻止できたみたいだけど、順当に話が進んでいたらあの常務さんが計画に必要な情報を横流しする係だったはずでしょ。つまり何かしらの方法で裏切り者に報復しないと上としては収まりがつかない」

『私はとっても優しいから答えは出さないわ☆　……下手に確定を得ても困るのはそっちよ』

「つまり上のやり方は常に一貫しているよな、出る杭は打つ」

麦野沈利の空気が変わる。

音もなく、しかし明確に。さらに冷たく。

「……アンタ、『アイテム』が二つあった件についてはどこまで知ってた？　二つのチームをかち合わせて生き残った方が正式に『アイテム』を名乗れる。でも実はこれ、負ければ奪われるってだけで勝っても当事者には何の利益も出ないルールだよな？」

『……、』

「上は出る杭を打ちたかった。あるいは、そうすれば媚びを売って得点を稼げると勝手に考えた本物の馬鹿がいたのよ。つまり長ったらしい名前のあの女は何かを踏んだ。タブーを犯した連中を始末させるために、組み込んだんだ。『アイテム』って枠と名前の対立軸を」

『……「確定」がほしいの？　知って困るのはあなた達と言っているのだけど』

『電話の声』もまた、声のトーンがわずかに落ちた。

地雷、と普通の人間なら絶対にそう判断しただろう。学園都市の暗闇や、それらを特権的に管理する『電話の声』のおぞましさを知っている人間なら即座に引き返しただろうし、ギリギリで地雷を回避したとしても三日三晩は頭から布団を被ってガタガタ震え続ける羽目になると思う。

だけど暗黒の少女達は違う。

絹旗最愛は地図を見て二回頷くと、ポケットからスプレー塗料を取り出した。湿っぽいコンクリートの壁いっぱいに、直径二メートルほどの円を大雑把に描いていく。

後は『原子崩し』を撃ち込むだけだった。

キュガッッッ!!!!!!　と。

核攻撃を想定した地下シェルターの壁が一瞬で白旗を揚げ、人が軽々と潜れる巨大な侵入口を確保する。

「なっ」

奥にいたのは二〇代中盤くらいの女性だった。

タイトスカートの派手なスーツに頭の後ろでまとめた黒の長髪。

無骨なコンクリのシェルターにいたのは見た目だけなら大企業の社長についているお上品な秘書といったところか。意外にも傍らに置いてあるのは時代がかった黒電話と本棚みたいに大きなオープンリールの録音機だった。もはや逆にレアだ。まあもちろん、アナログ信号をデジタルに変換して暗号化してさらに量子ビットに置き換えて、と見えない所で死ぬほど加工はしているのだろうが。

(……このアナログ趣味だと勢力的には第一九学区絡み、か)

「なっ、なっ、ななっ、なアっ⁉」

驚いて声も出せない『電話の声』を無視して、麦野は気軽に言ってのけた。

「厚さメートル超えだとマグマのトンネルになっちゃうなあ。きぬはたー、ちょっと壁の断面の冷却お願い」

「はいはい。それじゃ今から液体窒素のタンクで処理しますけど、ここご覧の通り密閉空間ですから、気化した窒素を超吸って勝手にくたばらないでくださいね」

「面白いくらい目を丸くしてるけど、どうやってここに？　って感じか。それとも、どうしてここに？　の方かな。ったく、顔も見えない上の人間から与えられた重役の椅子にしがみついてるだけで安全神話を信じちゃうド級のバカはこれだから。あるのはコインの裏と表、私達は常に同じ世界で生きているんだぜえー？」

にっこり笑って、麦野沈利は奥へ踏み込んでいく。

ただし本当に心の底から楽しいかどうかはまた別の話だ。

「……『敵対アイテム』のクソ四人はどうでも良いとして、華野超美の件が終わってないだろ。私達を殺しの方向に引きずり込んでだけなら、新入りチワワは完全に流れ弾に当たっただけだ。お前が余った人材を変にスカウトして私達の元に送らなければ、こんな事にはならなかった」

「ていうか、そもそも『アイテム』対『アイテム』のデュエルなんて承認した時点で、ショービジネスに巻き込まれたこっちとしては超死刑モノなんですけどね」

顔も名前も不明な謎の存在は、隠れている内が華だ。

いざ特定が終わって正面に立ってしまえば、ガタガタ震えるだけの人間でしかない。

ギラギラした学園都市のメッキを剝がせば後はクソしか残らない。

椅子から転げ落ち、無意味に黒電話の受話器を豊かな胸元に手繰り寄せて、しかし『電話の声』はどこにも助けを求められない。そもそも自分で作った秘密の隠れ家なのだ。ここにいる事を兵隊は知らないはず、今さら助けてくれと叫んでも部下達は地下の出入口すら見つけられないだろう。

「そんな訳でまあ、これは弔いだ。……覚悟を決めろよ黒幕、私は裏切り者を許さない。いいか、絶対に私は裏切り者を許さないんだよ。ああ、そうそう。本気で本物の馬鹿にはこれくらいしつこく言わなきゃ伝わらないと思うからしっかりダメ押ししておくぞ。私は、裏切り者を、許さない。いい加減に分かってくれたかあー？」

「まあこれは、流石に滝壺さんにはちょっと超見せられませんよねえ。あとなんか柄にもなくナーバスになってるフレンダさんにも」

絶対に誰にも破壊できない防弾車に乗ったまま、海に沈められるような理不尽。

状況は逆手に取って悪用してこそ『暗部』である。

「ま、マジ？」

「それは女貞木小路楓にも言われたっけ」

「私は『電話の声』。ありとあらゆる命令を出す暗闇の管理者、真に選ばれたその一人よ。現場の人間が司令塔である私を殺せば、それは『反乱』とみなされる。学園都市の二三〇万人を全部敵に回すつもり!!!?!??」

「自分が生き残るために戦ってる訳じゃねえとも答えた」

学園都市でも七人しかいない超能力者、『原子崩し』。

麦野沈利は真正面にかざした掌に閃光を凝縮させて、好戦的に笑う。

逆立ちしたって正義にはなれない。

そうなる事も望んでいない。

だけど仲間想いの優しいお姉さんは言った。

「ブ・チ・コ・ロ・シ・か・く・て・い・ね」

あとがき

鎌池和馬（かまちかずま）です。
『とある科学の超電磁砲（レールガン）』の小説版を書かせてもらった時に、あとがきで『機会があったらまた』といった話をしていたと思うのですが、どうやら一風変わった形で叶（かな）っていくみたいですよ？　そんな訳で今回は科学サイドでも『暗部（あんぶ）』側（がわ）、超能力者（レベル5）の麦野沈利（むぎのしずり）を主人公とした『アイテム』四人＋１のお話です！

四人組の少女達、というのが書いていて自分の中でなんか変にハマるのは既刊や公式サイトのアレなどに目を通している読者の方ならすでにお分かりの通り。魔術サイドの『新たなる光』のレッサー達と同じくらい、『アイテム』の四人も動かしやすいです。今回は原作小説一巻時点から、さらに一年ほど時間を巻き戻して『アイテム』結成の話に的を絞ってみました。余談ですが、新約11の過去上条と過去食蜂が大暴れしているのもこの辺りなので、微妙に季節のイベントがリンクしているのもポイントです。

フレメアがまだ『にゃあ』を覚える前だったり、麦野（むぎの）が拡散攻撃のきっかけを手に入れたり、アネリやドラゴンモーターなど過去特有の時間の遊びも色々発見していただければと。

今回の主人公、麦野沈利は扱いの難しい子ではありますが、『誰かが自分を裏切らず』『自分が窮地に立たされない限りは』仲間想いで良い子のはず。悪の魔王そのものですね。また、過剰な防衛本能が普通の人間にとっては災厄と化す、というのは虎や熊などの獣害のような話。麦野が大暴れして身内にまで牙を剝いた旧15なども、そもそもの発端は何を守りたくてどこで破綻していったのかを軸に読み直すと、また違った味わいが見えてくるかもです。

そして今回は、敵もまた『アイテム』です。

純粋培養で世間とズレていく事に耐えられないから自ら汚れを取り込んでいく。

悪魔の親切で身を滅ぼしていく契約者をじっくり観察したい。

嘘つき狼少年完全版。

攻撃されるのが怖いから攻撃する側を独占する。

彼女達は誰も彼も最低を極めていますが、四人全員で同じ方を見て突撃する麦野達とは違って『敵対アイテム』はそれぞれ扱う犯罪のジャンルを変えているので、誰が一番怖いかで逆に読み手の性格診断ができるかもしれませんね。

イラストレーターのニリツさん、担当の三木さん、阿南さん、中島さん、浜村さん、松浦さん、後は冬川さんと大王編集部の皆様には感謝を。丸ごと一冊科学サイド、それも『暗部』編を描く許可をもらえて感無量です。ハイテク学園都市の不良少女達は空気感が独特で雰囲気掴むのは大変だったかもしれません。諸々大量のギミック含めてほんとにありがとうございました。

それから読者の皆様にも感謝を。普段は表に出てこないけど、でも確かに学園都市のどこかに存在する『暗部』の物語、いかがでしたでしょうか。この中には、誰一人として正義の側に回れる人間はいません。それでも命を懸けて全力で戦った少女達の中に、一人でも共感できる子を見つけられたのでしたら、これ以上の事はありません。ありがとうございました。

それではこの辺りで本を閉じていただいて。

次回も何か機会があれば良いな!!　とこれまた本気でお祈りしつつ。

今回は、この辺りで筆を置かせていただきます。

うわあ、数えてみると『暗部』と関わっていない超能力者って少ない……

鎌池和馬

「むぎの」

「ああ、私も今さっき下部組織から話を聞き出した」

「七月一四日。爆発現場に超残っていた黒焦げの死体は超二つ分しかなかった。下部組織の報告が今まで遅れていたのも、こんがり焼け焦げて超バラバラになっていたので数を数えて個人を特定するのに苦労したからっぽいですけど」

「結局、人の位置を追い回すＡＩエアコンの記録のサルベージ、やっと終わったみたいよ。井上ラスペツィアと鰐口鋸刃が牢にしていた部屋に入ったのが一四日の夜八時二一分。そして爆発が外から確認できたのは八時三〇分」

「……爆発まで一〇分程度の超ラグがあるって事ですか？」

「それだけあれば、爆発前に人が抜け出す事だってできるな」

「でも結局、華野は監禁されていたんだよね。同じ部屋には井上と鰐口の二人がいた訳よ。能力バトルじゃ勝ち目はないよ、どうやってダウンを獲ったの？」

「方法なら色々あるでしょ。爆弾を取り出した瞬間に起爆しなくちゃならないなんてルールも特にない。蛇口の針金とかで手錠を外し、コンセントでも組み合わせて感電攻撃に利用して、痺れて動けない二人の前に時限爆弾を置き、こっそり立ち去れば条件は満たされちまう」

「……、」

「じゃあむぎの。棺が空っぽだったっていうのも、もしかして？」

「いや結局ちょっと待ってよ。じゃあお葬式で棺にすがりついて号泣していた人達は!?」

「……下部組織によると、超連絡がつかないと。本当に一般人なのかも超不明です」

「華野超美。そもそも何者なんだ……？」

七月三一日だった。

場所は第三学区。知名度だけなら全国クラスの建設会社の本社ビルだ。宇宙エレベーター・エンデュミオンの設計協力などで話題を集めるそのビルの通用口から、専用エレベーターを使って一人の少女が五〇階より上にある最上階を目指す。

華野超美。

半袖セーラー服で入るにはあまりに不釣り合いな建物だが、咎める者はいない。

たったの一人も。

最上階では軽く一〇人を超える秘書達が働いているが、彼女達が詰めている正面のオフィスから見られずに奥へ進める秘密の通路は別にあった。というより、美人秘書軍団は自分が誰から給料をもらっているか、正しく理解すらしていないだろう。

そもそもこの建設会社自体が丸ごとカムフラージュの一環なのだ。

外から見れば大層ご立派な本社ビルは社内人事評価や総務などが集中しており、実作業としては全く機能していない、というのはよくある話。例えば建設会社ならデザインは外部の設計事務所でもできるし、セメントや鉄骨などの備品は港の巨大な倉庫で保管しているし、実際の施工は建設現場で汗水流して建てていくはずだ。各種会議なんて言わずもがな、オンラインで構わない。つまり一番大きな本社ビル、意外とやる事がない。中には社の威容を大きく見せる事自体が目的化しているパターンもある訳だ。そして骨抜きされていて内部に巨大な空洞があるのなら、そこには様々なものを詰めて覆い隠せる。

例えば社長室が丸ごと『暗部』の高級幹部職員用オフィスに作り替えられているとか。

当然、ここまでやるには本物の社長さん相手にそれなりの根回しが必要ではあるが。

「にゃん、にゃんっ、にゃにゃん、にゃーんっ♪」

ようやくの、安全な密室。

華野超美は全部にゃんで流行歌を口ずさみ、勝手知ったる感じで広い広い空間を歩いて横断していく。

「……ふー、やれやれですう」

頭のてっぺんに片手をやると、髪の毛をまとめて掴む。いいや、そう見えていたウィッグを帽子のようにばさりと放り捨て、眉毛もまつ毛も全部取り外していく。服を脱ぐような気軽さでつるりとした完成前のお人形みたいな顔をさらす華野超美は、小さなバッグの中にあった別のプリセットを一式取り出して顔の形を変えていった。

そうすると、彼女は化ける。

この場合、あるいは本来の人相に戻ったと言うべきかもしれないが。

背格好は小柄であるものの、思春期の少女という色彩は失われる。年齢感はもっと上、二〇代後半といった感じ。亜麻色セミロングの女性は一気にセーラー服との乖離がひどくなる。彼女は楽しげな様子で病院やホテルにある小さな冷蔵庫から五〇〇ミリの長い缶ビールを取り出し、机の上の小さな紙箱と灰皿を手元に手繰り寄せた。メントール系のフレーバーが入った煙草だ。

そう。厳密に言えば、華野超美はそもそも無能力者ですらない。

大人は能力を使えない、が学園都市の定説だ。

プルタブを開け、一口呑んでから缶の側面を睨みつける。

（……おっと、しまったー。糖質とかプリン体とか色々カットしてるヤツじゃないじゃんこれ。自分で買ってて気づかないかー。そろそろ意識しちゃうお年頃なのにい）

まあ開けてしまった後だから仕方ない。

ビールが冷えていると、ここまでエアコンの風なんか浴びるんじゃなかったと思う。

それから彼女は箱を振って煙草を一本取り出し、オイルライターを親指で擦った。

夏っぽいメントール系の涼しさが口内を改めて支配していく。その気になれば際限なく高級品は手に入るのだが、やっぱりこのケミカルで安っぽい誤魔化しが好きだ。この味を軽く笑えなければ科学技術が致死量の向こう側までぶっ飛んでる学園都市の『暗部』なんぞに関わっていられるか。

そして実に一月ぶりの嗜好品だと、口の端に咥えた煙草の味も変わるというものだ。

キャラが崩れるのを避けるため、騙す相手がいない所でもずっとずっと一人で演技を継続していた訳だし。

(役作りや書類上の下拵(したごしら)えのために三ヶ月ほど適当な学校の演劇部に通ってはいたけど、準備期間と違って本番は隙を見せたらおしまいだったからねー)

　後は小さな事件も。

　学校生活はもちろん、痴漢の逆ギレまで含めて『暗部(あんぶ)』堕(お)ちしても怪しまれないプロフィールを作るのが一番大変だった。だが最初の仕込みさえ済めば後は流れができる。

「ぶへー……。缶のビールが体に染(し)み込(こ)む、煙の味がやべえ。年々オヤジ趣味に染まっていくなー、もはやゴルフという響きに違和感ないもん」

　慣れた仕草で煙草(タバコ)をくゆらせ、革張りの椅子に背中を預けたまま天井へ目をやる。

　そのままぼーっとしてしまう。浪費とは最大の娯楽で、無駄遣いするのが時間となれば味わいは格別。常に死と隣り合わせで年中能力の読み合いとかやっている『暗部(あんぶ)』の最前線では、寿命やチャンスを一秒一秒自分から暖炉に投げ捨てて楽しむだなんて、想像すらできないだろう。

(何か抵抗しておかないと不自然かと思って使っちゃった追跡用の香水がオトナで高級過ぎるって指摘された時は少々ヒヤっとしたけど……。それ以外は概(おおむ)ね及第点ってトコかしら)

　それから缶のビールを掴(つか)んで一気に呷(あお)る。

　時間差で酔いが追いかけてくるのを感じつつ、ちょっと現実(ケータイ)に立ち向かおう。

「ふむふむと。うわー、ちょっと留守にしている間に溜(た)まっているなあ、連絡が。いくら下にスクロールしていっても新着メールが終わらないー（泣）」

悪夢の材料が揃っていた。

このまんま悪酔いモードにならないのを祈るばかりだ。

黒檀の重たい机の上にずらりと並べられているのは色とりどりの携帯電話。電源タップから伸びた無数のケーブルで連結されており、その数は一〇では利かない。しかもその一台一台に逆探知防止装置と声質変換プログラムが丁寧に組み込まれている。

彼女は小さな画面を並べて高速で情報を精査し、その一つに注目する。

死亡報告があった。

「……デコイが一個消えた、か。ふふっ、友達思いですねえ、麦野さん」

命令系統の一つが潰されたようだが、ここまでは届かない。

『暗部』なんてそんなもの。自分の手で苦労して見つけた答えにこそ疑問を持たない限り、そこで足が止まる。

「でも思慮は足りない。友達やられて頭に血が上っているっていうのは、陽の当たる世界なら美徳なんでしょうけどねえ。うふふっ」

多くの恨みを買う仕事をしているのだ。現場の人間がちょっと探りを入れた程度で正体が露見してしまうようでは、本当の意味での『電話の声』は務まらない。仲介とは情報の出し入れをコントロールして安全を保つプロの仕事である。

本物はよそにいる。

そう、最初に華野超美(はなのちょうび)がエレベーターや玄関を通り、フィフティーンベルズのマンションへ恐る恐る踏み込んできた時点で怪しまなくてはならない。

麦野(むぎの)達(たち)四人の掌紋や虹彩(こうさい)といったトップシークレットのデータに触れられる人間なんて滅多にいない。それができた時点で『暗部(あんぶ)』の深い深い場所に棲息(せいそく)している得体の知れない何かだ、と。

こちらの一番の武器は携帯電話。ずらりと並んだモバイルの一つを雑に手に取ってケーブルを抜くと、どこかと連絡を取る。自然と腰は低くなっていた。……まあそれ以前に煙草(タバコ)を咥(くわ)えてビールで酔っ払っているのだからマナーも敬意もあったものではないが。

「はいはい、どうもどうも。お話しの一件は無事に決着つきましたよ。やっぱり私が現場に直接潜ったのは正解だったみたいですね。まあ可能性は低いですけど、『アイテム』と『アイテム』が話し合って結託してしまう選択肢もあった訳ですから。ここはやっぱり誰か身内を適当に殺して怒りを煽(あお)るのが一番かなーと」

フレンダ＝セイヴェルンに液体爆薬のおねだりをしたのもそう。

『アイテム』と『アイテム』がどう動くかよりも早く、一番力を持たない彼女が図書館(コロシアム)の天井裏で叫んでさっさと口火を切ったのもそういう事だ。

そして、最後の起爆も。

偶数に収まらなかった唯一の五人目が、全部仕掛けた。

「ええ、もちろん。何しろ本物の超能力者(レベル5)がいますからね、勝ったのは麦野沈利(むぎのしずり)の方の『アイテム』です」

通話の相手はもちろん一択だった。

こんな人物と直接会話できる事を光栄と受け取るか、それともでっかいだけの子守り役を押しつけられた哀(かな)しい課長さんと捉えるかは、彼女を含め何人か存在する本物の『電話の声』次第か。

「ま、理由は聞きませんよ。いつもの通りにね。テリトリー侵害とかタブー計上とか、そういう俗な目的じゃないんでしょ、どうせ。はいはい分かってます、詮索無用。学園都市(がくえんとし)って、科学の街とか言ってる割になんか上の上のたかーい方は神話の香りしてますからねえ。はいはいはいはいすみませんほんともうやめます、これ以上つつくと殺されちゃうかなー？　あっはっは」

流れるように、澱(よど)みのない報告が続く。

途中で先方からの質問に遮られる事もなかった。おそらく報告を受けるまでもなく、あっちもあっちで勝手に状況の把握はしているのだろうと『電話の声』はあたりをつける。それも街中にある防犯カメラや警備ロボットとは別の次元。もっとえげつない、学園都市全域(がくえんとしぜんいき)に隅々まで広がっているであろう謎の監視技術で。

つまりこれは答え合わせというよりは、テストだ。

何か重要事項を隠していれば信頼を損ねたとみなして即座に首を切る、という類の。良質な『暗部』のインフラを守るためにもそれなりの整備費用がかかるという話。この場合、単位はお金ではなく人の命っぽいが。

口の端でメントール系の煙草を揺らし、へらへら笑って彼女はこう締めくくった。

いくつも学区をまたいだ向こう、はるか遠くにある『窓のないビル』を眺めながら、

「ええ、それでは。またのご指示を心よりお待ちしております」

予定通りの報告が終わると、彼女は通話を切る。ケータイは机の上に放り出した。

ここまでやって、ようやく一サイクルの終了。

重役の椅子に背中を沈め、そのまま両手を目一杯上に上げて体を伸ばす。

つまりこの椅子にしがみついている限り、真の頂点にはなれない訳でもあるが。

「うう――……。信頼してもらえるのはありがたいけど、成功して当然って評価も考え物だなー。どれだけ頑張っても出世の得点稼ぎにならないんだもの」

ここから出世すると一体どこに上がるのかは『電話の声』も知らない。ひょっとしたらここは崖っぷちで、これ以上一歩でも進むと真っ逆さまなのかもしれないが。

(……これより上って言ったら例えば統括理事会とか？　冗談じゃない。権力で言ったら確かに雲の上の話だけど、でも自分がなりたいとは絶対思わないのよねー)

でもまあ、麦野達が勝って良かった。

正直に言って、女貞木小路楓達は有能であっても誰彼構わず金をばら撒き過ぎている。あういう悪党はこっちが把握していないところで勝手に『暗部』の汚い大人達とコネクションを作ってしまうので、油断すると大人達の命令系統に食い込んできて逆襲してくるリスクがあったのだ。

つまりそれが上の人間が嫌ったテリトリー侵害であり、明確なタブー。

安全な場所から一方的に指示を送って『暗部』全体を操る『電話の声』としても面白くない。双方向で繋がってしまうという事は、つまり自分の命が脅かされるのと同義だからだ。心臓に悪いサプライズなんてこちらから一方的に行えば良い。逆流は困る。

(……なーんて。どうせそれだけが殺しの理由じゃないだろうけど。うぅー、わざわざ体にアルコール入れてから大事な報告したのって、やっぱあの四人に未練とかあったから？　やだやだ酔っ払って自己分析とか気分落ちて衝動的に飛び降りたいの私は)

でもそういう感傷ももう終わりだ。

今は冷静に分析をしよう。

例えば、水面下で何やらコソコソやっているらしい『未元物質』とか。

例えば、『暗部』側に片足突っ込んでおきながら染まる気配を見せない『心理掌握』とか。

ああいう『大人達の思惑』に土足で踏み込んでくる化け物（モンスターチャイルド）連中はどれだけ有用であっても、彼女の好みに合わない。手駒はネットワークから断線し、孤立している方が操りやすいというのが『アイテム』担当である彼女の持論。

それこそ、孤独な最強なんて『暗部（あんぶ）』に持ってこいだ。コスパがすごい。

笑えるくらいのお買い得。

（……そういう意味では、あの四人の中で一番怖いのは社交性が高くてあっちこっちの業界で無秩序に友達を作っているフレンダ＝セイヴェルン。実際に会ってみれば肌感覚で分かる。あの子については要注意タグをつけて、必要なら何らかの対処をしなくちゃならなくなるんだけど）

さてどうしたものか。

慣れた様子で華野超美（はなのちょうび）は重役の椅子に腰掛けたまま、細い脚を組む。

短くなった煙草（タバコ）を灰皿に押しつけ、念入りに潰す。

火の粉の一つも許さずに。

いや、今まで勝手にそう名乗っていた『誰か』はうっすら嗤（わら）って一人こう囁（ささや）いたのだ。

「まったく、こいつときたら」

◉鎌池和馬著作リスト

「とある魔術の禁書目録①〜㉒」（電撃文庫）
「とある魔術の禁書目録SS①②」（同）
「新約　とある魔術の禁書目録①〜㉒　㉒リバース」（同）
「創約　とある魔術の禁書目録①〜⑦」（同）
「とある魔術の禁書目録　外典書庫①②」（同）
「とある科学の超電磁砲」（同）

「とある暗部の少女共棲(アイテム)」(同)
「ヘヴィーオブジェクト」シリーズ計20冊(同)
「インテリビレッジの座敷童①〜⑨」(同)
「簡単なアンケートです」(同)
「簡単なモニターです」(同)
「ヴァルトラウテさんの婚活事情」(同)
「未踏召喚://ブラッドサイン①〜⑩」(同)
「とある魔術のヘヴィーな座敷童が簡単な殺人妃の婚活事情」(同)
「最強をこじらせたレベルカンスト剣聖女ベアトリーチェの弱点①〜⑦
その名は『ぶーぶー』」(同)
「とある魔術の禁書目録×電脳戦機バーチャロン　とある魔術の電脳戦機(バーチャロン)」(同)
「アポカリプス・ウィッチ①〜⑤　飽食時代の【最強】たちへ」(同)
「神角技巧と11人の破壊者　上　破壊の章」(同)
「神角技巧と11人の破壊者　中　創造の章」(同)
「神角技巧と11人の破壊者　下　想いの章」(同)
「使える魔法は一つしかないけれど、これでクール可愛いダークエルフと
イチャイチャできるならどう考えても勝ち組だと思う」(同)
「マギステルス・バッドトリップ」シリーズ計3冊(単行本　電撃の新文芸)

本書に対するご意見、ご感想をお寄せください。

ファンレターあて先
〒102-8177　東京都千代田区富士見2-13-3
電撃文庫編集部
「鎌池和馬先生」係
「ニリツ先生」係
「はいむらきよたか先生」係

本書は書き下ろしです。

電撃文庫

とある暗部(あんぶ)の少女共棲(アイテム)

鎌池和馬(かまちかずま)

◇◇◇

2023年３月10日　初版発行

発行者　山下直久
発行　株式会社KADOKAWA
〒102-8177　東京都千代田区富士見2-13-3
0570-002-301（ナビダイヤル）
装丁者　荻窪裕司（META＋MANIERA）
印刷　株式会社暁印刷
製本　株式会社暁印刷

●お問い合わせ
https://www.kadokawa.co.jp/（「お問い合わせ」へお進みください）
※内容によっては、お答えできない場合があります。
※サポートは日本国内のみとさせていただきます。
※ Japanese text only

※定価はカバーに表示してあります。

ISBN978-4-04-914939-5　C0193　Printed in Japan

電撃文庫　https://dengekibunko.jp/

電撃文庫創刊に際して

文庫は、我が国にとどまらず、世界の書籍の流れのなかで〝小さな巨人〟としての地位を築いてきた。古今東西の名著を、廉価で手に入りやすい形で提供してきたからこそ、人は文庫を自分の師として、また青春の想い出として、語りついできたのである。

その源を、文化的にはドイツのレクラム文庫に求めるにせよ、規模の上でイギリスのペンギンブックスに求めるにせよ、いま文庫は知識人の層の多様化に従って、ますますその意義を大きくしていると言ってよい。

文庫出版の意味するものは、激動の現代のみならず将来にわたって、大きくなることはあっても、小さくなることはないだろう。

「電撃文庫」は、そのように多様化した対象に応え、歴史に耐えうる作品を収録するのはもちろん、新しい世紀を迎えるにあたって、既成の枠をこえる新鮮で強烈なアイ・オープナーたりたい。

その特異さ故に、この存在は、かつて文庫がはじめて出版世界に登場したときと、同じ戸惑いを読書人に与えるかもしれない。

しかし、〈Changing Times,Changing Publishing〉時代は変わって、出版も変わる。時を重ねるなかで、精神の糧として、心の一隅を占めるものとして、次なる文化の担い手の若者たちに確かな評価を得られると信じて、ここに「電撃文庫」を出版する。

1993年6月10日
角川歴彦

電撃文庫DIGEST　3月の新刊

発売日2023年3月10日

第29回電撃小説大賞《金賞》受賞作 新作 **ミリは猫の瞳のなかに住んでいる** 著／四季大雅　イラスト／一色	猫の瞳を通じて出会った少女・ミリから告げられた未来は探偵になって『運命』を変えること。演劇部で起こる連続殺人、死者からの手紙、ミリの言葉の真相――そして嘘。過去と未来と現在が猫の瞳を通じて交錯する！
七つの魔剣が支配するXI 著／宇野朴人　イラスト／ミユキルリア	四年生への進級を控えた長期休暇、オリバーたちは故郷への帰省旅行へと出発した。船旅で旅情を味わい、絆を深め、その傍らで誰もが思う。これがキンバリーの外で穏やかに過ごす最後の時間になるかもしれないと――。
七つの魔剣が支配する Side of Fire 煉獄の記 著／宇野朴人　イラスト／ミユキルリア	オリバーたちが入学する五年前――実家で落ちこぼれと蔑まれた少年ゴッドフレイは、ダメ元で受験した名門魔法学校に思いがけず合格する。訳も分からぬまま、彼は「魔法使いの地獄」キンバリーへと足を踏み入れる――。
新作 **とある暗部の少女共棲(アイテム)** 著／鎌池和馬 キャラクターデザイン・イラスト／ニリツ キャラクターデザイン／はいむらきよたか	学園都市の『暗部』に生きる四人の少女、麦野沈利、滝壺理后、フレンダ＝セイヴェルン、絹旗最愛。彼女たちがどのようにして『アイテム』となったのか、新たな『とある』シリーズが幕を開ける。
ソードアート・オンライン　オルタナティブ **ガンゲイル・オンラインXIII** ―フィフス・スクワッド・ジャム〈下〉― 著／時雨沢恵一　イラスト／黒星紅白　原案・監修／川原 礫	1億クレジットの賞金がレンに懸けられた第五回スクワッド・ジャム。ついに仲間と合流したレンだったが、シャーリーの凶弾によりピトフーイが命を落とす。そして最後の特殊ルールが試合にさらなる波乱を巻き起こす。
恋は双子で割り切れない5 著／髙村資本　イラスト／あるみっく	ようやく自分の割り切れない気持ちに答えを出した純。琉実と那織とのダブルデートの中でその想いを伝えた時、一つの初恋が終わり、一つの初恋が結ばれる。幼馴染として育った三人が迷いながらも選び取った関係は？
怪物中毒2 著／三河ごーすと　イラスト／美和野らぐ	《官製スラム》に解き放たれた理外の《怪物サプリ》。吸血鬼の零士と人狼の月はその行方を追う――その先に最悪の悲劇が待っていることを、彼らはまだ知らない。過剰摂取禁物のダークヒーロー譚、第二夜！
友達の後ろで君とこっそり手を繋ぐ。誰にも言えない恋をする。3 著／真代屋秀晃　イラスト／みすみ	罪悪感に苛まれながらも、純也と秘密の恋愛関係を結んでしまった夜瑠。友情と恋心が交錯し、疑心暗鬼になる新太郎と青嵐と火乃子。すべてが破局に向かおうとする中、ただ一人純也だけは元の関係に戻ろうと抗うが……
新作 **わたしの百合も、営業だと思った？** 著／アサクラネル　イラスト／千種みのり	最推しアイドル・かりんの「卒業」を半年も引きずる声優・すずね。そんな彼女の事務所に新人声優として現れたのは、かりん、その人だった！　売れっ子先輩声優×元アイドル後輩声優によるガールズラブコメ開幕!!
新作 **魔王城、空き部屋あります！** 著／仁木克人　イラスト／堀部健和	魔王と勇者と魔王城、時空の歪みによって飛ばされた先は――現代・豊洲のど真ん中！　元の世界に戻る作戦は「魔王城のマンション経営」!?　住民の豊かな暮らしのため（？）魔王が奮闘する不動産コメディ開幕！
新作 **魔女のふろーらいふ** 著／天乃聖樹　イラスト／今井翔太（Hellarts） 原案／岩野弘明（アカツキゲームス）	温泉が大好きな少女ゆのかが出会ったのは、記憶を失くした異世界の魔女？　記憶の手がかりを探しながら、温泉を巡りほのぼの異世界交流。これはマイペースなゆのかと、異世界の魔女サピによる、お風呂と癒しの物語。

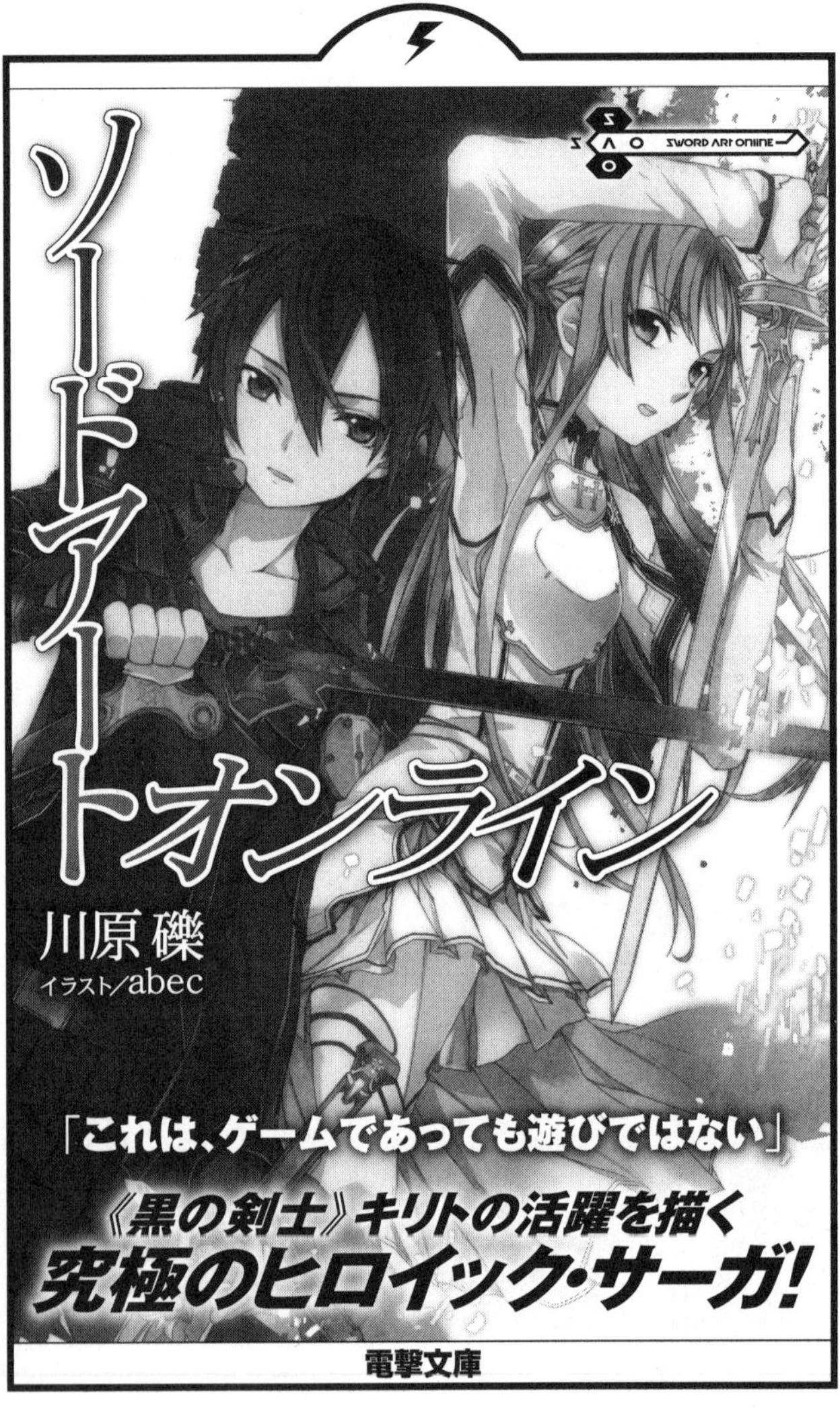

巨大極まる地下迷宮の待つ異世界グランズニール。
うっかりレベルをカンストしてしまい、
最強の座に上り詰めた【剣聖女】ベアトリーチェ。
そんなカンスト組の【剣聖女】さえ振り回す伝説の男、
『ぶーぶー』の正体とは一体!?

電撃文庫